일기로만 남길 수 없는 말들

이미숙

2024년 계간 『현대수필』 '세포 여러분에게'로 등단
현대수필 작가회 회원, 이사

서울 출생
연세대학교 졸업, 이학박사
전)연세대학교 식품영양과학 연구소 연구원
전)대원대학교 식품영양과, 제약식품계열 교수
전)미시간 주립대학교 방문교수
      (Dept. of Food Science & Human Nutrition MSU)

저서
식이요법(지구문화사, 2011), 영양사국가시험특강(교문사, 2002)
식사요법(교문사, 2002), 한국음식의 조리과학(교문사, 2001)

e-mail
leemisook105@naver.com

표지 그림
임리하 〈다리〉 Acrylic, pigment on muslin 2023
홍익대학교 졸업, Fine Arts Painting
Cranbrook Academy of Art, M.F.A., Painting MI, United States

삶에서 길어 올린
지나온 시간과 일상에
관하여

일기로만 남길 수 없는 말들

이미숙 지음

감사의 글

이 글은 제 인생 전반기를 반추하는 기록입니다. 그동안 블로그에 써 왔던 글을 모아 엮었습니다. 비교적 순탄한 이십 대를 보냈고 한 가정에서 아내로서 어머니로서 자식을 돌보며 직장생활을 천직으로 여기며 살던 젊은 날을 등 뒤로 보냈습니다. 제 갈 길을 떠난 자식들과 삶의 무게를 내려놓은 중년이 저의 현주소입니다. 살아온 삶과 언뜻언뜻 떠오르는 저의 속마음이 책으로 만들어지니 대중 앞에 벌거벗은 모습을 보이는 듯 부끄럽습니다.

오늘의 평화로움이 그동안 만나고 헤어졌던 수많은 인연 덕분임을 알기에 마음으로 한 사람 한 사람 모두에게 감사를 전합니다. 32년 교수로 지내다가 이 책의 출간으로써 작가로 변신하여 첫발자국을 남기게 되었습니다.

제 인생의 소소한 이야기를 책으로 엮을 만한 의미가 있을까 의심도 들지만, 우주에 하나밖에 없는 저만의 역사는 제 삶의 흔적이며 발자취기도 합니다. 언젠가는 사라질 미미한 존재가 열심히 살았음을 항변해 봅니다. 저는 이 책으로 꿋꿋하게 제2의 인생을 걸어가는 모두를 응원하고 싶습니다. 저 또한 그 행렬에 깃발을 들고 가슴을 펴고 행진하고자 합니다.

책의 출간을 위해 늘 용기를 주시고 격려해 주신 계간 『현대수필』 발행인 오차숙 교수님께 감사의 말씀을 드립니다. 교정과 윤문으로 문장을 다듬어 주신 해담뜰 음춘야 선생님의 열정은 문우들의 귀감입니다. 평생을 두 다리로 버티고 살아왔고 앞으로도 그렇게 살아갈 저를 위해 기꺼이 표지 그림 〈다리〉를 준 조카에게 감사합니다.

검은 머리가 파뿌리 되도록 힘이 되어 준 남편과 저보다 훌륭하게 남을 은하, 유진, 광호 세 자녀와 이 기쁨을 함께하고 싶습니다. 끝으로 세심하게 완성도를 높여 준 페스트북 편집자님께도 감사를 드립니다.

2025년 1월

이미숙

목차

일상 : 평범한 하루에서 만난 풍경과 사람들

단상 : 삶 속에서 만난 사유와 성찰의 순간들

여행 : 자연과 사람 속에서 발견한 나

서평

작가 인터뷰

추억

지나간 시간 속에서

길어 올린 기억들

1

가을과 겨울 사이

바람이 불 때마다 마른 잎이 떨어졌다. 벚꽃의 풍성하던 녹색 잎이 단풍이 들어 화려하게 붉은빛을 내니, 나무는 붉은 꽃 한 다발이 되었다. 길가의 가로수는 봄날 하늘거리는 바람에 가벼이 흩날리던 파스텔 꽃잎보다 농염하게 짙어진 빛깔에서 성숙한 여인의 향기가 날 것 같았다.

나는 바스락거리는 낙엽을 밟았고, 올리는 연신 꼬리를 흔들며 낙엽 냄새를 맡았다. 수형이 아름답고 웅장한 느티나무는 노란색 잎을 무수히 떨어뜨렸다. 수북이 쌓인 마른 잎은 바람 따라 이리저리 나부끼고, 호젓한 길에 쌓인 노란 잎도 언제 그렇게 쌓였는지 바스락거리는 소리와는 달리 융단처럼 푹신했다. 소리도 없이 찾아온 가을은 오래 걸리지 않아 산등성이 너머 온 산을 아름답게 물들였다.

무성하던 녹엽이 그렇게 변할 것을 미리 알았다 해도, 울긋불긋 파격적인 변신에 스스로 놀랐을 것이다. 커다란 노란 잎이 저녁 어스름 가로등 불빛에 빛날 때 플라타너스는 그렇게 아름다운 자태로 자신의 참모습을 보여 주었다. 서로 얼굴을 맞대고 "너의 노란색은 황금색이구나!" 또는 "너의 붉은색은 꽃보다 더 아름답다."고 하면서 감탄했다. 붉고 노란 잎새들의 화려한 공연이 바람의 반주에 맞추어 계속됐다. 만추는 처절한 잎새들의 마지막 공연이다. 여름날 뙤약볕에서 그늘을 만들어 준 그들이 박제된 새처럼 노랗고 붉게 누워, 그 나무와 헤어져 "여기 있노라."라고 중얼거렸다.

낙엽이 되어 흩어진 한여름의 꿈은 청소부의 부지런한 손놀림으로 말끔히 치워졌다. 가을의 낭만을 쓸어버린 청소부는 다만 할 일을 하고, 낙엽 쌓인 그 오솔길은 온전히 내 가슴속으로 들어와 또 다른 오솔길을 냈다. 그 오솔길에 바람 불면 떨어지고 흩어지며 앙상한 가지만 남겨둔 채 나무는 겨울을 버틸 것이다. 아무리 혹한이 닥친다 해도 아지랑이 피어오르는 봄이 올 것을 알기에 나무는 녹음 짙은 이파리가 속절없이, 미련 없이 떠나도 좌절하지 않았다. 내 인생의 겨울도 앙상한 나무처럼 그렇게 처연하게 홀로 서 있을 것이다. 하지만 나는 그 어느 날 노쇠하고 병들 날을 두려워하지 않고, 또 다른 봄날로 향하는 길이라 여기며 생명의 순환을 기꺼이 맞이하리라.

해가 지나 다른 낙엽이 똑같은 동작으로 새로운 상념을 불러일으키며 잠든 가을, 가슴속에 녹아든 낙엽 쌓인 오솔길을 깨운다. 나는 그 낙엽을 밟으며, 수십 년을 맞이해도 변함없이 "올가을 너도 가는구나!"라며 서러운 작별을 할 것이다.

일기로만 남길 수 없는 말들

2

꺽다리 아저씨

그 아저씨가 어딘가에 살아 있겠지. 회자정리 거자필반(會者定離
去者必返)이란 말이 그냥 나온 말은 아니리라. 오래전 사람을 찾아 주
는 감동적인 TV 프로그램이 있었다. 과거에 헤어진 사람과의 인연을
설명하고 다시 보고 싶은 옛사람을 찾아주는 프로그램이다. 그렇게
보고 싶었던 사람을 수십 년 만에 만나 감동의 포옹을 하는 과정이 시
청자의 심금을 울렸다. 누구에게나 그렇게 보고 싶은 사람이 있기 마
련이다.

나도 그렇게 찾아보고 싶은 사람이 있다. 1970년대 내가 살던 동네
에 꺽다리 아저씨가 살았다. 보통 사람은 일반 가정집 대문 앞에 섰을
때 대문을 열기 전까지 모습이 보이지 않는다. 반면 그 아저씨는 키가
너무 커서 문을 열고 확인하지 않아도 대문 위로 목과 얼굴이 보일 정
도였다. 마음만 먹으면 동네 어느 집 안도 들여다볼 수 있었다. 그건

키가 큰 그만의 특권이었다.

홀어머니와 함께 대문이 높은 한옥에 살던 그는 동네 꼬마들의 놀이에 끼어 이래라저래라 참견하기도 했고, 마치 친구처럼 우리 집에 놀러 와 늦게까지 놀고 가기도 했다. 우리가 알지 못하는 기발한 놀이를 가르쳐 주기도 했다. 사실 초등학교 1학년인 내 눈에 아저씨였지 그는 대학을 졸업한 지 얼마 안 된 청년이었다.

아저씨는 당시 H은행 야구부 주장이었다. 그의 조용한 집에는 각종 트로피가 진열되어 있었다. 어느 날 그 트로피가 내 호기심을 자극했다.

"아저씨는 공부 잘했어요?"

"공부는 잘 못했는데….."

아저씨는 싱긋 웃으며 어깨를 으쓱거렸다. 야구를 잘해서 받은 트로피라는 것을 짐작하면서도 짓궂게 물었으나 솔직하게 대답해 준 아저씨가 나는 좋았다. 어린아이가 없는 아저씨네 한옥은 늘 정갈해서 우리 집과는 다른 품격이 느껴졌다. 방문하는 아이들을 위해서 혀가 녹을 것 같은 맛있는 과자가 항상 준비되어 있었다. 나는 거의 그 집의 단골손님이었다.

야구 경기가 끝나면 내 아버지는 스포츠 신문을 사 왔다. 거기에 아저씨의 사진이 뒷모습만 나왔다고 나한테 알려 주셨다. 그렇게 키가 큰 사람인데 사진에는 조그맣게 보였다. 앞모습이라고 별반 다를 것 같지 않았다. 그러나 아저씨의 약혼 사진은 제법 정면으로 잡지에 실렸다. 일거수일투족이 세간의 관심을 끄는 연예인처럼 농구선수와 약혼반지를 주고받는 사진이 나온 후, 마침내 야구선수와 농구선수는 결혼했다.

결혼하면 분가하는 요즘과 달리 아저씨는 대문 높은 그 한옥에 신접살림을 차렸고, 동네 꼬마들과 노는 일이 없어졌다. 어지간한 장난기와 순수한 동심을 포기할 때가 된 것이다. 아저씨와의 추억은 결혼 전까지가 다였다.

녹색 잔디가 넓게 펼쳐진 야구 연습장에 구경 간 일이 있었다. 분홍색 원피스를 입고 간 나는 야구 선수와 달리기 시합을 했다. 죽을힘을 다해 진짜 이기려고 했었다. 그때는 열심히 뛰면 이길 수 있다고 생각했다. 코웃음을 칠 일이 아닌가. 야구 모자를 쓰고 방망이를 휘두르며 코스모스가 가득 핀 시골길에서 아저씨와 찍은 흑백사진은, 녹색과 분홍색이 얼마나 예뻤는지 알 수 없지만, 내 기억에는 지금도 선명하다.

그 후 중학생이 되어 찾아간 대문 높은 집의 아저씨는 야구 선수가 아닌 직장인이 되어 만날 수 없었다. 대신 갓난아기와 아장아장 걷는 아이 그리고 주부가 된 농구선수 아줌마가 나를 맞이했다. 세월이 더 흘러 동네에 계속 살았던 사람들을 통해서 어느 날 아저씨가 부산으로 이사했다는 소식을 들었다. 다시 만나기는 어려울 것이라고 했다. 마치 외국으로 가기라도 한 듯 먼 거리감이 느껴졌다.

생각해 보면 녹색 잔디 구장에서 분홍색 원피스를 입은 소녀가 코스모스 꽃이 된 것 같다고 느꼈던 그날, 그 사진 속에는 껑다리 아저씨가 있었다. 그 껑다리 할아버지가 지금은 어디에서 잘살고 있을까.

$$\boxed{3}$$

소년중앙은 내 친구였다

혼자 있는 시간에는 휴대전화를 본다. 남녀노소 많은 사람들이 핸드폰으로 게임을 하거나 새로운 정보를 얻고 있다. 핸드폰이 없었던 시절에는 시간을 어떻게 보냈을지 상상이 안 될 정도다. 애착하는 물건 가운데 핸드폰만 한 것은 없는 듯하다. 요즘은 지갑 역할까지도 대신한다.

전화를 받기 위한 용도는 한정적이고, 과거의 라디오, TV, 잡지 등은 모두 핸드폰 하나로 대체되었다. 1970년대는 오늘날의 핸드폰 못지않은 즐거움이 있었으니, 그것은 한 달에 한 번 발간되는 잡지였다.

『소년중앙』, 『어깨동무』, 『새 소년』이란 것인데 그중 우리 집은 『소년중앙』을 창간호부터 구독했다. 『소년중앙』은 어린이를 위한 잡지로 별책부록까지 3권이 있었다. 본 책은 아주 크고 두꺼워서 다 보려면 하루가 족히 다 갈 정도였다. 한 권은 작은 만화책으로 처음에는 요괴 인간 다음은 아톰, 뱀파이어 등이 있었고, 나머지 또 한 권은 '어린이 중앙'이라고 크기는 크지만 얇아 본 책만큼 볼거리가 많지 않았다. 새 달이 되어 "『소년중앙』0월 호가 나왔습니다." 하는 광고가 나오자마자 서점이나 문방구를 향해 돌진하여 사 오면, 누가 먼저 본 책을 볼 것인가 쟁탈전이 벌어졌다. 아무래도 내가 서열이 뒤라 며칠 지나 보게 되었는데, 우리 형제들은 각각 차지한 책을 가지고 가장 편한 장소에서 탐독했다.

방바닥에 배를 깔고 눕거나 다락에 조용히 박혀 읽었다. 읽는 동안에는 밖에 나가 놀지도 않았다. 수년의 세월이 지나니 『소년중앙』이 차곡차곡 쌓이다 못해 급기야 장롱 높이만큼이 되었다. 나는 쌓인 책을 밟고 장롱 위까지 올라가 방 안을 내려다보기도 했다. 오래 지난 호를 읽어도 새록새록 얼마나 재미있었는지 여름에는 선풍기도 없이 부채질만 해도 덥지 않았고, 겨울밤이 깊은 줄도 몰라 그저 그 시간이 즐거웠다.

그렇게 흥미진진한 읽을거리에 빠져들었다. 그 당시 읽었던 미래 사회, 미래 도시에 대한 예측이 오늘날과 거의 일치해서 신기하다. 일례로 1970년대는 TV 채널이 3개밖에 없었는데 수십 개로 다양하게 되리라 했고, 고가도로가 생겨 머리 위에서 차들이 지나간다더니. 요즘 세상에는 새롭거나 흥미 거리도 못 된다. 『소년중앙』 덕분에 돈을 내고 들어가는 만화방에는 한두 번 친구들과 간 적은 있었지만, 굳이 찾아갈 이유가 없었다.

내가 초등학교를 졸업하고는 중·고등학생을 위한 잡지 『여학생』

이 있었는데, 그때부터는 그 잡지를 본 것 같다. 그 당시 『여학생』 표지모델을 모집하기도 했는데 모델이 된 사람이 고등학생 스타가 되기도 했다. 대학 시절에는 데모가 많이 있었고 최루탄이 난무했다. 나는 군인의 딸로 시대정신에 눈을 감고 모르는 게 약이라 여겼다. 주관 없이 함부로 어느 쪽이든 끼어들 수가 없었다. 세월이 지나 그 시대의 이야기가 영화로 만들어지기도 했다. 험한 세상이었다. 그러다가 어른이 되었고 잡지는 미용실에서만 보는 것이 되었다. 파마하는 긴 시간 볼 수 있는 주부를 위한 잡지는 다양했지만, 화보나 광고가 더 많이 있어 싫증이 났다.

여러 잡지를 보아 왔지만, 『소년중앙』만큼 탐독했던 잡지는 없었다. 1970년대 동산같이 쌓여 있던 잡지 틈에서 시간 가는 줄 몰랐던 동심을 요즘 아이들은 모를 것이다. 너무나 발전되고 영민한 아이들은 핸드폰이나 컴퓨터로 모든 필요를 충족하니 잡지를 먼저 보려고 다투거나 서점을 향해 달려간다는 말을 들으면 이해할 수 없을지 모른다. 나의 어린 시절에는 그랬다. 『소년중앙』이 나의 절친이었던 그때가 한없이 그립고 꿈만 같다.

일기로만 남길 수 없는 말들

4

미시간의 겨울

미시간주에는 눈이 많이 왔다. 그래서 우리가 살았던 오케머스를 떠올리면 겨울을 연상하게 된다. 눈보라가 몰아쳐도 젊은 우리는 의욕으로 불탔다. 국비유학생이었던 남편은 미시간 주립대에서 세 번째 석사과정을, 나는 방문 교수 자격으로 도미했다. 집을 비워 두고 낯선 곳을 향할 때 서글픈 마음보다는 새로운 세상에 대한 호기심과 희망이 더 컸다.

눈이 꽁꽁 얼어붙은 랜싱 공항에 도착했다. 미시간주 지도를 보면 왼손에 장갑을 낀 모양이다. 음식을 먹고 체했을 때 민간요법으로 엄지와 검지 사이 가운데를 눌러 지압하는 바로 그 위치가 주도인 랜싱이 있는 곳이다. 입국심사를 위해 길게 줄을 서 있던 사람들은 누구나 피곤함이 역력한 모습이었다. 911테러가 있었던 직후라 그런지 대기자가 쉽게 줄어들지 않았다. 입국 심사관들은 테러 용의자라도 찾을

심산인 듯 보였다. 랜싱이 도심지라면 인접한 오케머스는 조용한 주택지다. 커다란 이민 가방 다섯 개를 들고 짐짝같이 기진맥진한 우리 가족이 아파트에 들어섰을 때는 새벽녘이었다.

다음 날 남편과 나는 운전면허 시험을 보러 갔다. 차 없이는 슈퍼마켓도 학교도 갈 수 없는 넓은 땅에 들어온 것이다. 시험 감독관이 무엇을 요구하는지 귀를 쫑긋 세우고, 눈이 쌓인 비탈길을 벌벌 떨며 주행 시험을 봤다. 3일째 되는 날 친절한 지인의 도움으로 세 아이를 각각 초·중·고등학교에 등록시켰다. 시차에 적응할 틈도 없이 며칠을 강행군하며 미국 생활을 시작했다.

아이들이 1년간 다녔던 학교는 꽤 만족스러웠다. 오케머스 하이스쿨은 미시간주에서도 유명한 공립고등학교로, 정기 오케스트라나 연극 공연이 있는 날에 많은 인파가 모이는데도 쾌적하여 우리나라의 웬만한 대학보다 시설이 좋았다. 초등학교나 중학교 건물은 특이하게도 모두 단층이었다. 땅이 넓어 굳이 2층을 만들 이유가 없다고 한다. 초등학교 학급의 학생 수는 20여 명인데 담임 선생님과 부담임 선생님 두 분이 있어 교사와 학생들의 친밀도가 높고, 아침에 등교하면 제일 먼저 그날 점심 메뉴를 선택하는 일부터 시작할 만큼 교육 환경이 여유로웠다. 미국 교육은 수시로 있던 견학 외에 한 학기에 한 번 강당에서 모든 과목의 선생님과 학부모가 1:1로 개인 면담을 할 수 있는 날이 있어 누구나 그날 하루에 부담 없이 상담할 수 있었다.

미시간주는 미국 내에서도 농산물이 풍부한 지역이다. 미시간 주립대학교는 미국에서 처음으로 과학적 농법을 가르친 농업대학으로

일기로만 남길 수 없는 말들

Food Science & Human Nutrition 학과는 상상외로 큰 규모였다. 건물 전체가 한 학과였는데 현관에 명패가 있는 교수만 수십 명에 달했다. 도서관의 풍부한 자료를 보면 저절로 학구열이 생겼고, 누구든 소모임 학습을 할 수 있는 개별 공간이 여럿 있어 우리 가족만 따로 그 방을 이용하기도 했다.

대학을 관통하는 레드시더강에는 물오리가 평화롭고, 유유히 흐르는 강물과 붉은 단풍이 녹색의 잔디와 대조를 이루던 가을은 얼마 지나지 않아 백설로 뒤덮인 겨울이 되었다. 눈이 많이 오거나 비가 오는 날은 교정에 사람이 없어 이상하게 여겼는데, 날이 궂은 날 학생들은 모두 건물과 건물 사이의 지하 통로로 다녀 보이지 않은 것이었다. 나중에야 나도 그 통로를 알게 되어 굳이 우산을 쓰고 돌아다니지 않을 수 있었지만, 건물의 지하에 거미줄같이 길고 긴 통로가 있다는 것이 신선했다. 아침에 각자 학과로 헤어졌던 남편과 점심에 다시 만나 데이트를 할 때는 두 번째로 대학생이 된 기분이었다. 여전히 우리는 세 명의 자녀를 돌봐야 했지만, 마음은 청춘처럼 겁나는 것이 없었다.

겨울에는 가까운 스키장이 여럿 있어 추억을 만들기 좋았다. 방학 때는 캐나다의 오대호 중 가장 넓고 깊은 슈피리어 호수의 깊고 검은 물을 외경의 눈으로 바라보며, 퀘벡과 몬트리올을 거쳐 플로리다까지 자동차로 여행했다. 다섯 식구가 행군하듯 하는 여행이 즐겁기만 한 것은 아니었지만, 넓은 세상을 보고 듣는 현장 공부로 여행만 한 게 또 있을까. 내가 미국에서 제일 많이 들은 말이다.

"익스큐즈 미."

"땡큐."

한국 사람이 많이 하는 말은 "빨리빨리"가 아닌가 한다. 그 속도감으로 시카고의 5개 박물관을 하루 만에 관람했는데, 그냥 걸어서 한 바퀴 돌고 나온 것 같다. 젊어서는 왜 시간이 항상 빠듯했을까. 욕심은 많고 시간은 모자란 것이 젊음의 상징인가. 비록 짧은 시간이었지만, 각자의 인생에 꿈과 목표를 설정하는 중요 전환점이 되지 않았나 싶다. 그 후 10여 년이 지나 두 딸은 모두 미국에서 석·박사를 했다.

우리에게 미시간의 겨울은 춥지 않았다. 살을 에는 매서운 날씨라도 건물 내부는 비현실적으로 훈훈했던 겨울을 두 번 보내며, 우리 가족은 새로운 환경에 적응하고 성장하기 위해 애썼다. 나와 남편은 우리 생애 젊고 의욕적인 시절을 아이들과 그곳에서 '빨리빨리'의 정신으로 보냈다. 크리스마스 시즌을 즐기는 사람들로 공항이 한산할 때, 백설이 만건곤한 오케머스를 떠나 한국의 집으로 돌아오던 날, 그날도 여전히 눈이 많이 왔다.

일기로만 남길 수 없는 말들

5

30년 또다시 그 영화

여름 방학이 시작될 무렵이면 교수님과 영화를 보러 갔다. 6월은
날씨도 좋고 걷기도 상쾌했다. 석사과정 한 학기가 무탈하게 마무리
되었음을 자축하는 의미였다. 홀가분한 마음에 들떠 다른 연구실 친
구들에게 자랑도 하고 부러움을 샀다.

"나 오늘 교수님하고 영화 보러 간다!"

"정말? 좋겠다! 뭐 보러 갈 건데?"

나는 정년 퇴임이 임박한 노 교수님의 마지막 제자였다. 한때 학회
를 이끌던 그분은 지병으로 거동이 불편하셔서 사람들이 많은 곳은
거의 가지 않으셨는데 학기 말은 예외였다. 그날은 사모님의 계모임
이 있는 날이라 일부러 날짜를 그렇게 잡으셨다. 선배와 나는 교수님
을 모시고 늘 가던 우아한 식당에서 점심을 먹고, 아마 명동 근처를 거
닐었던 것 같다. 찻집에서 연애, 사랑, 결혼 등을 주제로 질문하면 빙

굿이 웃으며 딸보다 어린 20대 제자들의 재롱을 듣기만 하셨다.

영화관에서 우리는 〈탑건〉을 보았다. 학기 말마다 영화를 보러 갔으니 공포영화를 비롯한 여러 편을 본 것 같은데, 기억나는 것은 그것밖에 없다. 미남 주연배우 톰 크루즈가 얼마나 멋져 보였는지 모른다. 지금도 내가 좋아하는 배우다. 그날도 영화가 끝나고 밤거리를 또 걸었다. 6월의 저녁은 낮 동안의 열기가 식어 상쾌했다. 파킨슨병이 진행되어 걷기 힘겨워 보였지만, 그분의 제자 사랑은 조용히 흐르는 물처럼 늘 변함이 없었다. 저 위의 대선배에서 막내인 나에 이르기까지, 스승의 거리감 없는 따스하고도 인간적인 면모를 제자들은 늘 존경했다.

30여 년이 지나 교수님은 돌아가신 지 오래고, 내가 그분의 나이가 되어 그 영화 〈탑건〉을 또다시 보게 되었다. 배우는 원숙한 모습으로 전편의 박진감 넘치는 장면이 후속편에서도 그대로 재현되었다. 누가 한 우물을 파는 것을 미련하다고 했는지. 시종일관 사람들에게 감동을 주었다. 할리우드 영화의 상업성을 비방하는 사람도 많지만, 나는 그때처럼 영화에 매료되었다. 세월을 뛰어넘는 감동의 시간이었다. 영화의 주인공이 된 듯 감정 이입을 했다. 비록 조종사의 고공비행을 하고 싶다는 꿈은 꾸지 않았지만, 오토바이를 타는 장면에서는 나도 똑같이 타고 싶었다. 거동이 불편하셨던 교수님도 젊은 조종사가 하늘을 자유자재로 비행하는 장면에서 지금의 나처럼 대리만족하셨을까.

한 세대가 지나며 비슷한 흉내로 살았다. 나의 학문적 업적은 미미하고, 뒤돌아보니 그것만이 나의 옳은 길이었나 하는 생각도 들었다.

인생은 원하는 한 방향을 바라보며 가되, 그 길이 넓은 대로일 수도 있지만, 꼬불꼬불하고 진흙탕일 수도 있어 사람마다 다른 경로를 걷게 된다. 졸업하고 수년을 시간강사로 전전할 때도 내가 그분의 제자였다는 사실은 자랑거리였다. 그러나 학문적이거나 인간적인 면에서 목표에 미치지 못하는 제자는 자괴감을 느낄 때가 많았다. 처음부터 나의 이상과 현실은 좁히기 어려운 목표였음을 알았다.

그분의 나이가 된 나는 같은 배우가 나온 비슷한 영화를 보며 세월따라 변한 것과 변하지 않은 것이 무엇이 있었나 떠올려 본다. 세월은 훌륭한 사람이나 평범한 사람 모두에게 동등하게 흘러간다. 감동을 주는 영화와 배우는 여전했지만, 풍선같이 원대한 꿈을 꾸던 20대는 스스로 주제를 파악한 60대가 되어 그나마 건강하다고 자부하고 있다. 평범하지만 가늘어도 길게 살 수 있다면, 또 한 번 꿈을 꾼다.

6

벚꽃

벚꽃이 올해만 피는 것은 아니다. 달콤한 휘파람 소리 같은 훈풍이 연한 꽃잎을 눈송이처럼 흩날리게 한다. 바닥에 떨어진 연분홍 꽃잎은 나비의 날개보다 작은데 그 가녀린 꽃잎을 밟기가 애처롭다. 투박하고 짙은 나무 둥치에서 어떻게 이렇게 가녀린 연분홍 꽃이 생산될 수 있었을까. 단 일주일의 찬란한 영광을 위해, 1년 내내 나무는 인고의 세월을 견뎌냈다. 벚꽃의 인내는 길고 영광은 짧다. 어릴 때 비눗방울 거품을 만들기 위해 후하고 입술을 모아 불면, 오색의 영롱한 동그라미가 날리며 춤을 추다 맥없이 꺼져 버리는 비눗방울 거품이 벚꽃 같다고 생각한다.

부끄럼 타는 새색시의 발그레한 분홍색 볼이 벚꽃이 되었는지 꽃잎은 연하고 가냘프다. 기껏 한 주일 빛나는 날, 무수한 시선을 받으며 저마다 낭만적인 꿈을 꾸었다. 웅장한 가로수 길에서도 그랬고, 검은

일기로만 남길 수 없는 말들

하늘을 배경으로 형광이 찬란할 때도 누군가의 따뜻한 봄밤을 수놓았다. 봄이 왔다고 벚꽃만 알려 준 것은 아니다. 산수유를 시작으로 목련이 처연하게 피어오르고 곧 있으면 철쭉과 라일락의 향연이 벌어질 것이다. 봄의 전령 중에서도 유독 벚꽃이 아련한 것은 너무 허망하게 져 버린 짧은 순간에 대한 못다 한 애착 때문이다. 슬퍼하지 말라고 달래며 내년에도 또 피어나라 하지만 벚꽃은 아무것도 모르고 천진하다. 꽃이 지는 것을 바라보는 내 영혼이 애잔한 것이지, 정작 벚꽃은 영혼이 없으니 그저 피었다 지면 그뿐 오히려 나를 위로한다.

벚꽃처럼 속절없이 져 버린 누군가가 생각난다. N 선배는 나의 1년 선배였다. 누구보다 열정적으로 살았던 N 선배는 다양한 교내외 활동으로 타 학과에도 잘 알려진 사람이었다. 대학원 원우회 회장단 선거에 출마했던 그녀를 위해 선거운동을 도왔던 나는 그녀의 적극적인 삶의 의지와 일을 해내는 추진력이 부러웠다. 그녀는 학위를 받기도 전에, 지방대학교에 전임강사로 부임했고 결혼하여 돌 지난 딸이 하나 있었다. 취업과 결혼이라는 두 마리 토끼를 잡았다고 주변의 부러움을 많이 샀다. 사고가 나기 전 아주 짧은 시간 동안이지만.

지방에는 농사일 등으로 트럭을 가지고 학교에 온 학생이 있었다. 어느 날 운전이 미숙했던 그 대학 학생의 트럭이 인도로 뛰어들어 무심히 걸어가던 선배를 덮쳤다. 서른이 되기도 전에 선배는 교정에서 비명횡사했다. 그렇게 허망하게 맥없이 그 선배가 져 버릴 줄은 아무도 몰랐다. 왜 하필이면 그 학생은 트럭을 몰고 학교에 왔으며 그 길에서 왜 선배가 희생되어야 했는지는 신만이 아는 일이다. 어이없는 사고는 행복한 한 가정을 파괴했고 꿈 많은 한 인생을 마감시켰다.

1년 내내 기다린 꽃이 순식간에 져 버리는 벚꽃을 보면 피어 보지 못하고 져 버린 N 선배 같다. 휘파람 같은 바람이 불면 점점이 꽃잎이 날리고 입술을 모아 꽃잎을 불어 본다. 선배의 영혼은 어디에서 안식하고 못다 한 꿈을 꿀까.

7

연어의 회귀

부모님을 모시고 창경궁에 갔다가 어린 시절 살았던 동네에 가 본 적이 있다. 창경원이던 시절에는 동물원이었는데 일제는 신성한 궁궐에 동물을 가둬 놓고 그 품격을 떨어뜨리고 싶었나 보다. 벚꽃이 피는 봄에는 창경원이 가족의 소풍 장소로 유명했다. 여기저기 어린이대공원이 생기기 전이었으니, 아이들이 열광하는 동물 구경은 창경원에서만 할 수 있었다.

놀러 갈 때 김밥과 삶은 달걀이거나 중국집 짜장면이 제일 맛있는 줄 알았던 소박한 시절, 온 가족이 손을 잡고 원숭이, 코끼리 등 동물들을 구경하러 다녔다. 좀 더 커서는 그 근처 어린이 과학관을 둘러보기도 했고, 동그란 모자를 쓴 듯한 남산 어린이회관에 갈 때는 우리가 주인공이 되었다. 가족 나들이를 하던 날은 화창한 날씨처럼 행복한 기억으로 남았다.

창경원의 동물들은 과천 대공원으로 이송되고, 옛 궁궐의 모습을 찾았으니, 부모님과 옛날을 회상하며 돌아보고 싶었다. 오후에 도착한 창경궁은 평일이라 사람이 많지 않았다. 여름날 따가운 햇살만 아니었다면 더 오래 유유자적할 수도 있었을 텐데, 팔십 중반 파킨슨병이 진행되고 있었던 아버지에게는 산책이 노동과도 같은 힘겨운 일이었다. 파킨슨 진단을 받기 수년 전, 놀이기구를 타기 위해 줄을 서서 기다리다 노약자라고 탑승을 거부당하신 적이 있다. 그때만 해도 당신은 인정하지 않았지만, 아버지는 많이 노쇠해졌다. 보행이 눈에 띄게 느려졌으며, 젊은 사위를 능가하던 자신만만하고 패기 넘치던 모습은 찾아볼 수 없었다.

그날 창경궁보다 더 가 보고 싶었던 곳이 있었다. 오래전 우리가 살았던 동네, 그중에서도 바로 우리의 옛집이었다. 차가 들어갈 수 없는 좁은 골목, 'ㄹ' 자로 구부러진 옛날 길을 더듬어 천천히 둘러보았다. 흔히 고향에 오면 모두가 변했다는데, 아무것도 변하지 않은 동네는 단지 사람만 바뀌었을 뿐이었다. 시간이 정지된 듯 옛 모습 그대로 있는 동네가 왜 그렇게 가 보고 싶었을까. 연어가 모천으로 회귀하듯, 같은 서울임에도 그곳이 고향이라고 궁금했나 보다. 내가 기억하는 가장 어린 시절의 집은 하나도 변하지 않았다.

그 집을 뒤로할 때, 가족 모두는 크고 좋은 새집으로 이사한다고 들떠 있었으나 아버지는 몹시 서운해하셨다. 그 후 내가 결혼해 분가할 때까지 아버지는 단 한 번도 '복덕방'을 다니지 않았다. 꼿꼿한 샌님은 부동산 투자에 관한 권한을 모친에게 위임했고, 선비정신으로 일관했

일기로만 남길 수 없는 말들

다. 만약 아버지가 솔선하여 부동산에 관심을 가졌다면 어떻게 되었을까. 생각해 보면 내가 한집에서 오래 사는 것도 전부 아버지를 닮아서인 것 같다.

옛집 벽돌담에는 50년 전 손톱으로 긁어 붙인 판박이 스티커가 희미하게 남아 있었다. 나는 가만히 손으로 쓰다듬어 보았다. 대문 옆에는 집집이 시멘트로 만들어진 붙박이 쓰레기통이 있었고, 쓰레기를 비워 내던 골목은 그대로였다. 내부 재래식 화장실은 개조했는지 들어가 보지 못했으니 알 수 없으나 녹색 대문도 여전했다. 담장 위 나팔꽃이 너무 높은 곳에 피었다고 생각했던 그 옛날 그 담장은 실상 높지 않고 좁은 길이 꼬불꼬불한 그곳에는 이웃들이 여전히 살고 있었다. 그때 우리 가족처럼.

시멘트 바닥이 물청소로 반질반질했던 마당과 부엌을 지나 작은 문을 통과하면 뒤쪽으로는 장독대와 광이 있었다. 안방에는 가끔 올라갔던 다락방과 붙박이장이 있었고 마루를 건너 건넌방이 툇마루로 나란히 이어졌다. 창호지가 발라진 미닫이문에 납작하게 말린 단풍잎을 붙이기도 했던 그 집의 내부를 기억 속에서 살려 내기는 어렵지 않았다. 그 시절 아버지는 젊었고 나는 누군가 내 나이를 물으면 매년 손가락 하나씩 더해 나이를 세었다.

반세기가 지나도 변하지 않은 동네는 복원된 고궁처럼 그대로였다. 그곳에 살았던 사람은 성장했고 늙어 가는데, 개발을 비켜 간 서울 변두리의 풍경은 지방 소도시처럼 쓸쓸하기만 했다. 돌아온 연어처럼 한 번은 꼭 가 보고 싶었던 곳을 돌아보았다. 아버지는 젊은 날로,

나는 가장 어린 시절로 돌아가는 상상으로 그날을 마무리했다.

꼬불꼬불한 좁은 골목길 한 모퉁이에 아버지의 힘찬 발자국 하나쯤 남아 있지 않았을까. 돌아보고 또 돌아보는 내 발걸음도 가볍지만은 않았다.

그리고 2년 후 아버지는 먼먼 고향으로 날아가셨다. 철새처럼.

8

반지

아침마다 손가락이 잘 구부려지지 않았다. 기름칠하지 않은 낡은 기계가 기름을 먹으면 다시 매끄럽게 작동하듯, 몸도 기름칠할 때가 되었나 보다. 지금까지 입속에 혀를 놀리듯 의지대로 써 왔던 오른손이 글씨를 쓸 때조차 불편했다. 주로 무릎이나 어깨가 아픈 것은 노년층의 건강 장애로 대표적인데, 지금 나도 그 길로 들어서려 한다. 정형외과에서 X-ray를 찍고 뼈 상태를 관찰해야 했다. 양손에 자리 잡은 반지들을 빼야 사진을 찍을 수 있다는데 그것이 문제였다.

내 손가락에 자리 잡은 지 오래된 반지들은 나만의 사연이 있다, 결혼반지는 결혼 이후 쭉 끼고 있었다. 모친은 팔순이 지나 장롱에 모셔 놓았던 패물을 딸들에게 하나씩 물려주었는데, 모친의 반지와 목걸이 등은 오랜 세월 장롱에서 빛을 보지 못하다 드디어 딸들에게서 광명을 찾았다. 그 반지들을 각각 양손에 끼고 있어 내 손가락은 뜻하지 않은 호사를 누리고 있다.

이 반지들은 비누칠하여 공을 들여야 뺄 수 있다. 이미 한 몸이 되어 붙어 버린 것처럼 반지를 낀 부위만 손가락이 가늘어졌고 손마디가 굵어 나오기 어렵기 때문이다. 나의 사정을 들은 방사선과 기사는 그냥 사진을 찍자고 했다. 그들의 퇴근 시간이 임박하여 병원을 찾아 일이 수월했다. X-ray 사진을 판독하며 의사는 며칠 분의 약을 처방해 주었고, 아직 걱정할 단계는 아니나 퇴행성 진행이 되고 있다고 했다. 의사의 진단을 들으면서 눈에 보이는 나의 뼈마디와 기괴하게 빛나는 반지들은 흡사 요괴의 손가락 같았다. 앞으로도 이 병원에서는 반지가 주렁주렁 달린 손가락뼈 사진을 보관할 것이다. 그 후부터 평생을 혹사당했던 무수리의 손은 여왕의 손처럼 우아하게 움직임을 자제하며 의도적으로 천천히 움직이게 되었다. 젊어서부터 손가락을 편하게 해 주었다면 손가락 관절 문제가 생기지도 않았을 것이다.

나는 반지를 보면서 늘 화신 백화점에서 맘에 드는 반지를 고르던 젊은 아버지를 생각했다. 반세기 넘어 애지중지하던 반지는 혈혈단신 젊은 나의 아버지가 푼푼이 모은 전 재산을 모친에게 바친 것이다. 모친은 평생 그 반지들을 소중하게 아꼈으나, 어쩌다 한 번 빛을 보게 했을 뿐, 반지는 늘 어두운 장롱 속 보석함에서 나오지 못했다. 어머니의 날들은 내가 지난 세월보다 더 고단했을 것이니, 호사스러운 반지는 그냥 보기만 했던 보석이었을 뿐이었다. 어머니를 여왕으로 모시겠다던 아버지의 바람과 달리, 어머니의 손은 주부습진으로 껍질이 벗겨지고 반지를 끼기보다는 약을 바르기에 바빴다. 차마 보석함에

일기로만 남길 수 없는 말들

서 나오지 못했던 그 보석들을 딸들에게 모두 보내고, 당신의 시대가 지났음을 쓸쓸히 인정하셨다.

평온함, 순수함, 평화를 상징하는 그 깊고 짙은 블루 사파이어는 모친의 세월을 지나 내 손가락에서 빛을 발한다. 60년의 결혼생활을 성실과 믿음으로 일관하신 아버지의 마음을 닮은 보석을 손가락에 끼고 영롱한 푸른빛을 눈에 가까이 들여다보았다. 나이가 들어가는 딸은 젊은 아버지와 어머니의 순정을 기억하며, 가난한 1960년대 보석을 선물하던 아버지와 그것을 받고 기뻐하던 어머니. 젊은 추억이 아로새겨진 반지를 내 손가락에서 빼지 않음으로써 아버지와 항상 함께 있다고 생각했다. 내 손은 이제 젊을 때처럼 바쁘게 움직이지 않는다. 드디어 의도하지 않게 반지의 격에 어울리는 우아한 손이 되었다.

9

오래된 석조건물에서

누구에게나 젊고 자신만만했던 시절이 있다. 내가 젊은 시절 10년 간 다녔던 건물은 엷은 회색과 미색의 중간 정도, 무난한 벽지 색깔의 석조건물이었다. 팽팽한 풍선 같은 꿈에 부풀어 기고만장했지만, 나름 부지런히 살았다. 아침저녁으로 돌계단을 올라 건물 앞 현관까지 이어지는 길고 아름다운 꽃밭을 걸을 때 내 인생도 이런 꽃길이기를 기대해 마지않았고 그렇게 살리라 생각했다. 봄에는 무슨 일년초를 심었느냐에 따라 각양각색의 알록달록한 꽃으로 장식되었고 가을에 는 항상 황금색 국화꽃이 만발해 그 향기가 멀리까지 전해졌다.

내부는 결코 좋은 환경이랄 수 없었다. 각종 기기가 즐비했던 실험 실 한쪽 구석에 내 책상이 있었다. 요즘은 어디든 책상에 컴퓨터 모니 터와 본체가 있지만, 그 시절에는 문명의 이기가 없어 그 구석 자리에 서 실험 데이터를 수기로 정리하고 노트를 쓰고 책을 읽었다. 머리 위에는 시약이 가득 든 시약장이 벽에 고정돼 매달려 있었고 내 등 뒤로는 실험대가 있었다. 실험대 중앙 선반에는 농도를 맞춰 조제한 시약이 죽 늘어서 언제든 대기 중이었고, 양쪽 수전 중 한 곳은 감압장치를 위해 하루 종일 켜놓아 물 흐르는 소리를 들었다. 그 반대쪽 수도에서는 실험이 끝난 초자 기구를 씻거나 라면을 끓여 먹은 양은 냄비를 닦기도 했다. 누구든 가장 먼저 그 방에 들어온 사람은 증류수 장치를 가동하는 것으로 출근했음을 표시했는데 가장 늦게 퇴근하는 사람이 장치를 끄는 것으로 하루를 마감했다.

나는 그 실험실에서 하루가 시작되었다가 어두워지면 끝이 나기를 반복했다. 데모가 한창 성행하던 시절이라 창문 밖에서 최루탄이 터지는 폭발음이 난무하기도 했고 밤을 새워 민중이라는 이름의 퍼포먼스가 거행되기도 했다. 어둠이 짙어 흡사 검은 도화지 같은 실험실의 창에 기대어 예상치 못한 실험 데이터로 골머리를 앓던 때, 민주화 시위를 하던 학생이 최루탄에 희생되었다. 민중의 대규모 장례식이 교내에서 치러졌고, 그 행사에 참여하러 온 시민이 뇌진탕으로 응급실에 실려 왔을 때 공교롭게도 실험실에서 자상을 입은 청소부와 함께 시대의 비극을 목격했다.

어느 날 실험실에 불이 났다. 화재의 원인은 누전으로 밝혀졌다. 마귀의 손이 건물 내부를 칠한 것처럼 흰 벽이 한 군데도 남지 않고 검게 그을렸다. 불은 3층 내부 실험실을 반쯤 전소시켜 내 옆 책상은 흔적마저 없어졌고 책상과 책은 반쯤이 불탔다. 노후 전기 시설의 보수를 여러 차례 의뢰했으나 결국 큰일이 터진 것이다. 그 당시 학보에는,

"실험실이 전기구이 통닭이 되었다."라는 낯 뜨거운 기사가 나와 더 슬펐다. 화재 복구는 예상보다 신속하게 이루어졌다. 너 나 할 것 없이 시커멓게 불타 버린 기구를 쓰레기장으로 나르고 검은 재를 털어 내고 다시 흰색 페인트칠을 마치는 데 딱 1주일이 소요되었다. 불이 난 실험실에서 노벨상을 탈 사람이 나올 것이라는 농담으로 서로를 위로했지만, 검게 그을린 아비규환의 트라우마를 쉽게 잊을 수는 없었다.

졸업 후 단과대학 전체가 최신 냉난방이 가동되는 새 건물로 이사했다. 이제는 그 석조건물이 다른 용도로 쓰여 아무 연관도 없지만, 내 추억은 항상 그 작은 석조건물에서 맴돌고 있다. 고단했지만 활기찬 10년의 세월, 오래된 석조건물은 행복한 기억을 떠올리게 한다. 화재로 떠들썩했던 그해 가을, 황금색 국화가 풍요로울 때 그 뜰 앞에서 나와 남편은 결혼사진 촬영을 했다. 세상 누구도 부럽지 않은 여왕이 된 듯 나는 당당하고 행복했다.

　　　　　　　　　　　　　일기로만 남길 수 없는 말들

10

그리움

당신이 그립습니다. 다시 한번 따듯하게 미소 짓는 당신의 얼굴을 볼 수 있다면 하고 생각만 해도 눈물이 납니다. "이번에도 꼭 이겨 내실 거지요?" 억지스러운 질문에 흔쾌하게 약속하셨지만, 처음이자 마지막으로 약속을 못 지키셨지요. 평생 신의를 목숨처럼 여기던 당신께서. 저와의 약속을 듣고 계시나요?

사진 속의 아버지는 지금의 내 아들보다 더 젊다. 말쑥하고 단정한 용모에 사각모를 쓰고 손에는 상장을 들고 계시는 그분은 책장 위에서 항상 나를 내려다보신다. 아마 내가 그 나이 또래였다면 분명히 반했을 법하다. 아버지는 긴 세월 동안 많이 변했다. 일가를 이루면서 더 후덕하고 여유로운 모습으로 너그럽게 변했다. 그분은 내 생명의 뿌리이며 나는 그분의 딸로 가장 많은 유전자를 물려받았다. 좋은 것도 나쁜 것도. 그래서 무조건 편들고 싶은 사람이다.

아버지의 마지막 유언은 당신의 아내, 혼자 남은 모친을 잘 부탁한다는 것이었다. 그러나 그 마지막 날 병상에 누워 계셨던 아버지는 이미 의사를 전달할 기력이 없었다. 눈동자만으로 주위에 있는 자식들을 왼쪽과 오른쪽 번갈아 가며 둘러보시는 것이 전부였다. 의사는 바이탈 신호가 일직선이 될 때까지 노력했지만 소용이 없었고, 복도 저쪽까지 모친의 통곡 소리가 애절했다. 이미 체념하고 있었던 자식들은 그다음 장례 절차를 계획했다.

나는 아버지에 관해 기록하고 싶었다. 왜냐하면, 그래야 할 것 같은 생각이 들었다. 세상에 아버지 없이 태어난 사람이 없지만, 나는 평생 그분의 열렬한 지지 속에 자란 자식이기 때문이다. 어린 시절 추억 속에는 늘 든든한 아버지가 배후에 있었다. 군복을 입지 않는 특수한 군인. 아버지는 군인이면서도 군복을 입지 않아서, 남들이 아버지의 직업을 알아채지 못했다. 나는 아버지와 같은 녹색 운동복을 입고 아침 등산을 했고, 아버지는 겨울에는 스케이트장에서, 여름에는 별을 보며 일본 소설을 재밌게 들려주셨다. 그 흥미진진했던 이야기 속에서 여름밤이 깊은 줄을 몰랐다. 20 면상이라는 변장을 잘하는 도둑의 이야기는 지금도 생생하기만 하다.

동화책을 읽고 나서 말하게 하는 훈련도 했는데, 나는 내 자식들에게 그렇게 하지 못했다. 그분은 일본어와 러시아어도 하셨고 운동도 잘하셨다. 저 멀리 섬까지 헤엄쳐 손을 흔들던 아버지는 못 하는 것이 없었다. 아버지는 내게 바둑 대신 오목을 가르쳐 주셨고, 밤에는 야식을 즐기며 종종 요리도 하셨다. 하지만 그것을 밖에 나가서 말하지 말

일기로만 남길 수 없는 말들

라고 당부했다. 남자가 부엌에 들어가는 것이 터부시되던 시절이었기 때문이다. 어릴 때 나는 아버지 같은 사람을 만나고 싶었다. 아버지 발등에 나의 두 발을 올리고 전축의 음악에 맞춰 춤을 추기도 했다.

아버지는 월남 후 반세기가 지나 가족의 소식을 접했다. 가끔 중국을 통해 가족의 편지를 받곤 했는데, 나의 할머니가 오랫동안 월남한 아들을 기다리다가 돌아가셨다는 소식을 접했다. 할머니는 장남이 전쟁통에 행방불명된 것으로 처리하여 월남자 가족의 불이익을 막을 수 있었고, 할머니의 기지로 남은 가족이 북한 사회에서 살아남을 수 있었다고 했다. 근대사의 거센 바람을 오롯이 혼자 견뎌내야 했던 당신의 아픈 사연을 감히 짐작이나 할 수 있으려나.

지금 아버지는 미소 가득한 사진으로만 남아 계신다. 평생 가족을 그리워했던 그 인생이 얼마나 외로운 시련이었는지. 하지만 그것조차 아무렇지도 않은 것처럼. 내가 더 나이 들어 아무리 세월이 지난다 해도 나는 가슴 저미는 슬픔을 모를 것이다. 당신만큼은.

11

디오게네스의 안가

방문을 닫아 놓고 홀로 앉아 글을 쓴다. 문밖이 어수선하다. 이번 집 수리는 폭우와 세월이 원인이다. 물받이 통에 과도하게 넘치는 빗물이 지붕에 야금야금 스며들었고 벽을 타고 내려와 벽지를 적신다. 게다가 오래된 배관 분배기에서 한 방울씩 누수가 생겨, 사람 몸으로 치면 당장 수술해야 할 큰 병에 해당된 셈이다.

집이 사람처럼 나이 들었다. 무슨 비가 이렇게까지 오는지 지구 온난화 영향인가. 자연재해가 남의 일이 아니다. 전쟁이나 질병을 대신하는 경험치고는 나은 편인가. 문밖에는 인부들이 이리저리 부산하게 움직이며 소음이 끊이질 않았다. 내 나이의 거의 반을 이 집에서 살았다. 비교적 규모가 큰 수리도 벌써 세 번째다. 처음 집을 짓고 10년쯤 살았을 때 아래층 욕실의 욕조를 떼어내고 도배와 장판을 하고 싱크대를 교체했다. 두 번째 10년이 지나 더 큰 공사를 했는데 온 집안의 창호를 바꾸고 외벽에 벽돌 모양의 타일을 붙였다. 대공사가 진행되는 몇 달 동안 아래층과 2층을 오가며 피난 생활을 거듭했다. 몇 년에 한 번씩 벗겨진 칠을 하거나 이것저것 고장 난 것들을 교체했다. 살아 있는 동안은 집도 사람처럼 보살펴야 했다. 방 한구석에 조용히 침잠하여 이곳저곳 망치질하는 소리를 들었다. 반려견이 마당에서 짖을 때마다 새로운 인부가 들어온다는 신호를 보냈다. 누가 오는지 가는지 아랑곳하지 않고 내가 해야 할 일은 대금을 지급하는 것뿐이다. 그만큼 현장 소장을 신뢰했다.

몇 가구 살지 않는 단독주택 단지에서 세월을 고스란히 흘려보냈다. 어린 자식들은 출가하여 집마다 부부만 남았다. 내 나이 삼십에 멋도 모르고 집을 지었다. 이렇듯 한 곳에 못 박혀 사는 것은 단순히 변화를 두려워해서가 아니다. 이제야 겨우 이 집이 내게 꼭 맞는 세월이 되었다. 어지간히 참고 기다렸다. 실로 얼마 만에 얻은 넓은 공간인지 이제 오롯이 만끽하고 있다. 부부 중 누가 먼저 가든 언젠가 홀로 남게 되는 날을 미리 걱정하지는 않으련다.

살아온 생의 절반이 아니라 앞으로 더 오랜 기간을 이곳에 산다 해도 후회는 없다. 세련되고 교통 편리한 아파트로 적절히 갈아타기를 하지 않아도 행복한 나의 공간이다. 디오게네스의 통처럼 햇빛이 가려지지 않으면 족하다. 과욕을 부리지 않기로 한다. 자식을 성장시켜 떠나보낸 공간에는 계절이 바뀔 때마다 고스란히 가족의 기억이 새록새록 사무친다.

누수가 생기고 고장 난 곳을 수리하는 것은 수고스럽지만 게을리하지 않고 있다. 젊어서 이 집에 들어올 때처럼 한동안은 새집 같은 기분이 들고도 남으리라. 몇백 년을 이어 온 종갓집의 종부가 고택을 지키듯 터를 닦고 손때 묻은 세월을 보낸다. 언젠가 떠날 때까지 보듬고 다듬어 사철 꽃향기 품고 싶다. 오랜 친구를 쓰다듬듯 집을 보살피니 터줏대감이 있다면 우리의 인연이 아주 돈독하다 할 것이다.

12

먼저 가는 이득

모친의 88세 생신 모임이 있었다. 4년 전 아버지의 88세 생신 때 케이크 위에 꽂힌 조금 큰 초와 가느다란 초는 각각 10년과 1년을 의미했는데 큰 것 8개와 작은 것 8개 총 16개의 초를 꽂았다. 쟁반처럼 넓은 케이크에 촛불이 일렁거렸다. 이번 행사 때도 16개의 초를 꽂고 노래 부르고 손뼉을 쳤다. 아버지의 부재를 의식하지 않으려고 더 많이 웃고 떠들었다.

모친은 스물두 살 때 아버지를 만났고 두 번째 스물두 살인 마흔네 살 때는 자식을 돌보고 살림을 일으키느라 세월 가는 줄도 몰랐고, 세 번째 스물두 살에는 출가한 자식들의 자식을 돌보느라 헌신했으며 이제 아버지 없이 혼자서 네 번째 스물두 살을 맞이한 것이다. 혈혈단신이었던 아버지의 자손은 손녀딸의 자식까지 4대가 줄줄이 열댓 명이 되었다. 외국에 있어서 참석하지 못한 자손까지 포함하면 자식 농사가 시원찮았다고 말할 수는 없다. 여러 자식과 손주까지 키우고 돌보느라 파김치로 절여지니 그 덕에 손자 손녀들은 스스럼없이 모친 주위에 모였고, 모친은 왕할머니가 되었다.

4년 전 아버지가 주인공이었던 날, 모친은 혼자 일어나고 앉기도 힘든 아버지 옆에서 부축하고 시중을 들면서도 해맑은 웃음이 만면에 가득했다. 4년이 지나 정작 본인의 88세 생신날 곁에 아버지는 안 계셨다. 오로지 한 사람의 부재로 모친의 파스텔 색조 세상은 무채색으로 변했다. 그때보다 아이들이 더 많이 커서 식당은 북적거리고, 주변을 아무리 화려하게 장식해도 모친은 4년 전처럼 티 없이 행복해 보이지 않았다. 곁에 있어야 할 아버지의 부재는 화사하게 꾸민 얼굴에 어쩔 수 없는 외로움의 그늘을 만들었다. 아무리 많은 자손도 아버지 한 사람의 몫을 대신하지 못했다.

기대수명이 길어졌다고 해도 88세까지 건강하기는 쉽지 않다. 이미 그전에 돌아가신 분들도 많고 아이들까지 모두 참여하는 대가족의 카톡 방에서 자식들의 동향을 살필 수 있을 정도가 되는 사람은 많지 않을 것이다. 모친은 외딴섬처럼 고립되지 않기 위해 자손들을 살피며, 삶의 의미를 찾기 위해 여전히 분주하다. 언제든 아버지 곁으로 빨리 가고 싶다고 해도 누구보다 열심히 섭생에 신경 쓰는 것을 볼 때, 그것은 처녀가 시집가지 않겠다고 하는 말과 같지 않을까.

홀로 되신 모친의 외로움을 자식들은 전화 수다로 조금이라도 메꿔질 수 있을까 싶어, 이 사람 저 사람 전화로 시간을 보낸다. 늘 앉아 계시던 아버지의 빈 소파를 딸들의 수다로 한가득 메꿀 수 있을까. 홀로

일기로만 남길 수 없는 말들

서러운 나이가 되지 않은 딸들이 그 허전한 마음을 감히 짐작할 수 없듯이. 부부가 원앙같이 의가 좋으면 혼자 남았을 때 그간 불행했던 사람을 질투 나게 한 앙갚음을 당하는 것 같다. 반대로 무늬만 부부라든지 사이가 데면데면했던 사람은 오히려 혼자 남은 것을 속이 시원해할지도 모른다. 결국 모두 합한다면 행복도 불행도 총량은 비슷해진다.

모친은 딸들에게 부부 중 먼저 저세상으로 가는 것이 훨씬 좋다고 여러 번 강조하신다. 정말 그럴까. 앞으로 20~30년이면 의료기술의 발달로 더 잘 살 수 있는 세상이 다가올 텐데. 남편 먼저 가고 혼자 남느니 아쉽지만 먼저 가는 것이 좋다고 한다. 여자의 기대수명이 더 긴 것은 새삼스러운 일이 아니다.

나를 포함한 세상의 모든 딸이여! 먼저 가는 이득을 챙길 것인가. 남아 있는 고독의 도를 닦을 것인가. 그것은 과연 누가 결정하는가.

13

노화

생물학적 관점에서 노화는 죽음을 가져오는 질병으로 이어지는 퇴화 과정이다. 죽음에 이르게 하는 질병 대부분은 넓은 의미로 보면 노화 과정 중 일부로 직립 보행을 하는 사람은 평생 중력의 영향을 피할 수 없다. 그래서 나이 들어가면서 얼굴은 아래로 쳐지고 양쪽 턱부위가 늘어나 불도그 살이 붙는다. 피부 미용에는 이 쳐진 살을 다시 탄력 있게 올리기 위한 장비들이 등장한다. 화가 난 표정을 짓지 않았음에도 꽉 다물고 있는 입매가 과묵하고 우울해 보이니 생글생글 웃는 모습의 젊음이 부럽다. 외모는 힘쓰고 노력하지 않아도 자동으로 연식이 든다. 어느 날 갑자기 나이를 10년 단위로 먹은 것도 아닌데, 드디어 나는 일부러 나이 들어 보이게 애쓰지 않아도 나이가 든 것이다.

늙음, 노화와 더불어 내면은 나이만큼 고상해져야 한다. 나이에 비례해서 내면의 품격이 높아져야 육체와 정신이 잘 조화된다. 본래 마음이란 늙지 않는 것이고, 내면의 나이를 측정할 뚜렷한 방법은 없다. 나이 들수록 나잇값을 하느라 젊은 사람보다 신중해야 하고, 나이보다 처신이 가벼운 사람을 존경하지 않는다. 내면은 그 사람의 말투, 행동거지 등으로 미루어 짐작만 할 뿐 노인이 되어도 마음은 젊은 시절 그대로이다. 가끔 외모는 할머니인데 세련된 교양미나 연마된 인격의 아름다움이 느껴지지 않을 때, 나이 든다고 철드는 것이 아님을 알았다. 그렇다면 나는 나이만큼 철이 들었나? 이 대목에서 자신할 수 있다면 과히 성공한 삶이라 할 것이다.

내면의 높은 품격을 갖고 싶지만, 내면이 늙고 처지고 싶지는 않다. 아마도 내면에 순수함을 지닌 사람은 나이 들어도 그 순수함으로 인해 나이를 잊게 할지 모른다. 어린아이의 웃는 얼굴을 보고 누구나 미소 짓는다. 웃거나 찡그리거나 혹여 울고 있어도 귀엽기만 한 천진한 아이의 얼굴은 진정 순수하다. 어린아이들의 뛰노는 모습을 관찰하거나 무한한 충성심으로 꼬리를 흔드는 반려견의 천진한 모습을 보면, 순수하고도 천진했던 시절이 내게도 있었나 생각하게 된다. 이미 그 시절을 한참 지나온 것이다.

인생사, 고통 총량의 법칙이 어김없이 적용된다고 가정해 보자. 어떤 형태로든지 우리는 희로애락의 감정을 겪고, 그것이 나이만큼 내면화되어 축적되었다. 중력이 우리를 바닥으로 점점 끌어당기는 것처럼 슬픔과 분노와 좌절과 고통은 우리의 얼굴에서 젊음을 빼앗고 상흔 같은 자국을 남겼다. 우리를 슬프게 했던 그 모든 고통의 재료는 가냘픈 내면을 단련시켰고, 어떤 결핍과 부조리에도 견뎌 낼 수 있게 했다. 가히 삶의 고통은 내면을 성장시키기 위한 필요악이었다.

노화를 어떻게 받아들여야 할 것인가. 점점 늙어 가는 때가 되면 그때의 삶이 있을 것이다. 나를 노화시키는 중력에 무저항으로 대처하지 않을 것이며, 내면이 더 강하고 단단한 사람으로 늙고 싶다. 과거 부모님의 어린 자식이었을 시절을 떠올리며, 그들을 아무런 조건도 없이 미소 짓게 했던 때, 그 시절처럼 지극히 순수하고 기품 있게 나이 들고 싶다.

일기로만 남길 수 없는 말들

14

기억의 편린

조각조각 퍼즐 같은 기억을 모으면 내가 된다. 지워지지 않는 한 장면. 몸은 늙어도 마음은 그 기억 속에서 오래된 일기장을 들춰 보듯 다시 그 시절의 정감을 느껴보곤 한다. 누구나 가질 법한 어린 시절 한 토막씩의 기억이 모여 지금의 내가 있다. 언젠가 소멸할 그 모든 잠재된 영상은 나의 뇌리에 누적되고 축적되어, 설령 슬픔일지라도 아끼는 보물처럼 꺼내 보고 만지작거리다 고이 서랍에 넣는다.

카메라가 보급되기 전 흑백 사진 시대, 아버지는 나와 동생을 사진관에 데려가셨다. 우리는 영문도 모르고 아침부터 서둘러 큰길 건너편에 있는 사진관으로 갔다. 아마 추석이 임박할 때였던 것 같다.

그 시절에는 설빔, 추석빔이라 하여 명절 때는 새 옷을 얻었다. 추석빔으로 입은 새 옷은 허리부터 주름이 있는 주름치마 원피스와 재킷이었다. 빨간 치마와 재킷에는 광택 있는 빨간 단추가 달려 있었고, 새

운동화와 새 스타킹까지 신으며 한껏 멋을 냈다. 나와 같이 사진을 찍은 동생은 남자 옷을 입었다. 여동생인데 아버지의 어릴 적 사진과 얼굴이 똑같다고 했다. 그래서 그 애는 이름도 두 개다. 남자 이름과 학교 갈 때 바꾼 여자 이름. 얼마나 아들이 갖고 싶었으면 부모님은 그 애에게 남자 모자를 씌우고 사내아이처럼 꾸몄을까. 자매 중에서 키가 크고 늘씬한 동생이 나보다 작았던 시절, 그 애는 남동생처럼 내 옆에 서 있었다.

사진을 찍으러 가던 날, 나는 분홍색 구슬을 실로 꿰어 만든 조잡한 목걸이를 했지만, 아버지는 사진사에게 목걸이의 실이 보이지 않게 잘 찍어 달라고 부탁하셨던 가정적인 분이셨다. 그때 그렇게 찍은 흑백 사진은 내 동생이 남자애로 등장한 유일한 사진이다.

크리스마스 때는 선물을 사 주셨다. 모두 여자애들이라 한 개 정도는 남자애 선물을 사고 싶으셨는지 파란 자동차를 사 오셨는데 하필 그것이 내 몫이었다. 배가 튀어나온 뚱뚱한 아기 인형은 동생 것이었다. 사실 나는 인형을 갖고 싶었지만, 어쩔 수 없이 파란 자동차를 갖게 되었다. 자세히 보니 운전석에 있는 운전대까지 정교하게 만들어진 그 차는 확대하면 실물과 똑같았다. 나는 반짝반짝한 세단을 신기하게 들여다보고 바퀴를 굴리며 서운함을 떨쳐버리려고 애를 썼다. 인형 놀이를 하고 싶었지만, 자동차 놀이를 해야 싸움이 안 생겼다.

어쩌면 그 자동차는 운명의 암시였는지도 모르겠다. 내가 성인이 된 후, 그렇게 운전을 많이 하며 살게 될 줄은 몰랐다. 그 자동차는 녹이 날 때까지 오랫동안 나의 중요한 품목 중의 하나였다.

그 후 우리가 모두 학교에 다니기 시작하자 선물이 학용품으로 교체되었다. 어차피 필요한 학용품이니 실속형 선물이 된 것이다. 국어 공책, 산수 공책, 연필 한 다스 등 1년 치를 한꺼번에 선물로 안겨 주셨다. 상자 안에 가지런히 담긴 문화 연필이니 흑진주 연필은 지우개가 꽁지에 달려 있었고, 새 연필에서는 향나무 향이 진하게 났다. 모나미 볼펜 자루에 몽당연필을 끼워서 마지막까지 알뜰하게 쓰던 시절이 언제부터 풍요로워진 것일까. 미국에서는 절약이 아닌 소비가 미덕이라는 이야기를 들었는데 설마 그럴까 했다. 몽당연필은 우리 세대의 상징 같은 이야기다.

새 학기가 되면 달력의 뒷면 흰색으로 교과서의 겉을 쌌다. 표지가 낡는 것을 방지할 목적이었지만 한 학기 쓸 교과서인데 굳이 옷까지 입힐까 싶다. 책 표지를 싸면 아버지는 굵은 싸인 펜으로 다시 제목을 써 주셨다. 달필이셨던 아버지의 글씨체는 힘이 있고 강직했다. 나는 아버지의 글씨체를 닮고 싶었지만 닮지 못했고, 그 필체는 동생에게 그대로 이어졌다. 교과서는 졸업하고 나서도 오랫동안 버리지 못했다. 함부로 버리면 저주가 내리는 주술이라도 걸린 것처럼, 신줏단지처럼 모셨다.

오랜 세월이 지났어도 나는 새 연필 상자에서 나던 그윽한 향기를 기억한다. 추석빔과 자동차 그리고 남장한 동생과 아버지도 선명한데, 흑백 사진은 누렇게 바랬고 나는 그 시절 아버지보다 더 나이가 많다. 눈 깜짝할 사이에 세월이 흘렀다는 표현은 진부하지만 사실이다.

내가 자랄 때 부모님과 할머니는 나를 둘러싼 우주였다. 나는 할머니와 부모님처럼 가정을 갖고 싶었다. 세대는 발전하고 나는 자식들 삶에 어떤 영향을 미쳤을까 생각해 본다. 일과 가정, 두 마리 토끼를 쫓기 위해 허덕거렸던 지난 세월 속 내 모습이 자식들에게는 반면교사가 되었을지 모른다. 그들은 그들만의 기억을 간직하고 각자의 삶을 이끌어 갈 것이다. 우리의 인연이 만나 주고받고 풀어야 할 의무와 숙제를 모두 했는지는 아직도 잘 모르겠다.

일기로만 남길 수 없는 말들

15

공간

아파트 모델 하우스를 구경해 본 지 십수 년이 지났다. 필요성도 느끼지 않았고, 그다지 구경하러 다니는 스타일도 아니니 당연한 일이다. 모델 하우스는 산뜻하고 세련된 디자인의 공간에 삶의 찌든 모습이라고는 보이지 않는다. 흔히 인간미 있어 보이는 모습, 다소 지저분하거나 정리되지 못한 모습을 볼 때 인간적이라고 하지만, 모델 하우스는 사람이 살지 않은 채 잘 꾸며 놓은 공간이기에 인간미는 없다. 이렇게 공간이 아름다울 수 있다는 것만을 보여준다.

내가 아는 어떤 지인은 깔끔한 성격에 정리 정돈의 달인이다. 그래서 그가 사는 집은 항상 모델 하우스 같다. 잘 정리된 집안을 보면 즐겁고 상쾌하다. 또 그 공간에 다녀오면 내가 사는 모습을 반성하게 된다. 좋은 것을 본 덕분에 현관을 들어서는 순간 내가 사는 공간이 누추해 보이고 비교된다. 그러나 그렇게 깨끗한 공간이 항상 마음이 편하기만 한 것은 아니다. 깔끔한 슈트는 보기 좋지만 정작 슈트를 입은 사람은 몸가짐에 더 신경 써야 하듯, 집도 깔끔하게 유지하는 것이 쉽지 않다. 삶과 떼어 놓을 수 없는 생활 쓰레기를 어떻게 수시로 처리하는지 궁금하다. 가끔은 그렇게 공들여 놓은 삶의 공간이 부럽기도 하다. 하루에 몇 시간을 아니 몇 분이라도 공간을 청소하고, 모든 물건은 있어야 할 자리에 두고 절대 다른 곳에 두지 않음으로써 공간은 살아난다.

　사람에 따라 다르겠지만 대개는 한집에 오래 살면 살수록 우리의 삶과 관련된 물건의 수가 많아진다. 그래서 몇 년에 한 번씩 이사하면 그 덕에 물건은 교체되기도 하고 정리된다. 그런 점에서 이사하는 일은 매우 긍정적이다. 물건도 공간도 정체되지 않고 기가 순환하는 것같이 오래된 것을 털어내고 새것을 받아들이는 일이 필요하다. 그러나 한편으로는 오래된 물건이 그 집에 사는 사람과 같이 동화되어 곰삭은 것처럼 잘 어울려 보이기도 한다. 나이 많은 집 주인이 애착하는 오래된 가구와 물건이 바로 이러한 느낌을 준다.

　집안의 실내 장식이 모델 하우스를 닮았는지, 박물관 같은 느낌을 주는지는 집주인의 취향을 반영하는데, 어느 경우든지 통일감이나 정제된 느낌이 그 분위기의 성공 여부를 가른다. 그뿐이 아니라 집주인이 원기 왕성하고 의욕적인지, 만사에 체념하고 힘든 삶을 살고 있는지도 집안에 그대로 드러난다. 가정에 아픈 환자가 있는지, 집주인이 쓸쓸한지도 분위기로 느껴진다.

　내가 사는 공간이 정갈하고 깔끔했으면 좋겠는데 그러자니 쉬운 일이 아니다, 간혹 나이 많은 할머니가 젊은 감각을 지녀 젊고 화사한 공간을 꾸며 놓은 것을 보면 신기하고 부럽다. 내가 세 명의 아이를 기를 때 우리 집은 정말 인간미가 넘쳤다. 여기저기 널브러진 아이들의 물건이 이 집에 세 명의 어린이가, 청소년이 있음을 사실적으로 말해 주었다. 아주 가끔 오래된 기능이 다한 것들을 폐기 처분하고 공간을 재구성하지만, 인간미 넘치던 그 시절이 그립기도 하다.

그렇다고 내가 쓸쓸한 것은 아니다. 다만 나의 공간이 내 나름대로 나이 들고 숙성되고 있음을 안다.

16

책갈피의 마른 잎

타인과의 첫 만남은 신선하기도 하다. 세월이 흐른 뒤 다시 만난 옛 사람은 내 기억 속의 모습과 다르다. 세월의 풍상에 아마 내 모습도 그들에게 마찬가지일 것이다. 처음 본 사람도 아니고 한때는 가까웠지만 멀어진 시간 동안 궁금해하기도 했다. 줄 것도, 받을 것도 없는 관계가 되어 잘 살겠거니 생각했다.

삶은 각자의 원을 그리며 둥글게 돌아간다. 크고 작은 달팽이처럼 각자의 각도에 따라 조금씩 더 크거나 더 좁게 돌아가다가 어느 순간 서로 길이 비슷하게 엮이기도 하고 같은 쪽을 보기도 하지만 시간이 지나면 아득하게 멀어진다. 가족이나 부모 자식 같은 천륜은 뗄 수 없지만 대부분의 인간관계는 마주 보거나 스쳐 가는 시절이 있다. 그 시절 인연은 언제나 고마운 그리움으로 남기도 하고 다시는 만나고 싶지 않은 기억도 펼쳐 보면 새록새록 낡은 일기장처럼 선명하게 남는다. 써 놓지 않았어도 누구나 다 가지고 있는 기억은 잘 퇴색도 하지 않는다. 더 긴 시간이 지나면 고마운 사람도 미운 사람도 언젠가는 이 땅에 없고, 생각하고 있는 나 자신도 사라질 텐데, 내 속의 무거운 것을 비우고 가볍고 따듯한 마음만 간직해야 한다.

인생은 모두 가엾다. 그의 모친상에 조문하러 간 나는 영정 속의 모친에서 그의 얼굴을 보았다. 그리고 몇 년 전 그의 부친상에서 보았던 얼굴을 다시 떠올렸다. 두 분이 그렇게 정정하시다고 자랑하던 때가 10여 년 전이었으니 그 세월 동안 나는 영정 사진으로 두 분을 다 만난 셈이다. 향을 피워 두 번 절하고 상주와 맞절했다. 사실 그는 내게 부고를 전하지 않았다. 왜 그랬을까. 그의 부고는 다른 사람을 통해 들었다. 편리한 세상에 핸드폰으로 부의금을 보낼 수도 있었지만 어쩌면 나는 그가 궁금해서 보고 싶었는지도 모른다. 연락하지 않은 뜸해진 인연을 굳이 찾은 것은 마음의 빚을 갚아야 한다는 의리였을까. 늦은 점심을 먹고 소화되지 않은 나는 장례식장의 음식 냄새가 비위에 거슬려 간단한 위로의 인사만 나누고 그곳을 빠져나왔다. 마음속에 있는 깊은 말을 침묵의 눈빛으로 삼켰다.

주차장에서 남편이 기다리고 있었다. 굳이 같이 조문하지 않겠다는 남편을 잠시 차에서 쉬라고 했었다. 밤공기가 시원하게 뺨을 스치고 주차장까지 가는 아스팔트에 부딪히는 내 구둣발 소리가 밤의 정적을 깨고 또각거렸다. 편한 모습을 보이기 싫어 운동화를 신지 않았다. 그것은 조문하는 예의가 아니었다. 생각보다 일찍 조문을 마치고 나온 나를 남편은 의외라 생각하는 것 같았다. 한때 그렇게 많은 일을 같이했던 그를 오랜만에 만났는데, 인사만 나누고 빨리 나온 나 역시 어이없는 해후가 신기했다.

우리의 인연은 거기까지였다. 또 세월이 흐르면 바람 따라 소식을 듣게 될 날이 있을 것이다. 전하지 않아도 듣게 되듯이. 언제까지나 기억의 한 페이지에는 책갈피에 꽂아 둔 마른 잎처럼 함께했던 시절만 남아 망각의 세월을 엿본다.

17

청산이 부르는 소리

살면서 얼마나 많은 소리를 듣게 될까. 아름다운 멜로디, 한적한 풍경소리, 공사장의 소리, 와글와글 떠드는 소리, 그중에서도 아파트 층간 소음같이 듣기 싫은 것도 있다. 그 소음으로 인해 더 큰 고성이 오가고 얼굴 붉히는 불편한 관계가 되는 예도 있다.

결혼 후 7년 동안 아파트에서 생활했는데, 제일 꼭대기 층에 살았으니 위층 소음으로 불편했던 경험은 없었다. 어느 날 우연히 계단에서 만난 아래층의 내 또래 아기 엄마 그러니까 나이는 친구뻘 정도 됐는데 친하지는 않은 사이였다. 그녀가 새벽에 내 남편의 코 고는 소리가 불편하다고 한다. 그 옆에서 내가 어떻게 잠을 자느냐고 사생활에 대해 걱정 아닌 걱정을 하는 것이었다. 아래층까지 들릴 정도로 코 고는 소리가 심했다. 둔감한 나는 시끄럽다고 생각하면서도 불면증 없이 잘 지냈는데 그 비결을 묻기도 했다. 아래층의 그 부부는 새벽에 기계음처럼 규칙적인 소음에 신경이 거슬려 괴로웠다지만 실질적인 대안은 없었다. 그럭저럭 버티다가 이사를 하고야 말았다.

내 인생 통틀어 짧은 기간이기는 했어도 아주 불편했던 소음이 있었다. 그것은 바로 관리사무소의 쩌렁쩌렁한 안내 방송이었다. 지금처럼 재활용품 분리수거 날이라든지 안내 방송할 거리도 없던 시절이었는데 관리소에서는 시시때때로 안내 방송을 했다. 그다지 필요할 것 같지도 않은 내용이 대부분이었는데.

"주민 여러분께 알려드립니다."라는 멘트로 시작하는 구구절절한 반복은 전문성 없이 마이크 잡은 사회자처럼 조용한 실내를 쾅쾅 울렸고 방망이로 머리를 두들기는 것 같아 스피커를 어떻게 하면 막아버릴까 생각하기도 했다. 그것은 아파트라는 주거지가 공동의 생활터이며 개인은 공동체 일부로서 존재해야 한다는 것을 주기적으로 천명하고 확인하는 메시지였다. 그 후 단독주택에서 계속 살면서 최소한 외부로부터 무턱대고 들이대는 듣기 싫은 방송을 듣지 않게 되었다. 그뿐만 아니라 자연이 주는 가공되지 않은 음향을 하루같이 들을 수 있는 것은 산속에 사는 불편을 감수한 이의 특권이기도 하다.

장대비가 쏟아지는 날 주방 뒤쪽의 뒷마당으로 통하는 문을 열어 놓으면 폭포수 소리가 들린다. 이곳이 어디인가 착각하게 만드는 빗소리. 설악산 비룡폭포는 분명 아닌데, 장대비 소리가 폭포수 소리처럼 우렁차니 무더위를 피하는 계곡에 가고 싶다면 비 오는 날, 우리 집으로 오면 된다.

날이 맑은 날은 여러 종류의 새소리를 분별해서 들을 수 있다. 까치

일기로만 남길 수 없는 말들

에서 까마귀, 꿩 같은 큰 새들도 있지만, 참새만큼 작은 새들도 지저귀는 소리는 제각각이다. 뻐꾹새, 쏙독 거리는 새, 휘파람 같은 새, 새들이 그렇게 다양한 음색으로 그들만의 소통을 하는데 무슨 소린가 귀기울여 듣지만, 알 수 없는 나는 그저 그들이 내 곁에 가까이 있음을 기뻐한다.

소나무에 매달은 풍경은 그날그날 바람의 지휘에 안단테나 알레그로로 청아한 소리를 전한다. 어떤 이는 아무도 없는 곳에서 소리가 나는 것이 의아해서 우리 집 마당으로 소리를 찾아오기도 한다. 나는 그소리를 좋아한다. 물소리, 새소리, 바람 소리 같은 가공되지 않은 청산의 음향을 즐긴다.

사람들은 편리하고 세련된 주거 공간으로 아파트를 선호한다. 그러나 모두가 그렇다고 착각해서는 안 된다. 듣고 싶은 것을 들으면서 살고 싶은 나 같은 사람도 있으니까. 청산이 물소리, 새소리, 바람 소리로 나를 부르니, 나는 기꺼이 미소로 답하리라. 그대여 청산이 부르는소리를 들어 봤는가.

18

탐욕의 질주

세속에 물든 사람을 속물이라 한다. 교양이 없거나 식견이 좁고 세속적 이익이나 명예에만 마음이 끌리는 사람을 얕잡아 속물적이라 한다. 속의 반대편에는 속(俗)을 떠난 종교인 또는 고결한 성품의 소유자가 있다. 사회는 속과 비속이 어우러져 있는데 다수의 속물이 집단의 탐욕을 위해 카르텔을 형성하거나 벽을 쌓고 극단으로 치닫는다. 속물들의 집단에 새벽의 냉기 같은 서늘한 양심의 빛을 비춰 줄 비속의 역할은 극히 미미하고 이들 또한 속물 못지않게 세속화된다.

속물을 분류할 때 지적 능력이 탁월한 속물은 타의 추종을 불허하는 저열한 행태를 보이기도 하며 인성의 다방면이 고르게 발달하지 않아 경제력과 도덕성, 지적 능력에 격차를 보인다. 사회적으로 가장 큰 폐해를 끼치는 부류는 중년의 속물로 그들이 왕성한 활동력을 보이면 보일수록 우리 사회를 집단 이기주의로 이끈다. 중년의 속물은 자신이나 가족 혹은 가진 것에 대한 과시욕이 크고 더 많이 차지하기 위해 눈을 벌겋게 뜨고 두리번거린다. 그들의 도덕적 불감증은 그럴 듯한 변명으로 치장되어 오히려 당당하다.

그들의 사전에 겸손이나 겸양이란 단어는 없다. 젊은 속물은 부모로부터 배운 특질을 이어받아 약삭빠르게 행동하는 요령부터 배워 나간다. 속물이 나이 들면 이른바 꼰대로 대접받고자 하므로 젊은 층과 공존하기 어렵고 외톨이가 되기 일쑤다. 이들이 지칠 줄 모르고 욕심을 부릴 때 노욕이라 하는데 대부분 인생에 쓰디쓴 후회를 남긴다.

속물은 노골적이고 이기적인 행위로 늘 바쁘다. 우리 사회 전체에 미치는 영향이나 타인은 배려하지 않아도 물질이나 명예에 집착하는 정도는 빈틈없어 부를 축적하고 여가를 즐기는 인생 최대의 목표를 달성한다. 축적된 부의 도덕성을 따지지 않는 자본주의 사회에서 그 인생의 내신 성적은 나름대로 열심히 살아온 만큼 만인이 갈채를 보내는 A0 이상을 받는다.

속과 비속의 경계가 모호하고, 만인이 속물화된 오늘날 그 누가 속물을 속물이라고 비난할 수 있나. 우리 자신이 세속의 한통속이라는 사실을 애써 부인하지만, 속물을 분류하는 나 스스로 속물임을 인정한다. 속물들이 탐욕의 질주를 멈출 수 없다면 오히려 앞뒤 가리지 않고 질주함으로써 사회에 미치는 순기능과 긍정적인 역할이라도 찾아야 한다.

아직 깨어 있는 우리 시대 양심가가 있어 끝없이 달려가는 속물의 옷자락을 붙잡고 더 이상 가지 말라고 놓아 주지 않으련만 그들의 질주는 계속된다. 그칠 줄 모르고 경쟁하는 탐욕의 행렬에 신발 끈을 묶고 맹렬하게 따라가는 젊은 속물 추종자를 우리는 영끌족이라 한다. 가계부채 세계 1위라는 전대미문(前代未聞)의 불명예는 빚도 자산이라는 그들의 논리이며, 또한 성과이기도 하다.

19

학문을 위하여

칼슘은 인체를 구성하는 주요 무기질이다. 다량 무기질로써 인체 골격과 치아를 형성할 뿐 아니라 신경자극전달을 위해 혈액에는 항상 칼슘이 일정 농도로 조절되고 있다. 임신 중에 칼슘 농도가 떨어지면 모체의 골격을 이룬 칼슘을 녹여서라도 태아의 골격을 위한 칼슘을 공급하게 된다. 아이를 많이 낳은 사람의 치아가 약하다면 임신 중 칼슘의 영양 상태에 영향을 받았을 수 있다.

우리 식생활에서 칼슘이 들어 있는 식품의 종류가 많지 않다. 칼슘 영양 상태에 따라 폐경기 이후 골다공증이 흔하게 나타난다. 식품회사들은 여기에 착안해서 칼슘 함량을 높이기 위해 주스에 칼슘을 첨가했다. 칼슘의 체내 농도는 섭취뿐 아니라 여러 인자에 영향을 받는데, 친구는 과연 칼슘 영양제가 얼마나 인체에 보유되느냐에 대한 연구를 하고 있었다. 그 연구는 동물실험이 아닌 인체실험을 하는 것이었다. 누가 실험 대상이 되어 줄 것이냐가 문제였다. 2주 동안 여타 모든 음식을 끊고 실험하고자 하는 식단과 칼슘 영양제를 제공받으며 그 대신 대소변을 전부 제공하는 것이었다. 누구도 선뜻 나서기 힘든 일이었다. 먹는 것은 어떻게 참을 수 있지만 아무 데서나 배설을 할 수 없고 배설물을 가지고 가야 한다. 동기생들이 친구를 도와준다는 마음으로 그 대상자가 되어 주기로 했다.

실험 대상이 된 2주 동안 웃지 못할 일이 많았다. 일찍 귀가할 때는 실험 식단 음식을 가지고 들어가 혼자만 먹으며 식구들이 먹는 음식을 같이 먹을 수 없었다. 함부로 배설하면 배설물을 들고 버스를 타야 하는 고충이 있어 가능하면 모든 생리적 욕구를 실험실에서 해결하려고 애를 썼다. 하이힐 신은 꽃다운 나이 아가씨가 분뇨를 들고 냄새를 풍기며 대중교통을 이용할 수는 없지 않은가. 2주 동안 화장실을 이용하며 시료를 채취했다. 화장실에서 엄숙한 작업을 위해 부스럭부스럭하니 그 옆 칸에서 다른 친구가, "나도 시료 채취 중이야." 하며 서로 키득거리곤 했다.

기생충 검사를 위해 소량의 채변을 하는 것도 아니다. 시료 전체를 태워 배설된 칼슘의 양을 측정하는 것이라 실험을 돕겠다는 마음이 없었다면 그 일을 하지 못했을 것이다. 정의로운 마음으로 배설물을 곱게 포장하여 친구에게 제출하며 민망함을 웃음으로 대신했다. 그동안 연구자는 실험 대상자 밥해 먹이랴, 배설물 분석하랴 고생을 많이 했다. 만약 우리가 그때 받았던 스트레스까지 반영할 수 있었다면 더 좋았겠지만, 그것까지는 고려하지 않았다.

그해 친구의 논문에 우정으로 참여했던 우리는 낱낱이 파헤쳐졌다. 설마 그렇게까지 세세하게 드러날 것으로 생각하지 않았는데 신체 정보와 성명까지 모두 데이터베이스가 돼 낱낱이 알게 되고 말았다. 세상에 그럴 수가. 학문의 발전을 위해 이 한 몸 바치리라고 모두다 이해해 주기로 했지만, 실험쥐가 되어 버렸다는 생각에 내심 섬뜩한 마음도 없지 않았다.

연구의 요점은 고단백 식사를 했을 때 칼슘이 더 많이 배출됨을 확인할 수 있었다. 근감소증 개선을 위해 고단백 식사를 할 때 칼슘이 더 많이 배설되어 근력을 위해 단백질을 고함량으로 섭취할 것인지, 칼슘의 배설을 막기 위해 적당량의 단백질을 섭취할 것인지 선택해야 한다. 골격과 근육을 튼튼하게 유지하는 것이 중요하지만, 단백질을 과도하게 섭취하면 뼈가 약해진다.

그다음 해부터는 이상한 소문이 돌았다. 배설물을 태운 소문을 낸 적이 없건만 실험에 대해 전혀 알지 못했던 학부생들의 회분 분석 실험을 하는데 전기 회화로에서 이상한 냄새가 난다는 것이었다. 설마 600도의 고온에서 그 냄새가 남아 있을 리가 없을 텐데. 우리는 전혀 모르는 표정으로 일관했지만, 얼굴을 마주치면 우리만 아는 웃음으로 낄낄거렸다.

학문을 위하여 기꺼이 협력한 우정의 승리였다.

20

팔각 성냥 통

"나의 시절에는…." 하면 꼰대라는 소리를 듣게 된다. 당장 며칠 후의 일도 예측하기 어려운 변화의 세상에 과거의 경험은 크게 대접받지 못한다. 우리는 매일 새로운 환경을 접하고 허덕거리며 적응하고 있다. 그 무서운 변화의 물결에 묻혀 옛날에는 친숙했지만, 지금은 찾아보기 어려운 물건 중 하나가 성냥이다. 성냥은 팔각으로 된 성냥 통도 있었고 요즘의 라이터보다 납작하고 길이는 더 짧은 성냥갑도 있었는데, 속을 빼면 서랍 같은 네모 안에 성냥이 가득 들어 있어서 작은 평수의 아파트를 성냥갑에 묘사하기도 했다.

내가 어린 시절에는 성냥팔이 소녀의 동화를 읽었다. 성냥에 친숙하지 않은 요즘 초등학생들이 추위에 떨면서 성냥을 파는 가엾은 소녀를 연상하기는 쉽지 않다. 핸드폰과 전자기기에 익숙한 요즘 아이들이 공감할 수 있는 신세대 동화가 생겨나는 시대이다.

과거에 성냥은 쓰임새가 많았다. 겨울에 난로를 피운다거나 주방에서 늘 가까이 사용했다. 풍로에 불을 지피거나 가스레인지도 성냥으로 점화한 적이 있어 거의 생필품 수준이었다. 카페를 옛날에는 다방이라고 했는데 다방에서 누군가를 기다리거나 할 일이 없을 때, 또는 심심풀이로 테이블에 무심하게 놓여 있던 성냥을 꺼내 탑을 쌓는 놀이를 하기도 했다. 왜 다방 테이블에 성냥갑이 있었느냐면 흡연이 자유롭던 시절에는 다방에서 흡연자를 위한 배려를 했기 때문이다. 재떨이까지도 친절하게. 성냥개비 몇 개를 써서 무슨 모양을 만들라든지 하는 수수께끼나, 아이큐 테스트 문제가 있었는데 어찌 되었든 나는 그 성냥을 좀 두려워했다. 한 번 그으면 불이 붙는 것이 겁이 나 처음에는 나도 모르게 황급히 불을 꺼 버렸고, 몇 번 불을 켜 보니 화재 사고만 아니라면 점화하는 방법일 뿐 겁을 낼 필요가 없다는 것도 금방 알았다.

요즘은 성냥을 찾기 어렵다. 성냥 대신 라이터가 너무 흔하게 홍보물로 돌아다니고 대부분 전기를 사용하니 성냥을 찾지 않는다. 과거의 사람에게 익숙한 팔각 성냥 통은 민속 박물관에 전시되어 주변에서 다시 볼 수 없다. 우리의 일상에서도 변화는 쉬지 않고 일어났다. 나의 시절을 운운하는 누적된 과거의 경험이 존중받지 못하는 이유이기도 하다. 역사가 된 팔각 성냥 통을 뜬금없이 연상하게 한 것은 이태원 거리였다. 인터넷에서 본 이태원 거리 사람들의 밀집도는 무수히 많은 성냥개비가 차곡차곡 빼곡하게 꽂혀 있는 것과 같았다. 어쩌자고 그렇게 많은 사람이 그 좁은 골목으로 몰려갔을까. 남의 나라 귀신

놀음 행사가 우리나라에 언제 그렇게까지 확산되었는지 놀라웠다. 어이없는 참사에 희생된 이들을 애도했다.

그 무서운 죽음의 거리가 다시 태어나기까지 오랜 세월이 걸릴 것이다. 희생된 이들을 거름 삼아 사회는 인간의 복지를 향상하는 방향으로 발전하고 우리보다 우리 후손은 더 양질의 삶을 누리게 될 것이다. 변화와 발전으로 노인의 경험은 민속 박물관의 팔각 성냥 통이 되었어도, 이미 겪은 참사와 희생에서는 무언가 배웠을 것이다.

일기로만 남길 수 없는 말들

21

길

사람이 살면서 반복 이동하는 길거리, 반경은 얼마나 될까. 초연결망의 통신으로 하나 된 세상에서도 물리적 거리를 생각하게 된다. 전 생애 동안 내가 밟아온 길을 떠올려 본다. 서울의 변두리 영역에서 얼마나 먼 곳으로 움직였을까.

내가 살던 좁은 테두리는 초등학교에서 중학교에 입학하면서 조금 커졌고, 고등학교에 진학하며 집에서 조금 더 멀어졌다. 대학생으로 통학하던 버스의 노선은 고등학교와 중학교를 지나 빙 둘러 커다란 원을 그리면 완성되었다.

강북 끝에서 돈암동으로 그다음은 안국동으로 진출했는데 안국동에서 경복궁에 이르는 길은 깨끗하고 한적했다. 오전과 오후 등하굣길의 학생들을 제외하면 유동 인구는 그리 많지 않았다. 경복궁과 청와대라는 지존의 땅 인근이라 그랬는지 상가가 별로 없고 정갈해서 나는 그 길을 지금도 좋아한다.

고등학교의 터는 창덕궁과 경복궁 사이 옛날 임금이 살던 궁에서 한참 떨어져 늙은 궁녀들이 마지막까지 기거했던 팔자가 센 터라고 했다. 하필이면 늙은 궁녀였을까. 역사 선생님은 아주 흥미로운 비밀을 밝히듯이 학생들에게 이야기해 주셨다. 지하철이 없던 시절 잠이 덜 깬 상태로 버스에서 내려 걷거나 야간 자습 후 다시 집으로 오던 기간은 겨우 3년이었다. 그래도 오랜 시간 반복했던 것처럼 각인된 것은 참 이상하다. 어떤 날은 한 정거장을 더 가서 경복궁 앞에서 안국동으로 거꾸로 걸어오기도 했는데, 그 길이 그냥 좋았다.

고등학교 1학년 중간고사가 있던 10월 무렵, 그 길 한가운데에 그림에서만 보던 탱크와 무장군인이 떡하니 버티고 있었다. 미동도 없이 총을 들고 서 있는 군인을 뚫어져라 쳐다보면서도 여전히 몸은 학교를 향해 걸었다.

갑자기 대통령이 시해됐다. 커다란 격변이 일어날 것 같은 흉흉한 분위기였다. 슬픈 표정으로 학생들은 청와대 분향소를 찾아 분향했다. 그 외에는 아무 일도 없었던 것처럼 예정대로 수학과 한문 중간고사 시험을 치렀다. 뉴스를 통해 10 · 26이니 12 · 12니 하는 사건을 알게 되었지만, 더 많이 알고 싶었던 친구는 정치 상황을 질문하기도 했는데, 어느 선생님도 답변하기를 거절했다. 고등학생일 때 10 · 26을 맞이한 나는 여전히 무탈하게 살았다.

대학 때는 그렇게 데모가 성행했음에도 도서관에 앉아 눈과 귀를 가렸다. 그렇다고 내가 비겁했다고 생각하지는 않는다. 그 또한 각자의 역할이 있으니 민주화 데모는 나의 역할이 아니었다. 대학 입학에서 박사 졸업까지 가장 생기 넘치던 시절은 항상 그 언저리에서 이방인처럼 나의 길을 걸었다.

결혼과 직장 생활로 내 영역이 더 크고 광대하게 펼쳐졌다. 지방 사람과 결혼하여 명절이나 행사마다 그의 고향길을 오갔다. 그리고 시어른이 모두 타계하자 그토록 오래 다닌 길이었지만, 그 길은 어쩌다 생각나는 그냥 덤덤한 길이 되었다. 내 고향이 아니라 그런 것 같다. 내 고향 서울에서 우리 집까지의 50킬로미터는 아직도 자주 왕복하는 길이다. 모친이 계시니 육친의 정 같은 길이다.

젊은 날, 직장 다니던 길은 지금 돌아봐도 눈물의 가시밭길이었다. 수많은 날 한숨으로 운전하며 고속도로를 오가던 멀고도 먼 고통의 길이었지만 인내와 우직함의 흔적으로 남은 길이다.

이제 나는 아주 작은 영역을 고수하고 있다. 할머니가 초등학교에 손을 잡고 데려다주던 그때, 동네 꼬마로 놀던 시절처럼 개 한 마리를 산책시키는 왕복 4킬로가 나의 테두리가 되었다. 비록 내가 움직이는 물리적인 반경은 좁을 대로 좁아졌으나, 나의 통신망은 상상하지 못할 만큼 전 세계가 연결된 네트워크에 살며 소통하고 있다.

22

폭우를 만나다

폭우가 괴물에 비유되다니. 서울 인천 등 일대 도로가 침수되고, 자동차 수십 대가 물에 잠기는 사태가 생겼다. 홍수는 주로 축대 밑 저지대 일인 줄 알았는데, 아파트 가격이 무시무시한 동네마저도 홍수 피해를 피할 수 없었나 보다. 하늘 어디에 숨겨 두었던 물 폭탄을 쏟아버렸는지. 신문엔 괴물 폭우라고 커다랗게 머리기사가 올라왔는데, 자연재해를 괴물에 비유할 만큼 피해가 극심했다.

나는 고지대에 산다. 이른바 산동네, 산 중턱에 살고 있어 물이 들 염려는 없지만, 혹시라도 폭우로 산사태가 나면 어쩌나. 그저 "터주신이 살펴주시겠지." 하고 믿어도 보지만, 불가항력인 자연재해에 신을 따질 계제가 아닌데 말이다. 재해를 미리 알았다면 대비했을 것이나, 그 수준을 넘어선 괴물이라 미처 대응하지 못한 것이다. 비닐하우스나 농작물 피해 등 침수 피해 보도가 나면 비를 맞으며 수해를 복구하고 이재민이 발생하여 많은 사람들의 일상이 무너진다. 수십 년에 한 번씩 누런 시궁창 같은 물이 집 안을 채우고, 난파된 배 밑창의 물을 퍼내듯 하는 장면을 보면 그들의 고통이 남의 일 같지 않다. 그들은 괴물에 대비하지 못한 대가를 치르는 것인가.

그 옛날 연탄을 때던 시절에는 연탄 광이 있었다. 겨울을 앞두고 월동 준비는 김장과 겨우내 땔 연탄을 쌓아 두는 것이 중요한 일이었다. 광에는 항상 연탄이 차곡차곡 쌓여 있었다. 수해를 입으면 물에 젖은 시커먼 연탄들이 무너져 내렸다. 비가 멎었을 때 부서진 검은 무더기를 다시 원래 연탄 모양대로 찍을 때, 온 집안에 검은 가루가 날려도 아까운 연탄을 복원시키려는 눈물겨운 현장이 있었다. 부모 세대의 일이다.

폭우가 쏟아져도 침수로 인한 물난리나 연탄 걱정이 덜하고 또한 비가 온다고 우리의 일상이 멈춰지지 않을 정도로 전반적인 생활 수준이 높아졌다. 그런데 이번에는 재해의 수준도 괴물급으로 높아진 것이다. 마치 지구의 심판자가 재난에 대비하는 인간의 능력을 테스트하려는 것 같았다. 언제 또 어떤 재난이 닥쳐올까. 막연한 두려움이 생기는 것은, 제아무리 만물의 영장이라도 우리의 삶을 살아가는 모든 일이 자연의 힘 앞에 한없이 위축되고, 무력하게 무너지기 때문이다.

폭우가 쏟아지던 밤의 공포는 말로 표현할 수가 없다. 늦은 밤 지하철을 타고 집으로 돌아오던 때였다. 그날의 폭우는 양동이로 퍼붓듯, 내가 폭포수로 빨려 들어갈 듯 거세었다. 우산을 써도 소용없었다. 장대비가 내리꽂혔다. 그 비가 땅속으로 나를 끌고 가서 눈 깜짝할 사이

죽게 될 것 같은 두려움이 느껴졌다. 살아온 자신감이 모두 치기 어린 무지였음을 깨닫는 순간이었다.

어느새 지하철에서 내린 몇 명은 보이지도 않고, '솨!' 하는 빗소리가 들리며 어둠 속에 간간이 자동차의 헤드라이트가 번쩍였다. 오로지 빗소리만 고막을 찢었다. 지옥의 공포가 이런 것일까. 집까지 어떻게 가지, 그 길이 천리나 되는 듯했다. 도로는 거대한 강물이 되었다. 여울물처럼 성난 보도블록을 첨벙첨벙 걸었다. 죽음의 그림자가 나를 덮치는 듯 소름이 돋았다. 공포에 떠는 발걸음은 더 이상 속도를 낼 수가 없었다.

두 손으로 우산을 움켜잡고 잔뜩 긴장했을 때였다. 정신일도 하사불성(精神一到 何事不成)이라. 저만치 누군가 커다란 우산을 들고 서 있는 게 보였다. 어둠 속에 갑자기 우람한 나무 한 그루. 굳건한 그를 본 순간 천군만마를 얻은 듯, 지옥의 검은 그림자는 자취를 감추었다. 아! 이제 나는 살았다. 커다란 우산 속 그의 품에 뛰어들었다. 가로등도 희미한 캄캄한 폭우 속에, 키 큰 남편이 더없이 믿음직스러웠다. 심야의 폭우도 그 어떤 역경도 우리 함께 이겨낼 수 있으리라.

일기로만 남길 수 없는 말들

23

경복궁 추억

경복궁은 조선 시대 가장 먼저 지은 궁궐이다. 정도전은 새 궁을 짓고 경복궁이라 이름 짓기를 청했다. 만년 태평의 업을 누리시라 했건만 임진왜란 때 소실, 방치되었고, 대원군이 주도하여 중건된 이후에도 조선총독부와 6·25 전란의 수난을 겪었다. 거침없는 역사의 소용돌이에 숱한 사연을 담은 궁궐은 건국에서 국권피탈에 이르기까지 조선의 정궁이었다.

이곳은 외국인 관광객이 한복을 입고 한국의 전통을 체험하는 장소로 유명하다. 그러나 그들이 입은 화사한 한복의 빛깔과 다른 정서, 한(恨)을 이해하기는 쉽지 않을 것이다.

나의 유년에서 노쇠에 이르는 세월, 경복궁은 추억의 장소로 등장한다. 양갈래 머리의 여학생은 날마다 정문인 광화문 앞을 지나 등하교했다. 그리고 그 시절 경복궁에서 그림을 그렸다. 한산하고 걷기 좋은 날, 반팔의 여름 하복을 입고 발걸음도 가볍게 흥얼거리며 다녔다. 물은 사람을 끌어당기는지 경회루에서 그림을 그리는 사람이 많아 나도 당연히 연못 앞에 자리를 잡았다. 푸른 연못과 누각의 기품을 수채화에 담아내려고 애를 썼다. 물감을 팔레트에 풀고 굵은 붓으로 물을 듬뿍 묻혀 터치했던 내 작품은 노력에 비해 그다지 잘 그리지 못했다.

그림보다 교실을 벗어나 날아갈 듯 싱그러운 초여름 대학입시를 잊게 해준 날, 내 인생도 신록의 계절이었다.

젊고 활기찬 대학 시절 경복궁은 데이트 장소였다. 덕수궁 돌담길을 걷는 연인은 헤어진다고 하여 경복궁을 찾았다. 바람이 세찬 겨울임에도 햇살이 가득한 근정전을 한참 동안 둘러보았다. 각종 의식을 거행했던 정전(正殿)의 권위와 위엄은 바닥에 깔린 얇은 돌에서조차 서늘한 기운이 감도는 듯했다. 장원급제의 꿈을 안고 상경한 선비는 그 하얀 돌에 정좌하고 가슴 떨리는 과거시험을 보았을 것이다. 그리고 금의환향하는 영광도 그 자리였을 것이다. 품계석 위치에 따라 늘어 서 있는 관복 입은 문무백관을 상상하기는 어렵지 않았다. 경복궁의 근정전과 경회루는 경복궁에서도 가장 의미 있는 장소로 국보로 지정돼 있다.

올림픽이 개최되기 전, 사마란치 IOC 위원장이 방한하여 경복궁을 방문한 적이 있다. 짧은 일정에도 한국적인 명소를 찾았을 때 마침 우리 가족은 경복궁에 놀러 갔었다. 잔디밭에서 얼떨결에 위원장과 찍은 기념사진이 빛바랜 사진첩에서 그날을 더 기억하게 해 준다. 우리 가족은 그날 IOC 위원장을 만나 흥분했다. 그는 올림픽 외에도 2002

년 월드컵이 우리나라에서 개최되도록 힘을 실었다니 고맙지 않은가.

결혼 후에는 시부모님을 모시고 경복궁을 관람했다. 아이들만 데리고 민속 박물관을 찾기도 했다. 어디서 구했는지 지금은 잘 보이지 않는 옛날 물건들을 잔뜩 진열해 놓았다. 그 물건을 기억하던 나는 사람을 만난 듯 반가웠다. 민속 박물관에서는 옛날 영화도 상영했는데, 원로 배우들의 젊은 시절 모습도 볼 수 있었다. 순간, 그들도 한때는 청춘이었고 우리는 모두 늙는다고 말해주는 것 같았다.

나이 들어 동료들과 그곳을 다시 찾았다. 결혼식에 하객으로 참석했던 터라 그냥 헤어지기 아쉬워 경복궁에 갔다. 방문할 때마다 나는 10년씩 나이가 더 들었다. 한 번 오기 힘든 시내 구경을 실컷 해 보자고 중년의 일행은 청와대와 삼청동 근방까지 답사했다. 골목골목마다 한옥을 개조한 카페와 식당은 손님들이 북적이고 고교 시절의 한적한 동네는 세월만큼 변모한 모습이었다. 상업화된 옛 장소를 낯설게 바라보았지만, 경복궁은 그대로 있어서 안도했다.

만년 태평성대를 이루리라던 경복궁. 500년의 찬란한 문화유산을 남겼음에도 잇따른 사화와 당쟁의 기억을 삼킨 궁궐은 고요하기만 했다. 용포 자락을 휘날리던 임금과 관료들은 국권을 빼앗긴 통한(痛恨)과 비애(悲哀)를 참아 냈거나 일부는 동조했다. 한민족은 외세의 침탈을 받아들이기 어려웠고, 긴 세월 백성은 일제의 수탈에 시달렸다. 해방과 건국의 역사 또한 강대국의 논리에 의해 분단이 이어졌으니 우리 민족의 서글픈 역사를 한나절 한복 체험으로 공감하기는 어려울 것이다.

고색창연한 그곳에서 나는 구한말의 통상 거부와 개화 정책 사이에서 고뇌했을 지식인을 생각한다. 그들의 신념을 뒷받침할 수 없었던 약소국가의 가난한 '한'의 정서를 우리는 벗어날 수 있을까.

외국인 관광객이 경복궁에 줄을 잇는다. 반백(斑白)이 되었어도 여전히 가 보고 싶어 찾으면 똑같은 궁과 연못이 있고 박물관이 있다. 고궁을 관람했던 어린 시절 행복했던 시간이 그곳에 있어서. 그림 그리던 꿈 많은 학창 시절과 데이트하던 청춘이 그리워서. 지나간 세월의 한 조각씩을 그곳에 두고, 까르르 웃으며, '내가 또 왔지!' 하며 다시 만나 보고 싶다. 나를 기다리는 사람도, 내가 찾는 사람도 딱히 가야 할 이유도 없건만.

어쩌면 길고 유장한 역사 속의 짧은 인간사 한때의 나를 만나고 싶었는지 모르겠다.

24

평범하기도 쉽지 않다

평범한 사람과 비범한 사람은 서로 간의 차이가 있다. 세상에는 평범한 사람의 수가 우세하나, 비범한 사람은 자신이 추구하는 목표를 위해 여타를 과감하게 희생시킬 수 있는 소수의 사람이다.

역사에 이름을 남긴 위인으로 인류 공영에 크게 이바지했거나, 독립 투사가 되어 헌신한 사람의 일대기를 보면 그들의 삶이 평범한 사람들이 누렸던 여러 가지를 포기해야만 그 일이 가능했다. 개인적으로는 불행한 삶을 살았음에도 남들이 하지 못한 일을 실행함으로써 역사 발전에 이바지했고, 명성이라는 보상을 받았다.

그에 비해 평범한 사람은 일생에 큰 과업을 목표로 하지도 않을뿐더러 살아가는 과정이나 일상에 연연하는 편이다. 예를 들면 연애, 결혼, 취업, 육아, 가족, 재테크, 건강 등 누구나 한 번쯤 생각해 봄 직한 인생의 어떤 과정이나 단계의 성취에 집착하는 경향이 있다. 평범함에도 미치지 못하는 평균 이하의 삶을 지속했던 사람도 있지만, 그들 모두를 평범한 사람에 포함해 본다. 우리는 전자를 위인이라 하고 후자는 그냥 보통 사람이라고 일컫는다.

인류 역사는 자신의 안위보다 공공의 이익을 위해 헌신한 위인들의 공로로 발전할 수 있었다. 그러나 소수의 위인을 만들기 위해 위인의 몇 곱절이 되는 평범한 사람들이 필요했음을 인지하고 있다. 세상의 모든 부모를 대상으로 한 번쯤 묻고 싶다.

"자기 자식이 어느 부류에 포함되기를 바랄 것인가?"

"나 자신은 어떤 사람이 되고 싶었고, 그렇게 되었는가?"

내가 아이들을 키울 때 항상, "훌륭한 사람이 되어라."라고 했는데, 나는 분명 전자의 꿈을 자식들에게 심어 준 것 같다. 그것은 부모에서 자식으로 이어지는 내 부모님의 꿈이었고, 나 또한 자식들에게 같은 꿈을 꾼 것이다. 지금에 와서 생각해 보니 듣는 사람 처지에서는 부담이 되었을 수도 있다. 평범하기도 힘든데 왜 위인이 되라고 하나, 생각했을 것이다.

부모의 기대를 잔뜩 받고 자란 자식은 꿈을 키우고 노력했지만, 자신이 평범함에 미치기에도 부족하다는 것을 깨달았을 때는 더 많이 좌절한다. 애초에 잘못된 기대에서 피할 수 없는 균열이 생긴 것이다.

자식은 몇을 낳느냐가 아니라 아예 "무자식이 상팔자." 주의가 팽배한 지금 부모들은 자식에게 '행복한 사람이 되어라.' 또는 '하고 싶은 대로 하고 살아라.' 다만 '꿈을 가져라.' 한다. 시대가 변했으니 자식에게 기대하는 바가 다르고 어쩌면 기대해서는 안 될 것을 기대했던 전

세대의 성찰 내지는 깨달음인지도 모른다.

자식의 삶까지 자기 것으로 온전히 받아들여 희생했던 부모님의 세대와 달리 부모를 봉양했으나 자식으로부터 버림받는 첫 세대인 베이비 붐 세대는 전쟁을 겪지 않았지만, 가치관 격변의 산증인으로 살아왔다.

오늘날은 결혼해도 자식을 낳지 않거나 심지어 결혼의 당위성이 희박해지고 있다. 홀로서기로 인생을 살아내는 개인의 독립성과 자립성이 극대화되고, 오직 자기 삶에 집중함으로써 의지를 분산시키지 않고 얻은 성취는 누가 뭐래도 값진 것이다. 무소의 뿔처럼 혼자 가고자 하는 이에게 기꺼이 박수갈채를 보낸다.

하지만 평범한 사람들이 하나같이 삶의 끝에서 마주하게 된 진실은 산다는 것이 별게 아니었다는 것이다. 누구나 시간이 되면 가고, 작은 행복 대신 큰 업적을 이뤘던 위인도 결국은 가고 만다. 삶의 유한성 앞에서 현재 삶의 행복을 찾으며 살 것인가. 미래를 지향하는 삶을 살아야 할 것인가. 더 나아가 조금이라도 위인 반열에 가까워지기를 바랄 것인가. 살아온 날이 남은 날보다 더 길어 이미 반 이상을 살았음에도 여전히 의문이 남아 있다.

25

스케이트 타던 날

그 시절의 스케이트장은 허름했다. 철조망으로 얼기설기 막아 놓은 스케이트장에 얼음은커녕 물이 출렁거렸다. 그날따라 날씨가 풀렸는지 잔뜩 실망한 채 집으로 돌아오고 말았다. 날이 더 추워져야 스케이트를 탈 수 있단다. 운동을 좋아하셨던 아버지는 초등학교 1학년인 내게 날이 긴 스케이트를 선물로 사 주셨다. 새 스케이트를 만지작거리며 얼음이 얼기만을 기다렸다.

바람이 쌩쌩 부는 추운 날이 이어지자 스케이트장이 꽁꽁 얼었을 것을 생각하며, 흐뭇하게 잠자리에 들었다. 틀림없이 빨랫줄같이 긴 줄에 만국기를 매달아 머리 위를 장식한 스케이트장이 개장할 것으로 생각했다. 그런 날은 비장하게 일찍 일어났다. 식구들이 아직 일어나지 않은 어둑할 때 놀러 간다고 새벽밥을 먹었다. 입장권이 50원 정도 했는데 그 돈이 아깝지 않게 놀겠다고 꼭두새벽부터 부산을 떨었다. 스케이트장에는 천막이 쳐지고 귀까지 가리는 모자를 깊이 눌러 쓴 스케이트 날을 가는 아저씨들만이 그날 하루 장사를 위해 자리를 정리하고 있었다.

아무도 없는 스케이트장에서 뒤뚱거리며 걷다가 미끄러지고 넘어지고를 반복했다. 허리를 깊이 숙이고 속도감 있게 달리는 사람들의 진로를 방해하기도 했지만, 꾸준히 연습한 보람으로 실력이 향상되었다. 나중에는 나도 그들처럼 신나게 트랙을 돌았다. 그때는 전기로 얼음을 얼리는 때가 아니었으니 빙질도 울퉁불퉁하고 좋지 않았다. 다만 날이 더 추워서 오랫동안 스케이트장 얼음이 녹지 않기를 바랐다.

스케이트를 타고 돌아온 날 아버지는 스케이트를 사 준 투자자로서 몇 바퀴를 돌았냐고 물으시며 투자 성과를 점검하셨다. 종종 현장 점검도 나오셨는데 그때면 더 신바람이 나서 열심히 돌았던 기억이 난다. 고학년이 되자 다른 여자아이들처럼 나도 피겨스케이트로 바꾸었다. 흰색 구두 안에는 폭신한 털이 있어 발이 따뜻했던 피겨스케이트에는 sever라는 로고가 있었는데, 구두 자체만으로도 너무 예뻐 며칠을 어루만졌다. 뒤로 미끄러지며 무늬를 그리듯 무용을 할 수도 있고 그저 달리기만 하는 것보다 더 재미있었다. 스케이트를 탈 수 있어서 추운 날을 기다리던 철모르는 시절이었다.

시간을 껑충 뛰어넘어 과천 실내 스케이트장에서 아이들과 주말마다 스케이트를 함께 탔던 때도 있었다. 주말에도 출근했던 남편은 미안한 마음을 나와 아이들을 스케이트장에 데려다 놓는 것으로 대신했다. 그러고는 사무실에 들어가 함흥차사인 남편을 기다리며 스케이트장에서 시간을 보냈다. 얼마 지나서는 내가 스케이트를 타는 것이 피곤했다. 주말을 쉬지 못하니 월요일부터 힘겨워, 연구실에서 지쳐서 한 주를 보냈다.

올망졸망한 아이들은 좋아했지만, 스케이트장에 가고 싶어서 설레던 나이가 지난 것이다. 이미 40이 넘어 스케이트장에서 달리고 있는 아이들을 보기만 해도 대기장은 춥고 썰렁했다. 얼음을 전기로 얼렸으니 대기실에 난방을 하지 않았다. 하루 종일 스케이트장 밖의 간이 테이블에서 책을 읽으며 일하는 남편과 노는 아이들이 끝내고 나오기만을 기다렸다. 더 이상 스케이트장이 신나지 않고 고달프게 느껴지는 나이가 된 것이다.

아버지는 종목에 상관없이 운동을 좋아하셨는데 우리 집안에서 세계적인 선수가 나오지는 못했어도, 어린 시절의 체육은 심신을 단련하는 효과가 있어 투자 성과 면에서 나쁘지 않았다. 주말마다 스케이트장에서 보낸 덕분인지 아이들은 모두 체육을 잘했다. 이제 나에게 누군가 스케이트장이나 스키장에 같이 가자고 한다면, "너희들끼리 가!" 하고 사양하고 싶다. 또 한 시절이 지나간 것이다.

일기로만 남길 수 없는 말들

26

할머니의 이불

할머니의 여름 이불은 눈이 시리도록 노란색이었다. 얇은 누비이불로 색이 선명한 바탕에 분홍색, 빨간색의 작은 꽃들이 수 놓여 있었다. 이불을 펼치면 강렬한 노란색의 마성에 빨려 들어갈 것 같았다. 할머니의 외출 한복은 모두 미색, 옥색, 연보라색, 하늘색 등 밝고 고운 색이 주종이었고 이불도 그랬다. 할머니의 하얀 피부색은 밝은 빛깔과 잘 어울렸고 종종 나이를 가늠하기 어려울 정도였다.

동생이 둘이나 있는 나는 항상 할머니와 한 이불을 덮고 잤다. 어머니는 내 차지가 되지 않았다. 그 덕에 할머니는 내가 등교하는 길에 동행해 주셨고, 할머니가 외삼촌 댁에 외출하는 날은 나의 외출 날이기도 했다. 우리 집에서와 달리 할머니가 외출할 때는 자개가 박힌 반닫이에서 금비녀를 꺼내 쪽을 짓고, 나도 덩달아 새 옷을 갈아입었다. 한껏 치장한 할머니와 나는 손을 잡고 갔다. 외삼촌 댁에서 할머니는 우리 집에서처럼 일하지 않으셨다. 딸네 집이 아닌 아들 집이라 그랬나 보다. 외숙모는 참기름 냄새가 고소한 나물을 무쳐 할머니 상에 올렸고, 나도 덩달아 대접받는 손님이 되었다. 그러나 할머니는 곱게 앉아 대접받는 아들 집보다 아수라장 같은 우리 집에서 마지막까지 사셨다.

할머니와 나는 둘만 아는 비밀을 공유했으며, 가족들에게 나의 치부를 끝까지 비밀로 지켜 주셨다. 온 가족이 둥그런 밥상에 둘러앉아 밥을 먹을 때, 할머니가 아직 부엌에 있으면 나는 밥을 먹지 않고 기다렸다. 그것은 내가 할머니에게 한 유일한 의리의 표시였다. 할머니와 같이 잘 때마다 나는 이불의 두께와 상관없이 답답함을 느껴 이불 밖으로 한쪽 다리를 뻗으면 숨통이 트이는 것 같았다. 그럴 때마다 할머니는 항상 이불을 다시 덮어 주셨다.

내가 유독 노란 이불을 기억하는 것은 나름의 이유가 있다. 할머니의 노란 누비이불은 나를 마법의 세계로 끌고 간 요술 양탄자 같았다. 현실의 칙칙함이나 지저분한 것과는 너무 생경하여 어울리지 않는, 오점 하나 없는 노란색 이불을 방 안에 넓게 펼쳐 놓으면, 노란 꽃밭이 되었다. 꽃이 만발한 꽃밭에서 뒹굴며 노는 강아지가 된 기분이었다. 이불에 얼굴을 비비며 꽃향기를 맡았다. 네 발 강아지처럼 두 팔, 두 다리로 깡충거리며 상상의 세계로 몰입했다. 소꿉놀이나 인형 놀이, 밖에 나가 노는 그 어떤 놀이보다도 꿈꾸는 듯 환상적이었다. 정말로 나는 한 마리 강아지가 되어 뛰어놀았다.

할머니가 돌아가신 지 수십 년이 되었다. 그 시절을 떠올리는 것은 그렇듯 유연하게 상상의 나래를 펼칠 수 있었던 그 무엇이, 내게서 사라져 어디론가 빠져 버렸기 때문이다. 상상을 저버린 채 날마다 이어지는 네모 모양을 한 삶의 틀에서 한 치도 벗어나지 못하는 나이. 나는 예측 가능한 평범한 사람이 되었다. 한 번쯤이라도 일탈이나 새로운 꿈을 꾸지 않았고 틀에 박힌 삶을 살아온 덕분에 얻은 것은 살아온 만큼의 안정감이었다. 아무리 노력해도 빨려들 듯 몰입하기 어려운 나이, 할머니도, 노란 이불도, 꽃밭의 강아지도 모두 시공간을 넘나드는 우주의 블랙홀로 빠져 버렸다.

두 팔을 휘저어 어느 한 자락이라도 잡아보려 애쓰지만, 휘청거릴 뿐 기억에서만 맴돈다.

27

어느 시무식날

한 해를 시작하는 둘째 날, 시무식이 있었다. 어제와 똑같은 날이지만 해가 바뀌니 새로운 각오를 다지기 위한 행사다. 나는 스물여섯 해동안 시무식에 참석했는데, 그해의 시무식은 평생 잊을 수가 없다. 마치 도망칠 수도, 피할 수도 없었던 젊은 날의 고단한 일상을 예고하듯이 시작된 날이었다.

그때 10살이 된 큰딸은 이미 어른처럼 내가 걱정하고 돌봐야 하는 아이가 아니었다. 초등학교에 들어간 이후 방과 후, 학원에 다니는 일은 셔틀버스가 일과를 마친 아이를 집에 데려다주기만 하면 아무 문제가 없었다. 학교는 겨울 방학이지만, 학원 다니는 일은 혼자서도 할 수 있을 것이라는 확신을 하고 겨우 열 살 아이를 다 큰 아이처럼 믿었다. 그러나 7살, 4살의 아이는 돌봄이 필요했다. 며칠 전 약속해 둔 놀이방에 아이들을 맡기고 시무식에 참석하려던 나는 두 아이를 차에 태우고 집을 나설 때, 어떤 시련이 기다리고 있을지 아무것도 예상하지 못했다.

아파트 단지 내 놀이방에 도착하여 벨을 누르니 묵묵부답이었다. 이게 무슨 일인가. 아이를 돌봐 주겠다던 약속을 잊은 것이다. 시간은 흘러가는데 무작정 기다릴 수 없어 다시 두 아이를 차에 태우고 길을 떠났다. 늘 다니던 고속도로는 그나마 제설 작업으로 운전할 만했지만, 시골길은 여전히 쌓인 눈이 얼어 어깨에 잔뜩 힘을 주고 운전대를 잡고서 나와 아이들의 운명을 그저 하늘에 맡겼다.

고속도로 휴게소에서 잠시 직장 인근 놀이방을 찾았다. 114 전화 안내로 오늘 하루 아이들을 맡아 줄 놀이방을 찾고 한 번도 가 본 적 없는 그곳의 위치를 파악했다. 낯선 동네의 좁고 꼬불꼬불한 길을 찾아갔더니 다행히 그 놀이방에 맡겨진 아이가 두어 명이 더 있었다. 다른 아이들도 있으니 믿을 만하겠지 했다. 둘째 딸에게 동생을 잘 돌봐 주라고 당부한 나는 아이들의 점심 도시락과 함께 어둠침침한 놀이방에 밀어 넣고 비상사태가 없었던 것처럼 태연하게 시무식에 참석했다.

오전 시무식 후 떡국 행사와 몇 가지 행정 처리를 하고 다시 그 놀이방을 찾았을 때는 이미 날이 저물어 어둑어둑했다. 아직도 길은 미끄러웠지만, 무사히 행사에 참여할 수 있었음에 안도하며 낯선 길을 더듬어 가니 놀이방 선생님은 7살 아이가 4살 아이를 엄마처럼 잘 보살펴 주었다고 칭찬했다. 다시 뒷좌석에 둘을 태우고 고속도로를 달려 집으로 돌아오는데 또 눈이 내렸다. 언제나 그렇듯 겨울의 환희와 시련은 눈과 같이 오는 것 같았다. 하루 종일 같이 있었던 두 아이는 싫증이 났는지 뒷좌석에서 싸우며 칭얼대는데 그럴 때마다 운전하는 나는 혈압이 올라가는 것이 이런 느낌이구나 하고 잔뜩 긴장을 늦추지 않았다.

집에 거의 도착했는데 막바지 비탈길이 얼어 차가 경사로를 오르지 못했다. 시련은 끝이 없었다. 그때는 경사로에 열선이 없던 시절이라 몇 번의 재시도 끝에 포기하고 차를 대충 길에 주차해 두었다. 종일 낯선 집에서 엄마를 기다렸을 두 아이를 양손에 잡고 언덕길을 걸어 올라오며 지치고 울적한 나는 노래를 불렀다. "동구 밖 과수원 길 아카시아 꽃이 활짝 폈네." 얼굴에 하염없이 떨어지는 눈송이가 내 눈물을 가렸다.

두 아이는 빈 도시락 가방을 어깨에 짊어진 채 내 손을 잡고 눈이 오는 것이 좋은지 까만 하늘만 쳐다보았다. 나는 자꾸 눈물이 나와 함박눈이 펑펑 쏟아지는 하늘을 차마 쳐다볼 수가 없었다. 그래도 집에 돌아오니 큰딸은 학원에 잘 갔다 왔다고 했다. 학원 버스 기사는 눈이 오는 날은 끝까지 데려다주지 않고 그냥 걸어가라고 했단다. 그럴 만하지. 내 차도 길에 세워뒀으니. 열 살인 큰딸은 얼마나 의연했는지 마치 동지를 얻은 듯 대견했다.

남편은 시무식이 있던 그날따라 늦게 퇴근했다. 새해 첫 시무식부터 걸레처럼 너덜너덜 지친 하루를 위로받고 싶었지만, 그 기대마저도 접어야만 했다. 가장의 위치는 살아가며 부딪치는 현실에 무관심해도 용인해야 하는지. 나는 어디까지 너그러운 마음으로 참아야만 하는지 참으로 아리송했다. 더구나 맞벌이 부부가 가정을 온전하게

일기로만 남길 수 없는 말들

지키는 일은 배려와 이해심이 절실히 요구된다고 하겠다. 그것이 젊은 날, 내가 눈물로 체험했던 삶의 원칙이며 지켜야 할 도(道)였다. 남편을 보필한다는 억지 자부심을 키우며 살아야 했다. 뒷좌석에 철없는 아이들을 태우고 고속도로를 왕복하며 직장에 충실했던 그날그날의 시련을 같이할 수는 없었던 일인가. 다만 나의 풋풋한 날, 흘린 눈물이 훗날 성장한 자녀와 남편 그리고 우리 가정에 밑거름이 되기만을 기원하지 않았을까 싶다.

28

A시 다닐 때

A시를 기억하면 젊은 내가 안간힘을 쓰는 모습이 떠오른다. 지금 나는 그 옛날 낙엽이 지던 춥고 싸늘한 낯선 길 위의 나를 만나 위로해 주고 싶다. 내 인생을 그렇게 힘들게 살아야 했나 싶었던 그 가을. 젊으니까 그런 생활을 견딜 수 있었지. 다시 돌아가라고 하면 내 대답은 "노."라고 하고 싶다. 그것은 야구로 치면 외야수의 역할이기도 했다. 우리 학과로 들어온 계륵 같은 강좌를 누군가는 맡아야 했는데, 그 누군가가 내가 된 것이다. 나는 마다하지 않았다. 좋은 경력이라고 생각했기 때문이다. 내 생전에 그 먼 A시에 어떻게 가 보겠는가. 그렇게 A시와의 인연이 시작되었다.

어둑한 이른 새벽 채비를 하고 나가는 나를 큰딸아이가 애틋하게 바라보았다. 이윽고 싱크대 위로 올라가 좁은 창문을 열고 아파트 앞을 지나서 내 모습이 보이지 않을 때까지 보고 있을 것이다. 지하철을

　　　　　　　　일기로만 남길 수 없는 말들

타고 버스를 타고 공항에 도착하면 비행기를 놓칠 일은 없겠지. 이제 절반은 온 것이다. 원거리에서 오는 강사라고 첫 시간을 11시로 잡아 준 것은 나름의 배려였다. 비행기에서 내리면 또다시 좌석버스로 한 시간을 가고 다시 시내버스로 갈아타면 A시의 전통시장을 지나 목적지에 도착했다. 물론 그다음 강의실까지 걷는 것은 덤이었지만, 캠퍼스를 걷는 일은 즐거웠다. 다시 대학생이 된 듯한 싱그러운 느낌. 그리고 젊은 청춘들을 만나는 것은 기쁜 일이 틀림없었다.

여섯 시간의 강의를 마치고 저녁 무렵 돌아오는 길은 A시의 번화가인 역에서 기차를 타고 긴 휴식을 즐겼다. 좌석에 앉아 오롯이 시간을 보낼 수 있다는 것은 큰 행운이다. 예나 지금이나 기차에서 차창으로 풍경을 감상할 수 있는 여유를 즐기다니 낭만이 아닐 수 없다. 서울에서 태어나 지방에 가 보지 못한 내게 시골의 풍경은 아름답고 목가적이었다. 그에 비해 일주일에 한 번씩 비행기에 탑승하니 가끔 날씨가 좋지 않은 날은 비행기가 시내버스처럼 흔들릴 수도 있고 짧은 비행이기도 하지만, 볼거리도 없었다. 그렇게 한 학기 동안 강의했는데, 사실 강의 비중보다 오가는 일이 더 큰 과제였다. 강의가 아닌 일정한 날, 여행길에 오른 게 아닌가 할 정도였다. 가르치며 배우고 참으로 강의에 성심을 다했지만, 삶에 대한 생생하고 치열한 경험을 더 많이 깨닫게 된 기회였다.

선박을 제외한 갖가지 교통수단은 다 이용하며 하루를 보냈지만, 가장 기억에 남는 것은 일과를 마치고 돌아오는 기차에서의 추억이다. 여름에서 겨울까지 이어지는 2학기, 차창 밖으로 스쳐 지나가는 가을 들녘의 결실이 풍요롭고 아련하게 마음에 닿았다. 나중에 그곳이 명소임을 알았지만, 그때 나는 나날이 변화하는 한 편의 다큐드라마를 감상하는 듯했다. 그것도 잠시 창밖은 금세 어두워졌고, 입석의 승객까지 가득 찬 기차 안은 하루를 살아 낸 사람들의 누적된 삶의 피로가 가득했다. 그 사람들 틈에서 나 역시 그 길고 긴 하루가 내 인생에 통과해야 할 무서운 시험처럼 여겨졌다.

집에 도착할 때쯤은 늦은 시각이라 먼 곳의 전등 빛이 무척 포근해 보였다. 지하철에서 내려 아파트를 향해 걸을 때, 오늘도 무사히 일정을 마칠 수 있었음에 깊은 숨을 내쉬곤 했다. 나의 행보를 지지하기 위해 어린 딸은 떠나는 새벽부터 밤중까지 나를 눈 빠지게 기다렸을 테고, 남편은 퇴근 후 늦게까지 주부 없는 썰렁한 집을 지켰을 것이다.

그렇게 한 학기를 마치고 더는 A시에 가지 않았다. 오로지 한 학기, 강사료 대비 교통비는 가성비 떨어지는 일이었지만, 몸소 깨닫게 된 것이 많다. 삶에는 보이는 것보다 보이지 않는 것이 더 중요할 때가 있다. 나는 내가 가는 이 길이 계속 이어질 것인지, 의지를 시험해 볼 수 있는 기회가 되었고, 무엇보다 돌아올 내 집이 그렇게 따스해 보인 적이 없었다. 그때 나는 내가 앞으로 무슨 일을 한다고 해도 집을 떠나지 않으리라고 다짐했다.

일기로만 남길 수 없는 말들

29

악당 동아리

대학 시절 나는 동아리 활동을 비교적 열심히 했었다. 수많은 동아리 정보가 있었지만, 어느 동아리에 가입해 볼까 기웃거리지 않았고 단숨에 국악 동아리에 가입했다. 고교 시절부터 거문고가 어떤 악기인지 궁금했고 나도 거문고를 배우고 연주하고 싶었기 때문이다.

삼국지에서 가장 멋있는 사람이 제갈공명이었는데, 그가 거문고를 연주했다는 글귀를 읽고 그냥 선망의 대상이 되었다. 천문 지리에 능통하고 신출귀몰한 그의 행적 중 감히 따라 해 볼 수 있는 유일한 것이었다. 아쉽게도 하고 싶다는 의지는 있지만, 음악적 재능이 없었던지라 잘하지는 못했다. 해마다 국악관현악 연주 발표회가 있을 때는 부족하나마 거문고 연주자로 무대에 올랐고, 여름 방학 때는 국립 국악원에 찾아가 교습을 받기도 했다. 전국 대학생 국악 경연 대회에서 우리 동아리가 2등 상을 받은 것은 재능이라기보다는 연습의 산물이었다. 신학기가 시작되면 늘 단합대회를 핑계로 MT를 갔는데 졸업한 선배들까지 동참하여 후배들을 위한 후원을 해 주기도 했다. 우리는 허름한 숙소에서 끝없는 토론을 밤새도록 했지만, 나는 늘 듣기만 했다. 토론에 참여할 만한 이념적인 주관이 없었다.

학년 초에는 신입생을 대상으로 동아리를 소개하는 오리엔테이션이 있었다. 수천 명이 모인 대강당에서 처음 마이크를 잡고 동아리를 소개했다. "전통 음악을 계승, 발전시키는⋯." 하며. 우습게도 내 평생 그 많은 청중 앞에 선 것이 그날이 처음이자 마지막임을 그때는 몰랐다. 축제 때는 인근 김밥집에서 사 온 김밥과 음료수로 수익 사업도 했다. 연주회 때 쓰는 커다란 돗자리를 잔디밭에 깔아 놓고 정해진 구역보다 훨씬 넓은 터에서 손님을 받았다. 그 수익금으로 가야금을 몇 대더 샀다.

그 당시 나와 함께 일했던 회장은 성실하고 믿음직한 사람이었다. 언젠가 비 오는 날 우산이 없어 당황하고 있는데, 그가 들고 있던 우산을 서슴없이 건네주는 것이 아닌가. 자기는 학교 앞 하숙생이니 비를 맞고 뛰어가도 되지만, 여학생은 우산이 있어야 하지 않겠느냐고. 그 우산을 쓰고 집에 온 일이 있었다.

호남 출신인 선배는 우리의 여름 방학 MT를 '내나로도'로 추진했다. 지도상 맨 끝의 섬을 탐방하기 위해 서울역에서 야간 완행열차를 타고 그다음 날 아침 광주역에 내렸다. 길고 긴 밤차 여행에서 얼마나 웃고 떠들고 게임을 했는지 모두가 기진맥진했다. 비행기만 빼고 모든 교통수단을 동원해서 내나로도에 도착했는데 하필이면 폭우가 쏟

일기로만 남길 수 없는 말들

아졌다. 할 수 없이 인근 교회로 피신했고, 교회 마룻바닥에 앉아 비를 피하면서도 카드놀이와 게임을 했다.

새벽 예배 시간이 되어 주로 무신자였던 우리가 구석에서 가만히 들어 보니, 신도는 몇 명 없고 목사님은 순전히 대학생을 위한 설교를 하셨다. "뭘 그렇게까지 하시나…." 하며 키득거리던 철없는 우리는 날이 개자 다시 바닷가 대형 천막에서 노래를 부르고 거칠 것 없는 태양 아래서 살갗을 태웠다. 생각해 보면 날씨는 푹푹 찌고 먹거리도 부실했는데, 뭐가 그렇게도 즐거웠는지….

인적 없는 태고의 백사장이 펼쳐져 있던 내나로도가 지금은 많이 변했을 것이다. 수백 년 된 해송이 바닷바람을 막아주고 경사가 완만한 백사장의 모래는 세월에도 변하지 않고 곱기만 하다. 해변 인근에는 천문대와 국립 청소년 우주센터가 생겼다.

우산을 빌려주고 내나로도로 MT를 주선했던 그 선배 공대생. 다음 해인가 여름 방학 끝 무렵 도서관에서 만난 동기생은 청천벽력 같은 소식을 전했다. 그 선배가 죽었다는, 만우절도 아닌데, 그 말은 농담이 아니었다. 그 성실했던 선배는 고향 저수지 낚시터에서, 꿈과 야망과 젊음 모두를 수장했다는 것이다. 한참 뒤, 비보를 접한 우리들의 서클룸에는 누군가 그들 애도하는 촛불과 향을 피워 놓았다. 사람 목숨이 그렇게 쉽게 갈 수도 있다니, 앞날이 창창했던 선배는 거짓말처럼 갔다. 그 일은 내가 지금까지 목격한 첫 번째 허망한 죽음이었다.

우리는 음악을 했기에 서로를 악(樂)당이라고 불렀다. 악당들은 선배 잃은 슬픔을 삭이며 그 후에도 계속 모이고 연주했다. 마치 다 잊은 듯 시간이 흘렀어도, 내 기억 속에는 우산과 함께 젊고 늠름한 청년이 여전히 생존하고 있다.

졸업할 때 후배들이 해준 기념패에는 "이 동아리에서처럼 앞으로도 열심히 살라."는 문구가 새겨져 있는데, 세월 지나 뒤돌아보니 열심히 살기는 했다. 나는 한 번 더 살면 더 잘 살 수 있을까. 그 선배는 살아 보지 못한 원한을 이제는 풀었을까. 그 작은 기념패를 나는 아직 간직하고 있다.

일기로만 남길 수 없는 말들

30

여름 할머니와 겨울 할머니

　내 나이가 곧 할머니인데, 내 인생에는 할머니에 관한 잊지 못할 기억이 있다. 어릴 적 할머니와 항상 같은 방을 썼던 나는 할머니 손님들로 이모할머니, 고모할머니, 동서 되시는 할머니 등, 할머니의 친척 되시는 여러 할머니가 방문할 때면, 그분들의 대화를 곁에서 같이 듣기도 하고, 노년의 세상 사는 이야기를 일찌감치 듣고 공유했다.

　그 할머니 중에는 삼복더위에 생일을 맞이하는 분도 계셨다. 가장 더운 중복에 생신상을 받았던 할머니는 정반대인 동지섣달에 태어나신 나의 외할머니를 꽤 부러워했다. 왜냐하면, 겨울에는 음식을 많이 장만해서 친지들을 불러 생일잔치를 해도 음식이 상할 염려가 없었고, 옷가지 선물을 받아도 두툼하고 값비싼 겨울옷이기 때문이다. 그 말이 틀리지는 않았다. 외할머니의 동서 되시는 분은 바로 1년 중 하루밖에 없는 그 생일날이 너무 더워 사람이 모이는 것조차 번거로웠기 때문이다. 에어컨은커녕 선풍기조차 귀하던 시절이라 덥고 습한 날씨에 음식을 장만하기도 힘들었고, 기껏 만들어 놓은 음식을 먹으려 해도 입맛도 떨어졌다. 그래서 외할머니 생신날을 즈음하여 미리 방문한 여름 할머니는 항상 여름에 생일인 것이 불만이었다.

두 분은 열두 살 터울의 동서지간이었는데, 실제 여름 생일인 아래 동서가 먼저 세상을 떠났다. 그것으로 때로는 가장 가까운 친구로서 때로는 견제하고 질투하던 경쟁자로서의 관계를 청산했다. 여름 할머니는 대중교통도 잘 이용할 정도로 활달한 신교육 여성이지만, 외할머니에게 "성님, 성님!" 하며 사교성과 붙임성이 있었다. 또한 재바른 동작으로 잔칫상을 차리는데 능해 조카와 조카사위 집을 이물감 없이 드나들며 눈치 빠르게 겨울 선물을 얻어 내기도 했다. 지금 생각해 보면 요즘 누가 손위 동서 생일상을 차리러 며칠씩 묵으며 다닐까 싶다. 자기 가족의 테두리가 더 좁아진 오늘날 나부터 그렇다.

내 기억에 여름 할머니는 연세가 많았어도 변화하는 세상을 빠르게 받아들여 일찌감치 긴 머리칼을 잘라 짧은 파마를 하셨다. 외할머니는 동서의 현대적인 머리 스타일이 마뜩잖았고 심지어 불쾌해했다. 어릴 적에 할머니의 외출은 참빗으로 머리를 빗는 데서 시작했다. 대나무가 촘촘하고 가늘게 만들어진 그 빗은 할머니만 사용하는 오래된 경대에 들어 있었다. 비록 머리숱은 줄었어도 은발의 아름다운 긴 머리에 머릿기름을 발라 참빗으로 빗어 쪽을 짓고 금비녀를 꽂으면 윤이 반질반질하게 났다. 그러면 할머니의 손이 닿지 않는 곳에 붙어 있었던 머리카락을 떼어내는 일을 내게 부탁하셨다. 내가 할머니 등

일기로만 남길 수 없는 말들

의 머리카락을 떼어내면 이제는 고운 한복으로 갈아입는 일만 남았다. 무슨 성스러운 의식같이 진행된 머리 빗는 일을 싹둑 자른 파마머리에서는 할 수가 없어 여름 할머니는 시원하다 했고, 겨울 할머니는 상스럽다고 했다.

말띠 띠동갑이셨던 두 할머니는 서로 남편을 여의고 동병상련으로 긴 세월을 의지하며 사셨다. 두 분은 서로 질세라 손자 손녀 자랑을 하셨는데, 그 끝에는 항상 딸네 집에 사는 외할머니가 아들 집으로 가셔야 한다는 주제가 꼭 나왔다. 그분의 논리인즉 사위 집은 아들 집과 달라 객지에 해당한다는 것이었다. 나는 여름 할머니가 주기적으로 오셔서 왜 쓸데없는 소리를 하시나 했다. 할머니가 안 계신 집을 나는 상상할 수 없었다. 아들이 여럿 있는 외할머니가 막내딸 집에 함께 사는 것이 옳지 않다는 여름 할머니의 주장을 겨울 할머니는 일축해 버렸다. 외할머니에게는 막내딸과 사위가 결혼한 날부터 일가가 없었던 외톨이 사위가 아들이 되었기 때문이다. 외모를 변신하지 못했던 것과는 달리, 겨울 할머니의 사고는 꽤 신식이었다. 외할머니는 그렇게 딸 사위와 평생을 사셨다. 나는 돌아가신 아버지의 여러 행적 중에서도 특히 장모와 평생을 함께 사셨다는 점이 가장 훌륭해 보였다. 고아나 마찬가지인 아버지를 사위로 맞이했던 외할머니의 믿음은 마음 편한 노후로 보상받았고 아버지의 신의는 주변 모두의 본보기가 되었다.

두 분 할머니는 내 결혼식에 긴 두루마기 차림으로 참석하여 이 집안의 가장 웃어른임을 과시했다. 여름 할머니와 겨울 할머니가 티격

태격 생일 탓을 하던 그 옛날 나는 그때 아직 어렸지만 그 대화를 다 알아들었고, 남편을 여의고 난 후의 여자의 긴 삶을 할머니들을 통해서 보았다.

일상

평범한 하루에서 만난

풍경과 사람들

31

나무

우람하게 서 있는 메타세쿼이아는 경이롭다. 하늘을 향한 꼿꼿한 풍채는 존경심이 생길 듯 기대고 싶다. 느티나무의 넓고 풍성한 그늘은 얼마나 후덕한가. 나는 나무가 사람처럼 느껴질 때가 있다.

나무도 수명이 다하면 마른다. 그 현상도 어쩌면 사람과 똑같다. 사람도 나이 들면 물이 빠지고 마른다. 수령이 오래되고 수형이 아름다워 벼슬을 하거나 마을의 보호수가 되기도 하지만, 나무의 일생도 사람과 같아 이름 없이 죽어 사라지는 경우가 더 많다. 수백 년, 수천 년을 살 수 있는 나무는 무슨 재주가 있는 것일까.

장마가 한창일 때 마른 나무는 최후를 맞이했다. 오래전 이미 생명 현상을 멈춘 마른 나무는 뿌리째 뽑혀 상류에서부터 내려왔다. 어느 지점에서 살던 나무인지는 알 수 없다. 뿌리가 거꾸로 하늘을 향해 있는 기괴한 모습의 죽은 나무는 이름조차 알 수 없다. 힘차게 흐르는 물에 몸을 맡기다 사람들을 위해 만들어진 작은 다리에 걸렸다. 이제 더 갈 수 없다고 마치 죽어 흙이 되기를 거부하는 몸짓으로 저항하는 듯했다. 큰 나무가 걸려 있으니 물 흐름이 원활하지 않았고 거기에다 잔나뭇가지까지 퇴적물이 쌓였다.

다리를 기점으로 상류는 누런 흙탕물이 범람했다. 수면이 얼마나 높아졌는지는 둥둥 쓸려 온 스티로폼 쓰레기를 보고 알았다. 어느 날 누가 일제히 꽃밭에 쓰레기를 투척했는지 여기저기 흩어져 있는 잡동사니들이 산더미 같았다. 주범은 바로 물이었다. 황하 같은 흙물이 콸콸 내려가다가 범람했고 쓰레기가 주변 꽃밭에 팽개쳐졌다.

며칠이 지난 뒤 구청에서는 쓰나미가 몰고 간 듯 부서진 다리와 돌담을 정비했다. 작업복을 입은 인부들과 굴착기가 동원된 하루의 작업이었다. 죽은 나무는 어디로 갔을까. 밀려온 비닐 쓰레기와 똑같은 취급을 당하며 트럭에 실려 어디론가 갔을 것이다. 종교 이전에는 나무에도 정령이 있다고 추앙되기도 했을 텐데. 이름 없는 잡목의 최후는 합성물인 플라스틱 비닐과 다르지 않았다.

비가 온 후 최후를 맞이한 마른 나무와 달리 괴기스러운 생명력이 빛나는 나무도 있다. 잡목을 뒤덮은 넓적한 잎사귀. 그들의 정체를 나는 최근 들어서야 알았다. 그들의 이름이 칡이라는 것을. 그들을 나무라고 부르기에는 민망하다. 혼자 서지 못하고 남에게 기대어 사는 모습이 뻔뻔하지만, 엄연히 덩굴식물로 신경 쓰지 않아도 무섭게 자라는 잡초 계의 대부다. 기대어 살면서도 비가 온 후에는 끝이 가느다란 촉수 같은 긴 줄기가 하루가 다르게 뻗어난다. 누가 이들이 무럭무럭

일기로만 남길 수 없는 말들

자라도록 정화수를 떠 놓고 축원했는지. 그들의 생명력은 끈질기다 못해 넉살 좋게 방치된 나대지를 보란 듯이 점령한다. 그나마 갈근이라는 고상한 이름으로 그 뿌리를 약용으로 쓰기 망정이지 아무도 생명의 가치를 알아주지 않았을 것이다. 칡은 용문사 은행나무처럼 떠받들어 주지 않아도 씩씩하다 못해 마치 불사신처럼 상처와 고통에도 굴하지 않는 불사의 식물로 삶을 영유한다. 불굴의 의지다.

장마가 아직 물러나지 않은 지금 이따금 소나기가 몰려왔다가 지나간다. 푸르른 활엽수는 잎을 활짝 열어 빗물을 받는다. 팔 가득 무성한 잎을 탐스럽게 늘어뜨린 채 더워도 좋구나! 비가 오면 더 좋지. 너 그렇게 여름을 비축한다. 흠뻑 빨아들인 물과 강렬한 빛을 받은 감나무 잎은 거무스레한 청록색 광택이 더 진해졌다. 가을날 튼실한 감을 위해 보이지 않는 뿌리와 잎은 열심히 광합성으로 필요한 양분을 만들고 탄소동화작용으로 공기를 정화하고 있을 것이다. 속이 부스러지는 날이 온대도 숙명 같은 주홍색 열매를 위해 살아있는 내내 헌신한다.

대추나무도 상황은 다르지 않다. 다산의 상징답게 쉴 틈 없이 생명현상이 진행되고 주렁주렁 빨간 대추 익을 날을 기다리고 있을 것이다. 열매 여는 나무와 꽃이 아름다운 나무, 가구가 되는 나무, 선산을 지키는 굽은 나무, 비록 서 있지 못해도 끈질긴 생명력의 나무, 그냥 존재 자체로 숲을 빛내는 나무. 나무들의 각가지 속성은 얼마나 사람을 닮았을까. 내 인생은 그중 어떤 나무를 닮았는지, 잡목이 될까 두렵다.

32

손님

쥐를 좋아하는 사람이 있을까. 다람쥐는 커다란 꼬리가 인상적이고 먹이를 먹을 때, 볼이 통통하게 오물거린다. 두 손 모아 알밤을 까는 귀여운 모습은 동물 캐릭터에 자주 등장한다. 쥐는 환영받지 못하는 동물로 1970년대 쥐잡기 운동 표어에는 쥐가 먹어 치우는 양식이 어마어마하니 너도나도 쥐약을 놓고 쥐를 잡으라고 했다.

요즘은 아파트에 사는 사람들은 쥐란 놈을 접할 일이 거의 없다. 오래된 주택가에서는 이 혐오스러운 쥐가 천장에서 느닷없이 다다다다 뛰는 소리가 들릴 때가 있었다. 오죽하면 학교에서 폐품을 수집하듯이 쥐를 잡아 오라고 했을까. 물론 나는 숙제로 쥐꼬리를 학교에 가져가야 했던 세대는 아니다.

더 이상 학교에 낼 폐품이 없어서 가게에서 폐품을 사서 제출하기도 했는데, 나의 위 세대는 쥐를 잡는 숙제를 못 했을 때 마른오징어

다리를 비비고 비틀어 쥐꼬리처럼 만들어 그 대신 학교에 가져갔다는 이야기를 들은 적이 있다. 지금 생각하면 이해가 안 되는 일이 많았다.

마당에서 개를 키우다 보니 사료를 마당 한 구석에 두었다. 어느 날 한두 개 흘린 사료가 있었고 이것이 인근 산에 사는 시골 쥐를 불러들인 것이다. 쥐가 마당에 있는 사료 자루에 구멍까지 뚫어 파먹고 있었다. 황급히 쥐덫을 놓았으나 쉽게 잡히지 않았다. 쥐는 눈이 반짝반짝한 게 생각보다 총명해서 쥐덫이 기능을 하지 못했다. 그들은 배짱 좋게 사람이 있어도 사료 인근을 배회하는 대담성을 보였다.

뻔뻔하게 개 사료를 탐하던 일이 마감된 것은 손님 사건 이후였다. 어느 날 우리 집에 손님이 오셨는데 이 대담한 쥐가 하필 그때 또 나타났다. 이미 드나들던 그놈들을 알고 있었던 터라 놀라지 않은 나는 그러려니 할 수밖에 없었다. 당장 뛰쳐나가 잡으려 해도 잡지 못할 것을 알았으니 지켜볼 수밖에 없었다.

눈앞의 쥐를 발견한 손님은 기겁했고, 비교적 태연자약한 남편과 나에게 기함하며 말한다. "너거 집에서 키우는 쥐가? 난 이래가 몬 산다." 세상에 더러운 쥐를 키우는 사람도 있나. 알면서도 잡지 못하는 것이지. 무슨 농담을 그렇게 하시나. 키우다니. 눈치 없는 쥐가 손님이 있을 때를 가리지 못하고 나타나 결국 명을 재촉했다.

그 사건 이후 더 이상 방치할 수 없다고 판단한 우리는 다른 방법을 썼다. 쥐덫의 실패 사례를 똑똑히 경험한 터라 회색 쥐가 잘 다니는 길에 맛있는 쥐약을 놓았다. 몇 차례에 걸친 쥐약 뷔페를 쥐들은 금방금방 잘도 먹어 치웠다. 얼마간의 시차를 두고 일당은 작렬하게 최후를 맞이했다. 처음에는 술에 취한 듯 비틀거리다 사라지기도 했고 마당 구석에서 사체가 발견되기도 했다. 쥐가 죽은 모습은 끔찍해서 살아 움직이는 모습 못지않았다.

그들을 일망타진하니 다행히 개 사료 인근에 쥐가 들락거리지 않았다. 여전히 그놈들이 나타날까 걱정이 되었다. 개나 고양이처럼 인간과 공존할 수 없는 종족이 혹시 사돈의 팔촌이라도 또 나타나면 어쩌나 한다. 아니나 다를까 최초의 쥐약 뷔페 이후 1년의 세월이 지나 다시 긴 꼬리를 살랑거리며 회색 쥐가 눈앞을 스쳐 지나갔다. 언제 어디서 번식한 무리인지, 이번에는 쥐약을 얼마나 많이 먹어대는지 날마다 먹이를 주는 기분이었다. 쥐약을 두 통이나 소진한 후 그들은 꼬리를 감추었다. 어쩌면 해마다 그들도 손님이 되어 나타날 듯하다.

일기로만 남길 수 없는 말들

33

안주인 일기

장마는 오랫동안 장대비를 일삼았다. 팔월 중순임에도 청하지 않은 손님이 구들장에 눌어붙어 앉아 있듯 떠나지 않았다. 어쩌다 조각 같은 볕이 비치다가도 금세 찌푸리며 비를 뿌리니, 여름내 호랑이 시집가는 날이 바로 오늘이라고 했다.

드디어 오늘은 날이 맑으려나 보다. 아침 햇살이 창문 가득 거실을 들여다본다. 오랜만에 찾아온 볕이 눈이 부셔 커튼으로 거절하니 새침해진 햇살이 무색하다. 느릿느릿하던 몸에 건전지를 새로 갈아 끼운 듯 벌떡 일어났다.

비어 있던 방을 청소기로 쓸어내고 곱게 켜가 쌓인 먼지를 닦아냈다. 아무도 쓰지 않는 공간에는 사람의 기척이 없고, 시간 또한 한때로 고정되어 미세한 먼지만이 가라앉아 있다. 아이들이 이 공간을 차지하고 있을 무렵 새처럼 조잘거리던 그들은 각자의 살 곳으로 떠났다.

그곳은 빈 둥지였다. 사람이 없는 빈방은 흡사 정물화처럼 예전 모습 그대로 언젠가 주인이 오려나 하며 무심히 고여 있다. 그 가구와 접촉할 사람이 있을 것 같지 않은데, 그때와 다른 점이 있다면 여기저기 벗어 놓은 옷가지가 없어 차분하다는 점이다. 다섯 식구가 둘로 줄었을 때, 넓어진 공간만큼 생긴 여유에는 한적한 기쁨과 공허함이 교차했다. 나는 아직도 아이들의 흔적을 치우지 못하고 있다. 그들이 내 인생에 무엇이기에 진작 떠난 빈방을 그대로 두고 있을까.

비가 온 뒤 풀이 무성한 마당으로 나가 보았다. 밖에 놓인 탁자는 새의 분비물이 비바람으로 얼룩져 쓸쓸함을 더했다. 주인의 손이 닿자 몇 분 만에 반짝반짝 윤이 나며 비로소 집주인 행세를 했다. 여름내 더러워진 것을 방치한 것은 나의 게으름보다는, 긴 장마와 용변 구역을 가리지 않는 새들의 무분별한 배설 행위 때문이라고 속으로 중얼거렸다. 귀한 꿩과 까치, 까마귀와 세대를 이어 가는 텃새들을 나는 언제든 반기며 맞이한다. 네댓 마리 까마귀들은 마당의 개와 물을 같이 먹었다. 소나무 가지에 앉았다가 넓은 날개를 펼쳐 마당 한가운데 물을 먹고 주변을 걷기도 한다. 나는 머리 꼭대기부터 발끝까지 까만 까마귀를 흉조의 대명사로 생각지 않는다. 검은 슈트를 입은 신사를 맞이하듯, 그 끊이지 않은 살아 있음의 지저귐을 여하한 이유로 미워하지 않는다.

오늘은 소나무 껍질이 즐비한 바닥을 쓸어냈다. 왜 그렇게 껍질이 많이 벗겨졌을까. '허물 벗는 뱀도 아닌데 아마도 둥치가 더 커지려나 보다.' 하고 아름드리 나무가 우람한 정원을 상상해 보았다. 그때까지

일기로만 남길 수 없는 말들

나와 이 집이 이 자리에 있을 리는 만무한데.

마당을 지키는 개는 언제든 나를 반긴다. 나는 개의 털을 평소보다 더 공들여 빗질했다. 군데군데 뭉친 털을 자르고 향이 좋은 스프레이를 뿌려 줬다. 애정 어린 시간을 얼마나 주었느냐에 따라 개의 생김새가 변하는 것이 신기할 정도다. 녀석은 커다란 혀로 제 몸뿐 아니라 나까지 핥아 애정을 표현한다. 개의 몸단장까지 끝나자 아직 기운이 남은 나는 침구를 점검하고 이제 모든 준비가 끝났음에 안심했다.

백년손님이 온단다. 종달새 같던 자식들이 떠나고 나를 안팎으로 재바르게 움직이게 하는 것은 바로 백년손님이다. 그 빈방에 이제는 자식이 손님을 대동하고 손님처럼 들어온다. 새들과 개와 함께 집을 지키던 나는 게스트하우스의 안주인인 셈이다.

세대는 반복된다. 내가 집을 떠났던 수십 년 전부터 지금까지 모친은 자식들이 떠난 집의 안주인으로 구순을 맞이했음을 상기했다. 나는 한 치의 비애가 스미지 않는 긍정의 눈으로 인생을 바라보기로 했다. 모친과 나는 빈 둥지를 지키는 안주인이 아니라, 세상의 안주인들을 양성해 세대를 이어 가게 했다. 그 길고도 옹골찬 중년의 시간이 지금도 영글고 있으며, 소리 없이 세상을 이끌었다고 생각한다.

34

가족

가족의 형성과 소멸 주기는 대략 30년 정도인 것 같다. 세월이 약 30년 정도 지나면 어린아이들은 새로운 가족을 만들어 집을 떠난다. 내가 부모님의 집을 떠나 남편과 함께 보금자리를 꾸미고 살아온 지 30여 년이 지나자, 나의 딸도 결혼한 사위와 한 팀이 되어 새로운 가족을 형성했다. 아직 결혼하지 않은 자녀도 각자의 삶을 찾아 둥지를 떠나갔다.

내게 가족을 물으면 나와 남편, 그리고 아이들이면서도 이미 지나온 세월 속의 나의 부모님과 형제들을 떠올리며 어린 시절의 가족을 생각하게 된다. 남편 역시 그의 부모님과 형제들이 친밀한 가족이던 시절이 있었다.

새 가족의 탄생을 위해 결혼을 축하해 주었던 하객 중, 사진에만 있는 고인이 되신 분들을 떠올려 본다. 나의 결혼사진에 보이는 여러 사람이 고인이 되셨다. 이른바 30년이면 세대가 교체되고 전성기를 지나 마무리와 정리를 해야 하는 때가 온다. 제아무리 잘난 사람도 때가 되면 물러나야 하니, 우리는 자연스럽게 삶이라는 틀을 떠나게 된다.

지난날 결혼식의 하객으로 참석하여 젊은 세대의 새출발을 축하해 주던 사람들, 비록 그 시간이 지난한 세월이라 할지라도 꿈을 꾼 것은 아닐까, 혹시라도 다시 그 시절로 돌아가 이런저런 삶을 경험하는 꿈을 꾸었다고 하는 건 아닐까. 사는 것은 어디까지가 꿈일까.

나는 눈을 감고 순간적으로 동네 꼬마가 되어 길가 모래사장에서 두꺼비집을 짓고 있다. "두껍아, 두껍아 헌 집 줄게, 새집 다오." 하면서 놀고 있다가, 이번에는 젊은 부모님과 가방 가득 김밥과 음료수를 싸서 어린이 대공원으로 놀러 갔던 날, 그날도 한복 차림의 할머니는 손수건으로 뭔가를 닦아 주며 챙겨 주고 계셨다. 점점 성장한 나는 가방을 어깨에 메고 도서관을 향해 바쁜 걸음으로 걷고 있다. 다시 대학생이 되어 다이어리 가득 해야 할 일의 목록을 살핀다. 지나온 과거지사와 현재의 내가 뒤엉켜, 한 번 더 세대가 반복되면 그때는 이 무대를 떠나게 될 것이라고 예감한다.

추억을 함께 했던 가족은 자연스럽게 나고 자라서 병들고 죽어 기억으로만 살아 있다. 하지만 그들이 다시 저승을 돌고 돌아 새 생명으로 탄생하여 우리 곁에 다시 돌아올까 하는 상상도 해 본다.

이제 팽창기를 지나 소멸기로 접어든 내 가족에는 남편과 나, 이렇게 둘만 남아 있다. 태어날 때도 혼자 났으니 갈 때도 혼자 가야 하는지라 오래 함께한 부부의 사별은 참으로 가슴 아플 것 같다. 어떻게 보면 냉정하게 홀로서기를 잘해야 당당한 인생을 살 수 있는데 그러지 못한 것을 염려해야 할까. 아무튼 홀로 남은 나의 모친이 겪고 있는 쓰라린 이별의 아픔을, 언젠가 우리 모두 겪어야 한다는 것은 엄혹하지만 받아들여야 할 사실이다.

먼저 가거나 떠나보내고 혹은 남아 있어, 가족이라는 따듯하고 사랑스러운 테두리가 영원히 끊어질 때 삶은 거의 종착점을 향하게 된다. 삶에 너무 거창한 의미는 두지 말아야 한다. 왜 태어나서 길고 짧은 인생고를 겪으며 살아야만 하는지, 우리 삶의 과제를 깨닫게 되는 날이 오기는 하는지.

나 역시 하나의 가족으로 살다가 새로운 가족을 만들어 열심히 살아왔고, 또 다른 가족이 탄생하는 것을 지켜보며, 내 삶의 진정한 의미는 무엇이었나 하고 물어본다.

35

안경을 바꾸며

사람이 늙어 보이게 하는 방법은 여러 가지가 있다. 노화의 속도를 정속, 감속, 가속으로 말할 때 가속 노화된 경우를 말한다. 유행과 너무 동떨어진 옷차림, 한때는 치마 길이를 길게 하거나 짧게 하거나, 오래된 스타일의 안경테를 바꾸지 않는 것 등 한눈에 실제 나이보다 많이 늙어 보이게 하는 탁월한 방법이 있다.

동안 열풍이 한창이고 누구나 나이보다 젊게 보이려는 세상에 굳이 나이 들어 보이게 할 필요성이 있을까 하겠지만, 내가 처음 강의를 시작할 때 그랬다. 더 점잖고 더 원숙하고 나이 들어 보이게 하려고 애를 썼다. 내가 가진 얕은 지식의 총량을 더 많이 깊이 있게 보이게 하는 방법의 하나가 바로 그것이었기 때문이다. 더욱이 30대까지는 항상 내 나이보다 더 어른스러운 스타일을 지향해야 눈총을 받지 않았고, 나의 직업이 내게 요구한 것은 젊다는 이미지를 지우는 것이었다.

외모는 직업이나 성향, 취미 등을 말하지 않아도 어느 정도 느낄 수 있다. 하지만 관습의 틀을 깨는 파격적인 외모를 하려면 용기가 필요하다. 나는 신선한 용기를 택하기보다는 순응하는 것이 마음 편했다. 이제는 나이 들어 보이게 꾸미지 않아도 어지간히 나이가 들었다. 중·노년에 가까워진 지금은 특별히 의상이나 머리 모양을 원숙하게 꾸밀 이유가 없다. 이미 노숙해졌으니 좋게 말해 연륜이 쌓인 결과이겠으나, 그렇다고 내 학문적인 전공의 깊이가 자신만만해진 것은 아니다. 다만 나이만큼 인생 경험의 총량이 증가한 것은 부인할 수 없다.

사람의 외모에 대해 말하자면, 외모에 가치의 중심을 두는 사고방식, 즉 외모 지상주의라고 하여 경박한 시선으로 바라볼 수도 있다. 그러나 외모란 그 사람 내면의 가장 바깥 부분으로 많은 것을 소리 없이 알려 준다. 보통 내면의 아름다움이 더 중요하다고 말하며 관상보다 심상이 더 중하다는 데 토를 달 사람은 아무도 없다.

내면이 묻어나지 않는 외모는 없다. 내면이 허약한 사람이 외모가 갖추어질 리 없고, 때때로 외모는 내면을 가다듬는 역할도 한다. 불행을 불러들일 것 같은 괴로운 표정에는 누구든 고개를 돌릴 수밖에 없다. 따뜻한 봄볕 같은 미소는 가식이라 할지라도 뇌를 즐겁게 만들고 보는 이에게 보시한 것이다. 불교에서 무재칠시(無財七施) 중 첫째가 화안시(和顏施)로 얼굴에 밝은 미소를 띠고 부드럽고 정답게 남을 대하면 이런 표정만으로도 많은 사람에게 편안함을 줄 수 있다고 한다. 같은 주파수의 음울한 기운은 함께 모이며, 어둡고 우울한 인상으로 밝은 미래를 기대할 수는 없다.

일기로만 남길 수 없는 말들

밝고 환하게 희망에 부푼 미래를 꿈꾸고 싶다. 그래서 오래된 안경을 미련 없이 안경집에 넣어 언제 다시 꺼낼지 모르는 서랍에 넣었다. 아마 다시 꺼낼 일은 없을 듯하다. 눈이 좋아질 리도 없고 유행이 돌아오자면 수년이 지나야 한다. 굳이 더 나이 들어 보일 이유도 없고, 노안이 침침한 나를 아끼고 사랑하는 일도 나의 내면을 가다듬는 노력이다.

돌이켜보면 얼마나 소중한 나 자신인데. 이 나이까지 살아오느라 애쓴 나를 보듬고 위로한다. 내 인생 드라마의 주연배우는 언제나 나였고 코디도 나였다.

36

국수는 탄수화물이다

날이 궂은 날은 간단한 일품요리로 끼니를 때우기 좋다. 비 오는 날 우산 쓰고 장 보러 가기보다 칼국수, 수제비 등을 먹기로 한다. 대단한 반찬 없이 김치만 있어도 충분하기 때문이다. 짜장면이나 짬뽕 등 중국집에서 배달해 먹는 국수를 제외하고도 칼국수, 잔치국수, 수제비, 비빔국수, 냉면, 메밀국수, 콩국수, 우동 등 얼마나 국수의 종류가 많은가. 다양한 재료로 국수를 만들 수 있는데 가장 흔한 것이 밀가루나 메밀가루고 요즘은 칡냉면, 미역 국수, 도토리 국수 등 다이어트에도 도움 된다는 기발한 국수들이 이루 열거할 수 없을 정도로 많다.

국수의 맛은 멸치, 쇠고기, 닭고기, 가다랑어포, 해물이나 채소, 어묵을 넣었느냐에 따라 다르다. 특별한 맛을 더하는 데 제일 중요한 것은 면발과 육수다. 면발의 독특한 질감이나 면발에 스며든 육수의 시원하거나 구수한 맛이 고명과 어우러져 최상의 조화를 이룬다.

　　　　　　　　일기로만 남길 수 없는 말들

사람에 따라 취향이 다르겠지만 내가 국수를 좋아하는 것은 유전적인 요소가 다분하다. 북쪽이 고향인 아버지는 몹시 추운 겨울에 차가운 동치미 냉면을 즐기셨고 계절이나 날씨와 상관없이 매운 것, 시원한 것, 뜨거운 것 모두를 좋아하셨다. 그분의 피를 이어받은 우리 가족이 얼마나 국수를 즐겼느냐면 우리 집에는 국수 기계까지 있었다. 기계 날을 어디에서 맞추느냐에 따라 넓은 면발 또는 좁은 면발의 국수를 자유자재로 뽑을 수 있었다. 직접 밀가루를 반죽해서 밀대로 밀고 칼로 써는 일이 너무 번거롭다고 판단한 모친은 기계로 국수를 뽑아 손님들을 대접했다.

끼니뿐 아니라 밤참으로 등장했던 것도 주로 국수였다. 일도 안 하는 밤에 먹는 참이 건강에 좋을 리 없건만, 아마도 밤은 길고 저녁은 부실했던 것 같다. 밤이면 찹쌀떡이나 메밀묵 장수가 돌아다닌 데는 다 이유가 있었다. 잘 먹고 사는 요즘은 마트만 가면 먹을 것이 많으니 길에 떡장수가 있을 리 없고 다 옛날 이야기다. 북에서 논농사를 지을 땅이 모자라 국수를 먹었든 어찌 되었든 아버지부터 이어지는 입맛의 유전이 분단된 지 오래되었어도 묘하게 나를 끌어당긴다. 국수뿐 아니라 가끔은 북쪽 지방 토속음식인 가자미식해나 순댓국도 생각난다. 입맛의 유전은 학습하지 않아도 이어진다.

나의 국수 사랑이 유별나다는 것을 결혼 후에 알았다. 국수를 좋아하지 않는 사람이 있다는 것도 알았다. 국수를 즐기지 않는 사람은 절대로 저녁 메뉴로 국수를 선택하지 않았고 겨울에 차가운 국수는 금기시되며 국수의 식문화적 지위는 봉지 라면과 버금가는 정도였다.

젊어서 시부모님이 우리 집에 얼마간 계실 때 "몇 년 치 먹을 국수를 여기서 다 먹었다." 했는데 내 딴에는 다양한 국수를 갖춰서 종류별로 맛을 보여 드린 것에 지나지 않았다. 반대로 나는 시댁에 갔을 때 매일 밥만 먹는 지루함을 견뎠는데 이솝우화의 두루미와 여우가 생각났다. "여우님은 싫으신가 봐요. 호호." 하던 두루미처럼 식성이 달랐다. 남쪽 지방에서는 밀가루로 만든 국수를 별미가 아닌 밥이 없을 때 먹는 것으로 치부했다.

　나이 들면 입맛도 변한다는데 여전히 국수가 좋다. 종류별로 국수를 비축해 놓고 내 세상인 듯 입맛을 즐겼지만, 탄수화물 섭취량과 건강을 생각해서 자제하고 먹을 것을 참는 도 아닌 도를 닦고 있다. 내가 알고 있는 수많은 국수 맛집과 결별하고, 먹고 싶은 것을 마음껏 먹지 못하는 절제의 미덕을 발휘해야 한다. '여우와 신포도'처럼 긍정의 마음으로 '국수는 탄수화물이다.'를 반복해야 할 것 같으니 말이다.

37

미역국 시즌

직업여성이 자식을 여럿 두기는 힘들다. 일과 상관없이 저출산이 대세인데 뭘 믿고 아이를 셋이나 낳았느냐고 묻거나 혹은 다복하다고 인사말을 건네는 사람들이 있다. 내가 결혼하고 첫째부터 아들을 낳았다면 주변에서 이제 됐다고 했을지도 모른다. '잘 키운 딸 하나 열 아들 부럽지 않다.' 1960, 1970년대 산아제한 포스터 문구 중 하나다.

주변의 기대와 달리 나는 첫딸을 낳고 3년 후 또 두 번째 딸을 낳았다. 보통은 분만 후 기진맥진해서 산모는 잠이 들기 마련인데 둘째가 또 딸이라는 사실은 뇌의 연산을 계속하게 했다. 이완되지 않은 긴장과 불안으로 잠이 오지 않는다고 하니 병원에서는 수면제를 처방해 주었다. 딸딸이라는 딸만 둘 있는 집이 되었다는 것은 시댁에서는 아쉬움을 넘어 말할 수 없는 결핍으로 생각했다. 그런 분위기는 아들을 낳기까지 참아내야 했다.

두 딸도 제대로 키울 수 없어 친정과 시댁을 오가며 아이들을 맡기고 데려오고 아이 봐주는 할머니를 고용하고 분주하게 살았는데, 그 와중에 아들을 갖고 싶다는 소망이 생긴 것은 참으로 분수없는 욕심이었다. 나도 아들을 낳고 싶다는 열망의 싹을 틔운 것은 시댁의 눈치도 있었지만, 아들이 없었던 친정에 하나쯤 낳아 일종의 효도를 하고 싶었다.

드디어 세 번째 아들을 낳았다. 그렇게 애면글면 기다리던 아들은 양가 부모님께 기쁨을 선사해 드렸다. 남편은 흥분으로 들떠 장미꽃 바구니를 들고 병실을 찾았다. 산부인과 병원에 뿌듯하게 누워 있는데 간호사가 귀띔해 준다. 셋째는 의료보험도 안 되고 입원실이 모자라니 빨리 퇴원하는 것이 좋지 않겠느냐고.

느긋하게 병원에서 한 일주일 입원하려던 계획은 수포가 되었다. 산후조리원도 없었으니 아들 낳으라고 촉구하던 양가 부모님은 각각 두 딸을 건사하거나 갓난아기의 육아를 돕거나 나를 거들어 줄 수밖에 없는 상황이 되었다. 그뿐이 아니었다. 그 와중에 삼십 대 초반의 남편과 나는 지금 내가 사는 집을 짓고 있었다.

직장 생활에 집 짓는 현장 감독까지 했던 남편 역시 임신하고 아이 낳는 것 못지않게 고단했을 것이다. 우리는 좀 뻔뻔했다. 이제 아들까지 낳았으니 양가에서 알아서 해 주시길 바란 것이다. 아이를 낳고 21일이 된 날 새집으로 이사했다. 우리에게 다소 혹독했던 이 일정은 나와 남편이 거역할 수 없는 그때의 환경이 그렇게 만들었다. 마당에는 조경공사가 한창이라 나무와 잔디를 심는 인부들을 위한 새참까지 만들어야 했던 나는 아이 낳고 밭일했다는 옛날 사람들처럼 움직여야만 했다. 우리 집의 일을 도와주러 오신 시부모님까지 일곱 식구를 건사하는 주부 역할이 내가 할 몫이었다.

시부모님은 며칠 후 부랴부랴 공사장을 떠나셨다. 갓난아기가 아무리 예뻐도 자유만 하지는 못했을 것이다. 나는 세 아이 모두를 방학에 맞춰 7월 말에 낳았다. 아들을 낳은 그해 여름부터 다음 해 개강하는 3월까지는 밖에 나가지 않았고 오롯이 세 아이만 키우고 살았다.

해마다 7월이 되면 할 말이 많다. 만삭의 7월이 얼마나 덥고 무거웠는지, 한여름에 아이를 낳아 보지 않은 사람은 모를 것이다. 갓난아이는 업고 4살, 7살 아이를 돌보며 새집 공사까지 했던 삼십 대의 나, 아들 낳은 기쁨에 들떠 앞으로 얼마나 긴 인고의 세월이 기다리고 있을지도 몰랐다.

누구나 삶의 고통은 다양한 형태로 다가온다. 겉으로 다 가진 듯했던 나에게도 남모르는 시련이 많았다. 아파트를 매도한 액수보다 훨씬 큰 주택을 짓고 긴 세월 융자를 갚았다. 굽이굽이 세월이 금방 지난 듯, 어제 일처럼 생생한 젊은 시절, 아들 낳아 덩실덩실 어깨춤에 함박웃음 짓던 양가의 부모님은 친정 모친만 생존해 계시고 모두 돌아가셨다.

7월은 세 아이 낳고 미역국 먹었던 미역국 시즌이다. 내게는 희망과 기쁨으로 힘든 것도 잊힌 시절이 아닌가.

38

부추 한 다발

부추를 크게 묶어 놓은 한 다발을 샀다. 식구 없는 집에 이렇게 큰 다발은 이리저리 써도 냉장고에 남아돌았다. 큰맘 먹고 부추전을 해야겠다고 팔을 걷어붙였다. 날도 덥고 명절도 아닌데 단순히 내가 먹기 위해 전을 부치는 일은 결단이 필요했다. 명절에는 수없이 전을 많이 해 봤지만, 결코 쉬운 일이 아니었다. 처음 해 본 사람은 밀가루 풀을 부추에 너무 많이 묻혀 전이 두껍고 미련하게 되기 쉽다. 부추전을 잘 부치려면 내공이 쌓여야 한다. 여러 번의 실전이 쌓이고 시행착오를 거쳤다. 이제 내가 내공 쌓인 달인이 되었나 보다. 그 요령을 터득한 것이다.

먼저 프라이팬에 기름을 두르고 달궈지기를 기다린다. 미리 씻어서 적당한 길이로 잘라 놓은 부추를 달궈진 프라이팬에 원하는 크기만큼 촘촘하고 얇게 펼쳐놓는다. 그것이 바로 핵심적인 기술이다. 이

일기로만 남길 수 없는 말들

때 부추의 물기를 잘 빼지 않으면 기름이 튈 수 있다. 처음에 부추를 밀가루 풀 없이 프라이팬에 올려놓는 것을 아무도 가르쳐 주지 않았었다. 비법은 바로 거기에 있었는데 이 나이가 되어 알게 된 것이다. 그냥 밀가루 풀과 부추가 어우러진 것이 부추전인가 보다 했다. 매번 왜 이렇게 전이 두꺼운가를 의심했지만, 그 요령을 알고 나니 그다음은 저절로 됐다.

밀가루에 물을 섞어 약간 묽게 풀을 만들어 간을 한 것을 국자로 떠서 펼쳐놓은 부추가 잘 접착되도록 골고루 모양까지 생각해서 프라이팬에 얹어 주면 일단락된다. 전을 부칠 때 불 조절도 중요한데 중간 정도 불에서 느긋하게 익게 두어야 한다. 한 면이 제대로 익으면 뒤집을 때 부추가 떨어지지 않고 잘 밀착되어 뒤집기가 수월하다. 앞뒤로 노릇노릇하게 얇게 익었으면 완성된 것이다. 이렇게 간단한 것을 모르고 부추를 밀가루 풀에 풍덩 빠트려 놓았다가 밀가루 풀이 너무 많이 묻은 것을 알면서도 전을 부치니 부추전이 이불처럼 두꺼워졌다.

전 몇 장 부치느라 주방이 산만하고 레인지 주변은 기름이 흥건했다. 먹기 위해 일을 만든 것을 후회하면서 명절도 아닌 날 집안은 단숨에 명절 같은 기름 냄새가 진동한다. 바삭하고 고소한 전이 식을세라 양념장에 찍어 먹어 본다. 내가 먼저 먹는 것을 아무도 제지하지 않는다. 드디어 이 집안에서 일인자가 되었다. 나는 속으로 쾌재를 부른다. 오래 살면서 그동안 누리지 못했던 것을 다 누려 봐야겠다.

이렇게 잘 만들어진 부추전을 자랑도 못 하고 혼자 먹기는 아깝다. 나를 위해 만든 음식에 내가 주인공이 되는 것이 왜 어색하게 느껴질

까. 너무 오랫동안 다른 사람을 위해 살았나 보다. 언젠가는 대단한
이 기술을 누군가에게 전수할 수 있을까.

일기로만 남길 수 없는 말들

39

노년을 바라봄

현재가 행복한 사람은 과거로 회귀하지 않는다고 한다. 청년은 미래에 대한 희망과 의지로 불타고, 노년은 추억으로 산다는 말이 있다. 노년이 되어도 건강하고 의욕적으로 활동 중이라면 나이는 숫자에 불과하다고 과시할지도 모른다. 그러나 사회로부터 격리되어 노쇠해진 노년기에는 지나온 시간을 회상한다. 지나온 시간이라고 해서 모두 같은 밀도와 질감이 아니기에, 추억하고 싶은 것은 그 어떤 행복했거나 감동적인 순간이었을 것이다.

활동하는 노인이라는 말은 좀 어울리지 않는 단어의 조합인데, 활동을 왕성하게 하는 사람을 노인이라고 하지 않기 때문이다. 우리나라에서는 65세 이상을 노인으로 규정하고 있으나, 나이와 관계없이 사회활동을 하고 있든지, 아니면 본인 스스로 건재하고 있음을 보임으로써 현재 상황에 만족하고 있다면 굳이 지난날을 곱씹으며 세월을 보내지 않을 것이다. 시간이 젊을 때 못지않게 빨리 흘러가기에 과거로 회귀할 시간이 없기 때문이다. 요즘 노인이 어디 옛날 노인인가. 시대적인 흐름에 따라 1인 방송인이 되어 제2의 인생을 사는 사람들도 여럿 있고, 백세시대를 산다고 하니, 적어도 은퇴 후 30~40년은 새로운 인생을 시작해 봄 직도 하다.

자서전을 쓰고 인생을 마무리하는 일은 자기 생명의 뿌리로 거슬러 올라가는 작업부터 시작한다. 내 생명이 어디에서부터 와서 오늘날 여기까지 왔는가를 생각하는 일이다. 그 일은 곧 앞으로 가야 할 죽음 너머의 알 수 없는 여정을 가늠해 보고 상상해 보는 일이기도 하다. 인생이 나그넷길이라고 했던가. 끝이라고 생각하는 죽음 앞에서도 영혼은 결코 죽는 것이 아니니, 오로지 물질세계를 벗어나는 과정일 뿐 또 다른 우주로 여행지를 바꿀 뿐이다. 노쇠한 육신을 시원하게 벗고 홀가분하게 영롱한 영혼이 되어 가벼워져야 한다. 이생의 모든 집착과 원한, 잘했다고 뿌듯해 한 공덕마저도 모두 떨구어 내야 한다.

이제 나의 생을 되돌아보고 중간 정산을 해 보자면, 과거를 눈물겹게 그리워할 만큼 젊은 시절이 좋기만 하지는 않았다. 아마 고단했다는 것이 진실이다. 크게 후회할 것도 자랑할 만한 업적도 없다. 그저 모래알처럼 수많은 인생이 겪었음 직한 희로애락을 겪으며 살아왔다. 대단하지 않은 지나간 것을 그리워하는 것은 시간이 흐르면서 우리의 기억이 선택적으로 편집되어 아등바등 힘들었던 시간도 너그럽게 받아들이고 기억하기 때문이다.

나는 내가 살아온 시간을 애써 미화하지도 후회하지도 않으며 겸허하게 등 뒤로 보낸다. 이제 젊지 않은 대신 원숙해진 나는 그렇게 아득했던 노년이 멀리 있지 않고 내 코앞으로 다가왔음을 실감한다. 앞으로 남은 날이 길지 짧을지 모르는 가늠할 수 없는 길이지만 내 앞의 길을 힘차게 걸어가야겠다.

40

불량식품의 추억

1960년대 서울 변두리에는 아이들이 많았다. 우리 집도 많았지만 아이가 없는 집이 거의 없었다. 가끔 외동아들이다 또는 외동딸이 있다 하는 집은 형제가 없다는 사실에 동네 아주머니들은 수군거리며 그 집안의 내력을 특이하게 생각했다. 그 아이들이 놀던 골목은 언제나 시끌시끌했고, 아이들은 참새 방앗간처럼 몰려다녔다.

골목 한 모퉁이에 낮고 동그란, 남루한 천막이 있었다. 어른들은 더럽고 지저분하니 가지 말라고 했지만, 아이들은 그 천막에서 달콤한 불량식품을 사 먹었다. 지붕은 파라솔이라 동그랗지만, 벽은 반쯤만 가려져 몽골인의 게르를 아주 작게 축소해 놓은 듯한 천막이었다. 어른 한 명과 아이들 몇몇이 겨우 몸을 숨길 정도 크기로, 겨울에는 풍로 덕분에 따뜻한 온기가 느껴졌다.

어른은 불량식품 가공 공장의 사장이자 이 판매업소의 대표였고,

아이들은 주 고객이었다. 상하수도가 있을 리 없는 간이 천막에서 사장은 하루 종일 쭈그리고 앉아 설탕과 소다를 재료로 달고나를 팔았다. 그가 가진 도구라 해 봐야 국자와 풍로가 고작이었고, 아이들이 가져온 동전은 어른 사장의 생계 방편이었다.

풍로에 설탕을 두어 스푼 담은 국자를 올려놓고 저으면 설탕은 캬라멜리제이션을 한다. 설탕이 고온의 갈색 액체가 되었을 때 소다를 약간 넣어 저으면 연갈색의 거품이 생기면서 부풀어 오른다. 이것을 판때기에 붓고 납작하고 평평하게 누른 다음, 틀로 찍으면 사장의 가공 공정은 끝이다. 이제부터는 고객이 해야 할 즐거운 과정이 있다. 달고나의 달콤한 향기를 맡으며 적당하게 가장자리부터 조심조심 부숴 먹고 모양을 완성하면 된다.

천막 안에는 아이들이 옹기종기 앉아서 침을 묻혀가며 모양 틀에 찍은 달고나를 형틀대로 만들어 내려고 애를 썼다. 살살 조심조심 다루지만, 꼭 가느다란 부분이 끊어지고 마는데 틀에 찍힌 모양대로 복원하면 보통은 하나를 더 먹을 수 있게 된다. 가난한 시절 위생 관념은 아랑곳없이, 아이들은 달콤하고 향긋한 달고나를 사 먹었고, 가끔은 집에서 실습까지 하며 국자를 태우기도 했다.

골목 안에는 식품 가공업소라고 하기에도 민망한 이런 천막이 동네마다 있었다. 이곳에서 파는 과자는 달고나 말고 다른 제품도 있었다. 주로 설탕을 가공한 요즘으로 치면 설탕 공예작품인데, 여기에 번호를 매겨 죽 진열해 놓았다. 아마 10원이나 5원쯤 내고 뽑기를 하여 당첨되면 설탕으로 만든 온갖 물건, 예를 들면 설탕 권총에 당첨되기도 했다. 운 좋게 당첨되면 신나서 골목을 뛰어다녔다.

아이들의 간식거리는 엿장수의 엿이나 옥수수를 뻥튀기한 강냉이가 대표적이었고 구멍가게에는 불량식품들만 조잡하게 진열되어 있으며 이렇다 할 것이 없었다. 사탕을 알사탕, 눈깔사탕이라고 했는데, 사탕 안에 뭔가가 들어 있는 다소 고급 사탕도 있었지만, 식품회사 자체가 별로 없던 시절이니 제품도 다양하지 못했다. 내가 동네 구멍가게에서 즐겨 사 먹던 과자는 라면땅이니 라면 과자니 하는 이름이었고, 그 후 새우○이 나왔다. 어쩌다 일본이나 미국 등지에서 온 수입 사탕이나 초콜릿 퍼지를 먹어 봤을 때의 황홀감을 나는 잊지 못한다. 북한에서 초코파이가 그렇게 인기라고 하는데 50년 전 우리도 그랬다.

초등학교 고학년이 되면서 우리 집은 이사를 했고, 불량식품을 단속한 결과인지 남루한 천막의 달고나 장수는 점차 사라졌다. 길거리에 앉아 씻지도 않은 맨손으로 침을 묻혀 가며 먹던 달고나에 대한 추억은 지나가 버린 과거의 한 장면이다. 혀끝에 닿던 달콤한 맛이 기억나면 함께 떠오르는 1960년대 가난한 천막과 그 안에 전대를 차고 종일 앉아 동전을 깡통에 모으던 어른도 같이 생각난다.

부모들로부터 지탄받던 불량식품 가공업자들은 아마 지금은 세월이 흐른 만큼 업종을 전환했거나 이 세상 사람이 아닐지도 모른다. 그리고 그 골목을 뛰어다니던 나를 포함한 베이비붐 세대의 아이들은 X세대의 형이며 MZ세대의 부모가 되었다.

일기로만 남길 수 없는 말들

41

비 오는 날

장마가 시작된다는 예보를 들었다. 오랫동안 비가 오지 않았기에, 은근히 비가 오기를 기다렸는지 그 소식이 반갑다. 창문에 빗방울이 뚝뚝 떨어지는 소리가 무척 신선하고 운치 있게 느껴진다. "쏴아!" 하는 다소 과격한 소리가 아니고 "후드득후드득!" 간헐적인 빗소리를 실내에서 듣고 있으면 왠지 마음이 편안하다. 그저 빗소리를 감상하기만 해도 되는 이 시간이 몸에 감기듯 정겹다.

날씨와 상관없이 뛰쳐나가 처리해야 할 사무가 없다는 것이 얼마나 홀가분한지 은퇴 후 알았다. 밤에도 비가 왔었는지 시야는 안개가 자욱하여 먼 풍경이 희미하게 보인다. 한가로이 비 오는 날을 음미할 수 있는 것은 행운이 아닐 수 없다. 은은한 음악을 들으며 차를 마시면, 집은 카페가 되고 나는 누군가를 기다리는 것 같다. 카페의 여주인이 되는가 하면, 비 오는 풍경을 감상하는 손님이 되기도 한다.

비 오는 날, 거울 보며 한껏 멋을 부리고 철없이 즐거워하던 20대의 어느 날 추억은 비슷한 상황에서 늘 소환되곤 한다. 비가 오나 눈이 오나 데이트는 그 나름의 즐거움이 있다. 빗물이 뚝뚝 떨어지는 우산을 접어 버스에 올라타는 일도 전혀 번거롭지 않았다. 드라이로 부풀린 머리칼이 습기에 가라앉아도 젊은 피부는 탄력 있었다. 때론 달리는 차 때문에 웅덩이의 고인 물이 튀길까 봐 구두 신은 두 발을 깡충 뛰면서도 나는 신이 났다. 우산을 받쳐 들고 걷던 비 오는 캠퍼스는 눅눅했어도 푸릇푸릇 돋아난 풀이 싱그러웠다.

비를 피해 들어간 아늑한 카페 유리창에 무수히 물방울이 맺히고 빗방울은 아래로 주룩주룩 흘렀다. 따뜻한 커피 한 모금에 눈빛을 마주하고, 가장 그윽한 미소를 나누었다. 우리가 청춘이라는 것 말고는 아무것도 자랑할 것 없고, 아무런 기약이 없어도 마주 보는 것만으로 젊은 심장은 파도타기를 했다. 참으로 풋풋한 시절이었다. 우리의 삶에 흐린 날도 궂은날도 있었지만, 함께 헤쳐 나갈 누군가 곁에 있다면 거친 환경도 놀이동산의 롤러코스터처럼 스릴을 만끽할 수 있는 시절이 아니었나.

비가 오는 날이라고 시간이 더디고 느린 것은 아니다. 첼로의 느릿한 선율은 왠지 비 오는 날에 더 잘 어울린다. 나를 둘러싼 공간에 첼로 선율이 퍼지면 눈을 감고 실내악단을 상상한다. 바이올린의 산뜻하고 경쾌한 음색보다 첼로의 중후한 저음이 내 마음에 더 밀착된다는 것을 중년이 되고 알았다. 아베마리아가 은은하게 연주되고, G선 상의 아리아가 빗물처럼 흐르고, 나는 부드럽고 감미로운 공기로 감

일기로만 남길 수 없는 말들

싸인다. 언제부터 이렇게 음악에 심취할 수 있었던가. 음악을 모르던 문외한이었는데, 시간이 여유로워지면서 아름다운 선율이 지친 영혼을 포근하게 감싸 주는 것 같다. 음악적 지식이나 소양과 상관없이 그냥 듣는 것으로 위로가 된다.

커피에 우유를 넣어 나만의 카페라테를 만든다. 아직 오전이니 이 커피가 불면증을 일으키지는 않을 것이다. 혹여 불면으로 뒤척이더라도 이 커피를 원망하지 않으리라. 잠이 안 오면 재미있는 소설을 읽으련다. 아직 읽지 못한 소설책이 컴퓨터 옆에 있다. 평범한 비 오는 날도 실로 오늘처럼 행복한 날이니 오래도록 기억될 것이다. 60대 어느 날, 나는 한가로이 비 오는 날을 감상했다고, 모든 걱정거리 다 저당 잡힌 채.

더 이상 빗소리가 들리지 않아 나가 보니 회색 하늘에 비는 멎었지만, 언제라도 다시 비를 쏟을 것 같은 태세다. 비를 피해 집으로 들어간 개는 얼굴만 빠끔 내밀어 비가 갠 오후의 산책을 기대하고 있을 것 같다. 오후에는 나의 사랑하는 단짝 올리와 한적한 산책을 즐기련다.

42

사람의 소리

그 골목에는 여러 사람이 지나다녔다. 주택가 좁은 골목길을 드나들었던 이는 주로 물건을 파는 사람들이었고 골목에 사는 꼬마 아이들의 소리가 끊이지 않았다. 형제가 많고 고만고만한 또래 아이들과 그 부모는 이웃사촌처럼 가깝게 지내기도 했다. 밖에 나가지 않아도 골목 사람과 물건을 팔아 생계를 잇는 사람들의 살아 움직이는 소리는 쉴 새 없이 정보를 입력했다. 가만히 들어 보면 이웃끼리 별반 다르지 않은 일상을 반복하는 사람의 소리였다.

물건 파는 사람들은 의식주 전반에 걸쳐 다양했다. 리어카를 끌고 다니던 고물 장수는 "신문 잡지, 고물 삽니다." 했고, 채소나 과일을 파는 장수 외에 그릇 장수는 이삿짐같이 집채만 한 짐을 싣고서 양은 냄비 등속을 팔기도 했다. 커다란 가위를 딱딱거리던 엿장수는 "울릉도 호박엿이 왔습니다." 하고 외쳤다. 이곳이 시장 복판도 아닌 주택지

146   일기로만 남길 수 없는 말들

좁은 골목길임에도 장사꾼들은 꾸역꾸역 찾아왔다. 함지에 떡을 이고 다니는 아주머니가 "떡 사세요!"라고 외치기도 했는데 운이 좋으면 엿이나 떡을 사 먹기도 했다. 주로 짐을 머리에 이고 다닌 아주머니들이 많았던 시절 한 번은 떡장수 아주머니를 부르며 따라갔더니 떡장수가 아니었다. 그 시절은 머리에 물건을 이고 다니는 일이 흔했다. 한밤 창가에서 듣던 떡장수 목소리는 아낙의 목소리가 아니었다. 야경꾼이 돌기 전 캄캄할 때, "찹쌀 떠억, 메밀 무욱!" 하며 길게 외치는 소리는 밤의 정적을 독특한 억양으로 갈라놓았다. 나는 그 소리가 재밌어서 따라 하기도 했다.

월부책 장사는 물론이고 밥상을 고치라는 사람, 머리카락을 팔라는 사람이 골목을 지나가기도 했다. 재래식 가옥의 부뚜막 시절에는 칠기로 된 오래된 밥상을 새것처럼 고쳐 주는 사람이 돌아다녔다. 요즘처럼 고장 나면 버리지 않고 우산을 고쳐주는 사람도 한나절 골목에 쭈그리고 앉아 우산을 고쳐 주었다. 연세 지긋한 분들은 거의 쪽을 진 긴 머리 형태가 많아 긴 머리를 자르면 머리칼을 사러 다니는 사람과 가발 공장이 성업이었다.

주로 청소년층이 구두를 닦으라거나 아이스케이크를 파는 일도 있지만, 내가 모르는 것을 파는 사람도 지나갔는데 그것은 '채권'이라는 것이었다. 나이 지긋한 양복 차림의 서류 가방을 든 아저씨가 파는 물건이 무엇인지 나로서는 궁금할 수밖에 없었다. 채권을 동네에 돌아다니며 팔던 시절이 있었다니 격세지감을 느끼게 한다.

동네 골목에는 낯선 사람들도 많이 오갔다. 목탁을 두드리는 탁발

승에게는 쌀을 시주했고, 깡통을 들고 구걸하는 아이에게 식은 밥을 주기도 했다. 개 짖는 소리가 들렸고, 주택가에 생긴 피아노 과외 집에서 서툴게 건반을 뚱땅거리는 소리도 들렸다. 아이들이 잘 놀다가도 싸우거나 우는 소리도 들렸는데, 사이좋게 놀 때는, "감자가 싹이 나서 잎이 나서 묵찌빠." 하며 가위바위보를 했다. 고무줄에서 뛰면서, "금강산 찾아가자. 일만 이천 봉!" 하며 노래를 불렀다. 그때는 뛰어도 숨이 차지 않았다. 여자들이 소꿉놀이, 공기놀이나 고무줄놀이를 즐겼다면 남자애들은 구슬치기, 딱지치기, 말타기 등을 하고 놀았다. 끼리끼리 어울려 골목에서 노는 일은 종류도 다양했는데 놀다가 밥때가 되면 각자 집으로 흩어졌다.

사람이 살아가는 일은 소음을 만드는 일이었다. 대화, 웃음소리, 시비를 가리며 언쟁하는 소리, TV나 라디오 소리, 음식을 만들거나 먹고 설거지하는 소리, 비질하고 청소하는 소리도 날마다 들었다. 그 가운데 가끔 듣던 정겨운 소리도 있었다. 이불 홑청을 다듬이질하는 할머니의 방망이 소리는 리듬감이 있었다. 그 다듬잇돌과 방망이를 할머니는 중하게 여기셨다. 세월 지나 그 무거운 돌은 쇠약한 할머니의 검불같이 가뿐한 몸피처럼 가볍게 잊혔다.

가을 되어 귀뚜라미 울면 그 소리가 정감 넘치고 친숙해서 귀뚜라미를 착한 벌레로 생각했다. 다시 듣지 못한 그리운 소리는 비가 그친 밤에 듣던 물방울 소리다. 정적 속에 낙숫물이 원통형 양철 통로를 지나 똑똑 떨어지며 들리던 규칙적인 물소리는 끝없이 이어지던 자장가였다. 빗방울이 하염없이 좁은 골목에 스며들던 소리를 그 후에는 어느 집에서도 듣지 못했다.

중년이 된 나는 새소리와 풍경소리, 반려견의 소리, 매미 소리, 빗소리 그리고 평화로운 음악을 듣는다. 현관에는 주문한 물건이 언제 배송됐는지 덩그러니 놓여 있다. 사고파는 실랑이가 없는 비대면은 묵음이다. 대면하지 않는 시대에 사람의 소리는 없다. 유년 시절, 좁다란 골목길을 사이에 두고 물건을 사고팔고 수리하고 지난(至難)한 삶을 살았던, 안간힘 쓰던 사람들의 소리가 문득 생각나기도 한다. 모든 지나간 것은 그리워하기 때문이다. 세대가 두 번 바뀌는 동안 그 골목에서 듣던 유년의 소리는 내 기억에서만 맴돌고, 나는 더 빠르고 윤택한 늙음의 골목 어귀에서 서성이고 있다.

43

사람의 입맛

얼굴 생김새만큼 사람의 입맛은 다양하다. 음식 끝에 정 난다고 즐겁게 음식을 같이 먹고 관계가 돈독해지기도 하고, 상대방의 식사 예절에 정이 떨어지기도 한다. 우리말에는 음식과 관련된 속담이 많고 인사말도 "식사하셨습니까?"가 있다. 가히 먹는 데 목숨 걸었던 시대를 거쳐 온 민족답다.

가장 서민적인 중국집 식당에는 한때 짜장면과 짬뽕을 반씩 한 그릇에 담아 짬짜면이라고 했다. 짜장면과 짬뽕을 모두 먹고 싶었지만, 두 그릇을 한꺼번에 먹을 수 없으니 반씩 다 먹을 수 있도록 고안한 것이다. 기발하다는 생각도 드는데, 이번에는 짜장면을 먹고 다음에 짬뽕을 먹겠다는 일종의 순서와 양보, 양자택일이 되어야 하는데 그것이 어렵다. 먹는데 결정 장애를 일으킨 결과다. 여럿이 음식을 먹으러 갈 때도 자기주장과 개성이 강하면 타인의 제안에 시큰둥하다. 그래서 꼭 자기가 먹고 싶은 것을 관철하거나, 혹은 자기의 의견을 말하지 않고 아무거나 시키는 대로 먹겠다고 하는 것도 여럿이 같이 먹는 데에 의욕 없고 관심 없어 보일 수 있다.

연령대별로 식습관도 변천되어 묘한 입맛의 차이가 있다. 같은 재료를 조리하는 방법에 따라 전혀 다른 맛을 내고 독특한 맛을 선호하기도 한다. 음식점에 가서 닭갈비를 먹고 남은 양념에 치즈볶음밥을 해 먹을 것인지, 아니면 막국수로 시원하게 마무리할 것인지 의견이 분분하다가, 일단 볶음밥으로 의견이 모여 치즈를 듬뿍 넣은 볶음밥을 맛나게 먹었다. 그런데 여전히 막국수도 먹고 싶었지만, 배는 이미 가득 찼고 그렇게 원했던 막국수가 들어갈 자리는 없었다.

맛있게 먹었지만 뭔가 빠진 듯 섭섭한 것은 먹고자 한 것을 못 먹은 서운함 때문이다. 그렇다고 서운함을 메꾸려고 소화기를 혹사하는 것은 무모한 일이다. 다음에 먹어야지 해 보지만, 이미 다음번에는 막국수가 생각나지 않을 것이다. 막국수가 먹고 싶었던 것은 지금 바로 오늘이지 다음번이 아니기 때문이다. 가족이 외식했는데, 식구 수대로 다른 것을 먹고 싶다고 하여 결국은 원하지 않은 것을 먹어야 했던 누군가는 식후에 화가 났다.

우리는 이렇게 모두 다 자기주장이 강하다. 생긴 것이 다른 것처럼 입맛이 때에 따라 다르니 참으로 배부른 시절이라고 할지도 모르겠다. 보릿고개니, 춘궁기니 하던 시절을 모르는 세대는 먹는 것도 패션처럼 여겨 누구의 지시나 간섭받기를 싫어한다. 입맛은 쉽게 남과 동화되지 않아 부부가 오래 같이 살아도 식성이 같지 않고, 어릴 때부터 친숙한 음식을 찾는다. 우리 다음 세대는 자식을 많이 낳지 않은 세대라 더 귀하게 자랐고, 그들의 입맛은 수더분하지 않다.

까다로운 입맛을 늘 만족하는 방법은 스스로 음식을 해 먹는 것이다. 남녀를 불문하고 개성이 강하면 스스로 조리해야 한다. 일인용 주방기기들이 등장하고 한꺼번에 여러 요리를 할 수 있는 소형 주방가전은 이러한 세태를 반영한다. 먹는 일이 생명을 유지하고 영양을 충족한다는 필수적인 목적 외에 기호나 개성이 중시되는 오늘날은 조리법도 1인 가구에 맞게 다양하게 개발되고 있다. 온 가족이 밥상을 같이 했던 밥상머리 교육은 꼰대 소리를 듣는다.

먹지 않으면 당장 기운이 떨어진다. 힘든 일이 있어도 맛있는 음식을 먹으면 생명의 기운이 샘솟고, 어려움을 극복할 수 있을 것 같은 의지가 생긴다. 사람의 입맛도 환경에 따라 시대적으로 변했지만, 먹는 행위는 단지 생명현상을 유지하는 것 외에도 사람들과 어울리는 무형의 가치가 있다. 일인 가구가 대세인 개성 강한 세대는 점점 사라지는 무형의 가치를 어디서 대신 복원할 수 있을까 궁금해진다.

일기로만 남길 수 없는 말들

44

며느리의 명절

설날이나 추석이 다가오면 미리 근심이 시작됐다. 철들기 전에 손꼽아 기다렸던 명절은 주부가 되면서 달라졌다. 음식을 장만하기 위해 분주했고, 며칠간 그 음식을 먹고 남은 것을 갈무리해서 나눠 가지면 끝이 났다. 풍요롭고 넉넉한 명절은 애써 환한 미소를 짓는 주부의 희생으로 만들어졌다. 성인 남성의 병역의무처럼 며느리의 노동력 동원과 솜씨 발휘는 의무였다. 오랜만에 만난 친지 간의 회포를 풀기보다는, 가부장제의 기득권이 유감없이 발휘되어 여자로 태어난 부당한 죄를 묵묵히 받아들여야 했다.

생각할수록 명절의 교통체증을 이제는 겪지 않아도 된다는 사실이 기쁘다. 세 번째 아이를 가졌던 겨울, 우리 가족은 명절 귀향길에 올랐다. 어른도 힘든 긴 시간이니 어린 두 아이는 보챘고 나는 식은땀이 났다. 자식 된 도리를 하기 위해 피하지 않았으나 신체는 다르게 반응했다. 시댁에 도착하자 산달이 멀었건만 진통처럼 배가 아프기 시작했다. 명절을 쇠러 왔다가 즉시 입원했고 그해 설날은 병원에서 보냈다.

아이가 잘못될까 두려워 배를 움켜쥐고 병실에서 서러운 눈물을 흘렸다. 내 귀에는 여전히 낯설기만 한 사투리가 사면초가의 느낌이랄까. 그것은 분명 사면초가였다. 남편마저도. 아무 일도 없어서 천만다행이었지만, 오랜 세월이 지나도 아들을 잃을 뻔한 그해 명절은 잊히지 않는다. 누구라도 이번 명절은 쉬라고 염려해 준 사람이 있었다면 두 아이를 데리고 장시간 차를 타지 않았을 것이다. 아쉽게도 명절과 제사라는 당면 과제 앞에 나는 실행을 위한 도구에 불과했다. 그런 일이 있을 수도 있다는 것을 아무도 염두에 두지 않았다.

음식이 명절을 명절답게 한다는 것은 사실이다. 기름을 뒤집어쓰듯이 주방에서 하는 일은 만만치 않았다. 녹두빈대떡이나 각종 전, 만두, 송편 등 평소에는 하지 않던 음식을 만드느라 주방은 바닥까지 어수선했다.

한자리에서 몇 시간을 만두나 송편을 빚거나 전을 부치는 작업을 반복했다. 만두소를 적당히 떠서 왼손의 만두피에 담고 반달 모양으로 접어 꼭꼭 누르고 양 끝을 다시 붙여 도톰하게 만든 만두는 동그랗고 볼록한 게 넓은 쟁반에 줄을 세우듯 나열해 놓으면 먹지 않아도 뿌듯했다. 추석에는 쌀가루를 부드럽게 익반죽해서 적당히 떼어 동그랗고 우묵하게 만든 반죽에 깨나 콩을 넣어 조개 같은 송편을 만들었다. 얼기설기 솔잎에 쪄 내면 익은 쌀과 솔의 향기가 온 집안에 퍼져 드디어 추석 기분이 난다. 명절을 지낼 주부의 의무를 이행했다는 잠시의 뿌듯함을 위해 허리를 펴지 못했다. 하루 종일 일은 쉽게 끝나지 않았고 어쩌다 일이 일찍 끝나는 날은 운이 좋은 날이었다.

명절이 누구를 위한 날이었는지. 며칠간 주방에 묶여 있던 나와 달리 고향에 간 남편은 자유와 방종의 기쁨을 누렸다. 그 시절의 남존여비(男尊女卑)는 차라리 배우지 않고 남녀평등을 모르는 조선 시대만도 못했다. 나의 시절에는 전근대적인 불편부당함을 견뎌야 결혼생활을 유지할 수 있었다. 명절을 주관했던 시어머니는 늘 "내가 죽거든 제사를 지내지 마라." 하며 평생 맏며느리로서의 고충을 자식에게 물려주지 않겠노라고 했다.

나의 친정에는 아들이 없으니 일할 며느리도 없었다. 친정 부모님은 어떻게 지내실까, 연휴 끝이라도 친정을 갈 수 있으려나 생각했다. 그러나 명절을 쇠고 일찍 친정에 돌아온 시누이 식구들은 대접해야 할 또 다른 손님이었다. 그들은 모두 내 편이 아닌 남의 편들이었기 때문이다. 시댁에서의 역지사지(易地思之)는 기대할 수 없는 요원한 일이었다.

불평등의 시대가 막을 내리기 시작한 것은 얼마 전이다. 시부모님이 돌아가시기 몇 해 전 제사는 형님 댁으로 옮겨졌다. 그 후 명절 음식은 가짓수와 양이 합리적으로 줄었다. 남지 않을 정도 소량의 음식은 먹거리에 연연하지 않는 세대의 간결함이었다. 나는 명절의 조력자 역할에 만족했다. 큰집에는 새 며느리가 들었고 두 번 있을 제사가 합해지거나 서서히 없어졌다. 다른 건 몰라도 돌아가신 시어머니의 유지를 받들기로 했으니 30년 만에 찾아온 변화다. 평생을 맏며느리로 허리가 휘었던 시어머니는 그 일에 마침표를 찍어 주셨다.

어린 시절에 명절은 즐거운 날이었다. 결혼하면서 의무로 점철된 명절은 즐겁기보다 통과의례 같았다. 세대가 발전하면 의식이 개선되고 사회문화도 자연스럽게 변한다. 나의 세대가 지나니 명절과 제사에 대한 사회적 분위기가 조금씩 변화되고 부부간 역할의 한계가 척결되고 있어 다행스럽다. 더 똑똑한 다음 세대는 가부장제를 유지하기 위한 구태(舊態)의 명절 남녀불평등을 미풍양속(美風良俗)으로 미화하는 일을 더 이상 받아들이지 않을 것이다. 남녀 구분 없는 인본주의가 앞으로의 귀향길과 귀성길을 어떻게 변화시킬지, 언제까지 계속될지는 두고 볼 일이다. 나는 단언컨대 딸, 아들, 며느리, 사위에게 고한다. "명절 의무는 없다. 연휴에는 행복할 일을 해라. 물론 나도 그럴 것이다. 우리를 옭아매는 미풍양속은 이미 미풍(美風)도 양속(良俗)도 아니다. 타파해야 할 구습이다!" 누가 될지 알 수 없으나 내 며느리는 명절을 기다릴 것이 분명하다.

일기로만 남길 수 없는 말들

45

수채화 속으로 가는 길

봄비가 내린다. 검은 아스팔트에 젖은 꽃잎으로 분홍색 점을 만들고 바람이 불면 무수한 분홍 잎이 속절없이 흩날린다. 벚꽃이 꽃비가 되어 아스라이 지는 날이다.

봄비 내리는 날 숲은 더 아늑하다. 습기가 주는 촉촉함에 수채화 물감 풀어 놓은 짙은 갈색 길을 걷는다. 황토로 된 좁은 오솔길. 가느다란 침엽수가 곱게 부서져 내린 길을 사뿐사뿐 걷는다. 이 산에 주된 나무는 리기다소나무인 듯, 앞으로 내딛는 걸음의 촉감이 푹신한 융단 위를 걷듯 포근하다. 물기가 느껴지는 갈색 길 위에 내 발자국을 누른다.

안개처럼 빗방울이 흩어지고 우산을 받쳐 든 내가 숲을 걸어가는데 한참 만에 우비를 입은 사람이 맞은편으로 지나갔을 뿐 태고처럼 숲은 고요하다. 우산 위로 빗방울이 미끄러지고 빗물은 티끌만 한 미세먼지도 쓸어내려 이 숲속을 정화한다. 이따금 반가운 비를 맞이하는 새소리가 들린다.

걷다 보면 뒤로 멀어지는 나뭇가지 끝에서 연둣빛 잎사귀가 4월의 봄비에 속삭이고 봄비는 진달래 얇은 잎을 내 발아래 뿌려 그 꽃잎이 내 발끝에서 분홍색으로 피어난다. 박동하는 심장의 열기가 손가락 끝까지 전해지고 이내 나는 빗물의 차가움도 서늘함도 아무것도 느끼지 않고 그냥 아늑하기만 하다.

큰 나무 그늘이 있는 넓은 쉼터에는 운동기구가 있고 가장자리에는 등받이 벤치가 있다. 맑은 날 누군가 앉아 있었을 벤치에는 빗방울이 떨어진다. 수북이 쌓였던 황토색 가랑잎이 빗방울을 머금고 다시금 붉은색으로 착시를 일으킨다. 죽은 낙엽도 봄비를 맞이하는지 어설픈 사진에도 낙엽이 붉다.

고갯길 쉼터 빈 벤치를 물끄러미 바라보며 서 있던 나는 고개를 들어 높은 나무 꼭대기를 본다. 나무 꼭대기에서 커다란 까마귀가 푸드덕 신호를 보내고 그들만의 대화를 알 수 없는 나는 다시 우산을 낮게 가린다.

비 오는 날 누가 숲을 찾을까. 간간이 들리던 새소리도 끊기고 우산 위로 떨어지는 조용한 빗소리, 그리고 나의 발걸음 소리만 들리는 이 숲에서 비에 젖은 숨을 크게 들이마신다. 그리고 나는 숲을 기꺼이 즐기고 있다.

돌아오는 산책길은 우산을 양손으로 받쳐 든다. 여전히 비는 내리고 먼 데 숲은 안개가 자욱한 운무가 감돈다. 물웅덩이를 피해 비에 젖어 붉은 낙엽과 황토를 꾹꾹 눌러 밟고 돌무더기를 큰 보폭으로 성큼

일기로만 남길 수 없는 말들

성큼 넘는다. 좁은 오솔길의 비 내리는 수채화 속으로 우산 쓴 한 사람이 걸어가니 나는 몸으로 봄비 내리는 산책길을 그리고 있다.

우산으로 가려도 봄비가 옷으로 스며들고 비를 맞고 서 있는 이름 모를 나무들처럼 단비가 싫지 않다. 이 산의 리기다소나무와 동화되어 다음에는 우산 없이 우비를 입고 마음껏 비를 즐겨 보고 싶다.

이 순간도 지나면 한때라 비 내리는 그림 같은 사진을 연신 찍었다. 맑은 날 아침 햇살이 동쪽에서 숲속에 사선으로 빛을 뿌리던 풍경도 좋아하지만, 비 오는 숲은 더 운치 있다. 비 오는 숲을 음산하다고 하지 마라. 운무가 가득한 숲에서 작가 미상의 고대소설 박씨 부인이나 또 누구처럼 학을 타고 날아가는 상상을 했던 그 옛날 사람들은 상상력이 아주 풍부했나 보다. 감히 나는 고대소설 속의 운무와 학을 이 숲에 그려 본다.

46

센베이

눅눅해진 센베이를 전자레인지에 잠시 돌린다. 금방 구운 향기가 엷게 퍼져 제과점에 온 듯하다. 얼마나 과자가 흔한 세상임에도 신기하게 옛날 과자를 먹고 싶다.

전통 한과를 아버지는 오꼬시라고 했다. 일본 말이 곳곳에 남아 있어 우리말로 전환되는 데 오래 걸렸다. 은은한 향기를 맡으며 혀끝에서 느끼는 달콤한 미각이 이와 비슷한 전병을 좋아하셨던 두 분을 떠올리게 한다. 바삭바삭 소리를 들으며 두 분을 만난다.

오래전에 작고하신 지도교수님과 나의 아버지. 내 인생에 지대한 영향을 준 두 분은 똑같은 과자를 좋아하셨던 것 외에도 여러 가지 공통점이 있었다. 두 분 모두 평소에 말씀이 별로 없으셔서 조용한 스타일의 내향적인 분이셨는데, 외모 역시 자그마한 키에 대인관계도 소수인과의 친밀함을 즐기셨다. 호탕함보다는 치밀하고 사려 깊다는 표현이 더 어울렸다.

아버지와 교수님의 방문객들은 어련히 알아서 동그란 갈색의 전병을 사 들고 찾아오곤 했다. 그러면 마치 어린아이들이 과자를 탐닉하듯 야금야금 그 과자를 즐기셨다. 점잖으신 분들이 술 담배를 안 하셨으니 그게 색다른 취미 생활이었는지도 모른다.

두 분의 공통점은 진중함이었다. 만약 의자에 앉아서 움직이지 않고 오래 버티기 시합을 했다면 막상막하로 몇 시간 또는 하루 종일이라도 움직이지 않고 지낼 수 있는 인내심의 소유자이기도 했다. 나는 그것을 그분들만의 집중력과 지구력의 소산으로 진득하고 신중하며 처신이 가볍지 않은, 중후함의 상징으로 여겼다.

모름지기 행동이 가벼운 것은 군자의 도가 아님을 어릴 때부터 알았다. 혼자서 바둑을 두거나 독서를 하거나 가히 조선 시대 사대부의 현신으로 몸을 움직이는 역할은 지시만 했으니 원성을 사기도 했다. 아무리 위급한 일, 가령 아이를 시장에서 잃어버렸다 해도 다급하지 않은 사대부의 위엄을 유감없이 누리셨다. 아무도 그 권위에 도전하지 못한 것은, 그분들이 자신의 사리사욕보다 직업인으로서, 또는 가장으로서의 막중한 책임을 마다하지 않으셨기 때문이다.

그 증거로 대한민국 정부는 두 분 평생의 헌신한 공로를 인정하여 훈장을 수여했다. 말년에도 두 분은 소파와 한 몸이 되어 집안의 대소사를 그 자리에서 해결했다. 나는 아버지가 병상에 누운 것을 본 적이 거의 없다. 아버지의 소파는 입적하기 위한 수행의 자리였다.

그분들은 사실 인복이 있었다. 주변에 매끼 밥을 차리거나 청소하거나 일상사를 해결해 줄 사람이 항상 대기해 있었다. 존경하는 두 분 곁에는 지시 사항을 입속의 혀처럼 또는 TV의 리모컨처럼 군말없이 대신했던 집사가 있었다. 나의 모친과 사모님이 평생을 내조했는데 신기하게도 쉬지 않고 육신을 단련한 심부름 대기자들은 지금도 정정하시다.

두 분 다 안타깝게도 파킨슨병을 앓고 돌아가셨다. 직접적인 사인은 아니었지만, 그 병이 진행되는 동안 조금씩 굳어 가는 불편한 육신을 무겁게 지탱했다. 파킨슨병과 신체 움직임의 둔화가 어느 것이 먼저였는지는 알 수 없다. 다만 처음에는 의지와 상관없는 미세한 손 떨림이 시작되었다.

아무도 함부로 건들지 않았던 아버지의 과자는 돌아가신 후 포장도 뜯지 않은 채 구석에 방치돼 있었다. 그 후 제과점에서도 그 제품은 보이지 않았다. 이제는 찾는 사람이 없다고 했다.

잊혔던 과자 센베이는 주방에 그윽하게 살아나 군침이 돌게 하며, 담소를 나누며 미소 짓던 기억 속의 그분들을 소환한다. 그분들을 닮고 싶었던 나는 책을 읽고 글을 쓰며 혼자만의 고독을 즐기거나, 그분들을 위해 대기했던 모친과 사모님처럼 허드렛일로 분주하다.

47

내 안의 두 사람

젊어서 높은 이상을 갖는 것은 축복이다. 원대한 꿈을 꾸면 그 꿈이 산산이 조각난다 해도 그 조각이 크다. 이상이 높아야 꿈을 실현하기 위해 노력하고 힘든 과정을 견디며 일관되게 살아온 삶에 만족하게 된다.

이상이나 꿈, 희망을 죽을 때까지 간직하고 매일 성장하려는 사람은 고령사회 속에서도 본보기가 된다. 꿈의 성취 여부와 상관없이 열정적인 사람을 '청춘'이라 부르듯이, 비록 나이 들었다 할지라도 그가 가진 꿈이 시들지 않았다면, 그 꿈은 심장이 고동치는 젊음의 세계로 그를 인도할 것이다.

그러나 현실과 동떨어진 높은 이상을 품으면 우울해진다. 현실과 이상의 괴리는 청년기에만 존재하는 것이 아니다. 청년기는 실패했을 때 좌절과 극복의 시간이 있지만, 은퇴 후 나이는 100세 시대라 해도 살아 보기 전에는 아무도 장담을 못 한다. 기대수명을 장담할 수 없으므로 만사에 중용(中庸)을 지켜야 하는 이유가 된다.

중장년이 되어 이루지 못한 꿈은 이미 떠난 기차를 손 흔들어 부르는 것처럼 야속하다. 이만하면 충분하다고 토닥이며 노력한 것으로 족해야 한다. '이만큼 사는 것도 복이지.' 하고 자족하는 마음은 느긋하고 평화롭지만, 그와 상반되는, 끝내 닿지 못했던 이상은 나를 괴롭히는 또 다른 내가 된다.

'내 삶이 지금보다 더 의미 있어야 해! 고작 편안함이 인생의 목표는 아니야.'라며 밀어붙이는 사람은 높은 이상의 소유자다. 그것은 욕심인가. 눈을 뜬 자아인가. 그와 싸우고 있는 다른 나는, '이제 쉬어도 된다. 더 이상 괴롭히지 말라.'며 줄다리기를 한다.

높은 이상의 소유자는 늘 우울하다. 늦지 않았으니 새로운 삶을 계획하고 새로운 것을 배우고 새로운 만남과 관계를 형성하라며 다그친다. 젊어서 배워 이제까지 살아왔으니, 앞으로 남은 긴 날들을 위해 새로운 뭔가를 도전해 보는 일은 신체적, 정신적 건강을 위해 필수적이다. 하루하루를 편하게 즐겁게 사는 것이 여생의 목표라면 그것은 쾌락주의와 무엇이 다른가. 편안하고 나른한 삶은 나의 노화를 가속할 것이며 '사회적인 노쇠'를 앞당길 뿐이다.

평범하면서도 다른 나는 세모눈을 하고 흘겨본다. 노후에 조용히 잘 살고 있으면 됐지. 과욕은 금물이지. 즐기는 자는 노력하는 자보다 위에 있다며 항변한다. 책을 보거나 영화를 보고, 산책을 다니며 집안 살림을 하는 나는 평범하지만, 그렇게만 살아서는 안 된다는 이상주의자와 자주 부딪친다. 수동적인 삶을 벗어나 더 적극적으로 살아야 된다며 충돌한다.

어느덧 체념하는 패배주의자의 한탄에 동의할 수 없었던 젊은 날은 덧없이 갔다. 이른바 '타고난 그릇의 차이 내지는 인생의 출발선이 사람마다 다르고 이뤄야 할 끝도 다르다.'라는 진실과 마주한다. 내 인생의 사명은 무엇인가 생각해 본다. 평생 얼마만큼의 수고와 노력을 쏟아 '내 인생'의 완성된 작품을 제작할 것인가. 그 완성의 시점은 죽는 날까지 이어질 것인지, 누구나 미완성으로 자족해야 할 것인지, 그것을 판단하는 기준은 무엇인가, 의문이 남는다.

내 안에 있는 두 사람은 시시덕거리며 웃다가도 자주 숙연해지고 있어, 나는 그 둘을 화해시켜야 한다. 중용의 도가 내 삶의 지표가 된 것이다.

48

쇼펜하우어 아포리즘

세계의 석학들은 책에서 만날 수 있다. 그들의 지혜는 시대와 장소를 불문하고 나의 시간을 다채롭게 꾸며 준다. 단순하고 실용을 추구하는 나는 현실적이며 부담 없는 읽을거리를 탐독하지만 무슨 뜻인지 한참을 생각해야 하는 글에서는 사유의 한계를 느낄 때도 많다. 대학 시절부터 나는 화장하기를 즐겼고, 다소 불편하더라도 높은 구두를 또각거리며 기꺼이 키를 높였다. 키가 크면 시야가 더 높고 넓어진다는 사실이 좋았다. 책을 읽는 일도 시야를 높일 수 있는 일이다. 학교에 넘쳐나는 이념 동아리나 그들이 탐독하는 서적에 관심도 없었지만, 쇼펜하우어에 대해서는 호기심이 생겼다.

『의지와 표상으로서의 세계』에서 쇼펜하우어는 자살에 대해 종교인들이 비난하고 매도하는 데 찬성하지 않았다. 자살자는 제대로 된 장례 절차를 할 수 없던 시절, 그의 부유한 아버지가 자살로 생을 마감하여 그 영향을 받았을 것 같다. 자살 미수를 벌하는 것은 그 방법의 미숙함을 비난하는 것이라는 견해를 폈다. 쇼펜하우어는 대표적인 염세주의 철학자로 세계를 비관적인 눈으로 바라본다고 생각했다. 쇼펜하우어의 사상을 제대로 이해하지 못한 탓이다.

『쇼펜하우어 아포리즘』을 읽으면, 세계나 인생에 대한 그의 탁월한 통찰력에 감탄하게 된다. 항상 쇼펜하우어를 따라다니던 말이 있었다. 그의 강좌엔 수강생이 몇 명 없는데 헤겔의 강좌에는 수강생이 넘쳐났다고 비교하는 것이다. 그가 상처를 많이 받았을 거라는 생각이 들었다. 헤겔과의 수강생 비교가 세기를 넘어서까지 그렇게 의미 있는 일인지 의아했다. 게다가 쇼펜하우어는 인생에 의미가 없으므로 태어나지 않음이 최상이고 짧게 사는 것이 차선이라 하면서도, 콜레라가 유행할 때 그는 베를린에서 피신하여 목숨을 부지했지만, 헤겔은 끝내 콜레라로 사망했다는 사실이 앞뒤가 안 맞는 모순으로 보인다. 전염병이 유행할 때 대책 없이 가만히 앉아 죽는 게 옳지는 않다. 그가 살아남아 저술 활동을 했으니 오늘날 그의 사상을 엿볼 수 있어 다행이 아닌가.

쇼펜하우어와 칸트는 여러 면에서 유사한 점이 많았다고 한다. 규칙적인 산책과 일상생활을 유지하는 것을 철칙으로 삼았다는데 여행에 대한 견해만큼은 달랐다. 칸트는 '여행은 쓸데없는 짓'이라고 했으나, 아버지 덕에 여행을 많이 다닌 쇼펜하우어는 여행을 의미 있게 생각했다.

그는 인생의 좌절과 고난을 통해 그의 철학적 사상을 이룩했다. 인생의 고통은 태어난 이상 당연하고 고통 없이 만족스러운 행복한 시절은 곧 권태로워서 인생은 대부분 고통스럽거나 권태롭다고 했다. 인생의 고통은 무언가의 결핍에서부터 오는데 그 결핍이 충족되는 시점을 지나면 고통이 없는 과다 충족의 상태, 즉 권태로운 상태가 된다. 인간의 삶은 고통과 권태를 시계추처럼 반복한다. 인간의 의지가 살아나는 때는 바로 고통에 직면했을 때이며 평안과 안식은 삶의 의지를 빼앗는 적(敵)이다.

행복이 인간의 목표라면 그 목표를 향해 나아가는 모든 순간은 이미 행복이며 오직 인간에게만 내재된 기능인 생각하는 능력, 삶을 생각하는 것이야말로 선한 삶이며 가장 행복한 순간이다. 삶의 지혜는 욕심을 버리고 향락과 풍요와 건강을 탐하기보다 차라리 덜 고통스러워지기를 소망해야 한다는 그의 말은 염세주의자로 그 당시에 배척당했을지라도 200년이 지난 지금 구구절절이 옳다.

책을 편집하고 번역한 김욱 작가님은 나처럼 단순한 사람이 이해할 수 있도록 쉽게 옮겼다. 스스로 생계형 번역가로 자처한 연로한 분인데 그분의 고단한 인생은 옳은 일을 할 수 있는 의지가 살아나게 했다. 나는 오래전부터 그분을 존경했다. 삶의 결핍과 고통이 권태롭고 나태한 충만함보다 삶을 빛나게 하는 원동력이 될 수 있다는 데 나는 박수를 보낸다.

일기로만 남길 수 없는 말들

음식의 변증법

(49)

1960~1970년대, 서울의 길거리에는 잊지 못할 음식들이 있었다. 대형 상점 진열장마다 새록새록 식품 가공품이 범람하는데, 어린 시절의 길거리 음식은 비위생적이며 조악했다. 십 원짜리 동전으로 달래던 국민 학생의 길거리 음식은 시대의 정서를 닮아 궁핍함이 묻어났다. 그럼에도 향수를 불러일으키는 옛날 음식들은 흑백텔레비전의 희미한 영상처럼 아련하다.

번데기는 길거리 음식의 대표 주자였다. 삼각형 고깔에 담긴 번데기의 양은 만족스럽지 않았다. 한참 있으면 물에 젖어 찢어지는 그 종이 고깔도, 번데기를 집어먹는 짧은 시간 동안은 신통하게도 찢어지지 않았다. 잡지를 뜯어 만든 고깔 모양의 종이봉투는 포장 산업이 발전하기 전에 흔했다. 모든 봉투는 종이로 만들어졌으니 누런색 마분지나 종이 질이 매끈한 외국 잡지를 접어 만든 고깔은 요긴했고, 그런

봉투를 붙이거나 만드는 부업도 있었다.

번데기는 길을 가다 손으로 한 개씩 집어먹는 길거리 음식이다. 아무리 생각해 봐도 그것을 격식 있게 먹었던 기억은 없다. 길에서 군것질하는 것은 불량스러운 일이었지만, 긴 등하굣길의 은밀한 여유로움이었다.

나는 그 번데기를 지금도 좋아한다. 대용량 번데기를 나 혼자 야금야금 꺼내 데친다. 제조 과정이 불결하다 하여 여러 번 씻고 조미하여 김이 모락모락 나는 것을 보면, 1960년대 노점상의 커다란 함지를 통째로 옮겨 놓은 듯 뿌듯하다.

번데기는 손으로 하나씩 집어 먹어야 제맛인데 한 번에 여러 마리를 씹으니 입속이 가득 찬다. 과한 느낌. 이것은 아니다. 번데기의 맛은 한 마리씩 음미하는 감질나던 맛이었을까. 눈을 감고 한 마리씩 천천히 씹어 즙을 삼키고 느껴본다. 그제야 그 옛날의 번데기 맛이다. 영문명이 Silkworm인 것을 보면 여기서 누에나방이 나왔으려나 상상한다. 자세히 보니 주름진 모습이 징그럽긴 하다. 크거나 작거나 규칙적인 7개의 주름이 한결같다. 그것의 실체를 파악하기 전부터 입에 착 달라붙는 그 맛을 알아 버렸고 톡톡 터지는 듯한 질감도 일품이다.

메뚜기, 귀뚜라미가 모두 식용 곤충으로 인정되었는데 누에나방이 무에 대수인가. 누군가는 질겁하겠지만 아무럼 무슨 상관인가. 앞뒤로 빨며 속살을 빼먹고 껍데기는 가는 길에 떨어뜨리던 고동과 같이 단순한 과정의 음식이다. 고동 또는 다슬기는 올갱이 해장국에 갑옷을 벗고 잔뜩 들어 있고, 번데기는 통조림으로도 변신했다.

　　　　　　　　일기로만 남길 수 없는 말들

찌는 더위에는 얼음 냉차 장수가 있었다. 커다란 통에 얼음덩이와 수박 조각이 담긴 냉차는 수박의 즙이 조금 우러난 사카린 음료였다. 불볕더위 아래 얼굴이 까맣게 탄 냉차 장수는 행인들에게 냉차를 팔았다. 겨울이면 군밤이나 군고구마, 붕어빵 장수들이 나왔다.

위생이 미심쩍은 냉차는 없어졌으나 붕어빵은 아직도 성업이다. 한때 오방떡이나 국화빵도 있었지만, 붕어빵으로 모두 통일된 것 같다. 팥소뿐 아니라 슈크림이 들어 있는 업그레이드 잉어빵도 있다. 붕어의 꼬리부터 먹을지 머리부터 먹을지에 따라 성격 테스트를 한다나, 어느 쪽으로 먹든 뜨거울 때 먹는 게 제일 맛있다. 지하철역 근처 행인이 많은 곳에는 어김없이 붕어빵을 팔고 있다. 따끈따끈한 붕어빵을 먹을 수 있는 붕세권이란 말도 생겼다.

길거리에 번데기와 고동이 있었다면 집에는 강냉이가 있었다. 고물 장수가 오면 폐품을 주는 대신 옥수수를 뻥튀기한 강냉이를 받았다. 강냉이는 옥수수 알갱이로 만들었으니 맛이 싱거운 편이고, 요즘의 쌀 뻥튀기와 모양은 다르지만 유사한 식감이다. 폐품을 들고 나갈 때는 으레 대나무 소쿠리도 들고 나가 강냉이를 받아왔다. 서울의 골목골목을 누비던 엿장수와 강냉이 장수는 더 이상 수집할 고철과 찢어진 고무신이 없어서 사라진 것인지도 모른다.

여름에는 그 소쿠리에 찐 감자가 담겼다. 뜨거운 감자를 호호 불며 살살 껍질을 벗겨 소금을 찍고, 분가루가 날리며 터지던 감자와 고운 자태의 노란 감자가 품종에 따른 성분의 차이라는 것을 몰라 감자마다 다른 모습에 의아해했다. 강냉이와 찐 감자, 옥수수, 고구마를 담아

내던 얼기설기 구멍 난 소쿠리는 박물관에서 볼 수 있다.

식탁의 음식도 간식도 세련되고 정제된 형태로 발전했다. 단순 가공이 아닌 초가공식품은 우리 주변에 넘쳐난다. 불순물을 제거하고 각종 첨가물로 입맛에 맞게 만들어진 가공식품은 편리함까지 흠잡을 데가 없다. 그러나 단순당과 정제 탄수화물은 건강을 위협하고 급기야 그것을 기꺼이 반겨 준 소비자의 등에 칼을 꽂는다. 원시(元始)와 진보(進步)라는 정반합(正反合)의 변증법이 음식에서도 적용된다. 있는 그대로 먹기도 부족했던 시대에서 가공에 가공을 거듭한 풍요로운 먹거리의 세상이 도래했건만, 눈에 보이는 맛있는 음식들이 모두 내 몸을 나락으로 몰고 있음에 경악한다.

앞으로 살아야 할 긴 노년을 생각하면, 빵, 과자, 케이크, 튀긴 음식, 가공육, 청량음료 등을 음식 목록에서 지워야 한다. 그것은 이제껏 무분별하게 누린 식도락의 종말이며 내게는 크나큰 상실감을 안겨 준다. 달고 고소하고 부드러운 단순당과 지방의 맛을 입맛에서 삭제하는 대신, 건강하고 활기찬 노년을 상상해 본다. 거칠고 투박하며 정제되지 않은 복합 탄수화물과 섬유소가 많이 들어있는 익숙하고도 가난한 시절의 먹거리들이 반세기 지나 다시 내게로 온다.

50

개나리 언덕

개나리가 만발하던 그 언덕은 애증의 장소였다. 봄이 되면 교문에서부터 이어지는 길고 긴 언덕 전체가 황금빛 개나리로 가득 덮였다. 예나 지금이나 학교는 약간 지대가 높은 곳에 있는 경우가 많다. 본관 뒤에 있는 또 다른 건물의 2층까지 올라가기 위해 완만한 듯 가파른 개나리 언덕을 지나 계단을 세어 보니 80개의 계단을 올라가야 드디어 우리 반 교실이 있는 2층이었다. 교실로 가는 길은 등산하는 기분이었다.

엄청난 운동량을 감내해야 했던 중학생 시절, 어깨에 메는 것도 아닌 무게가 꽤 무거운 책가방을 들고 언덕을 올라 교실까지 가는 길은 멀고도 험해서 가방을 든 오른쪽 어깨가 처지기 일쑤였다. 그래도 내려오는 하굣길에는 친구들과 가위, 바위, 보 내기를 하며 시시덕거리기도 했다.

대학입시의 중압감을 느끼지 않았던 중학생 시절에는 재미있는 것도 많이 배웠다. 미술 시간에는 그 언덕 주변에 옹기종기 앉아 야외수업으로 수채화를 그리기도 했던 흔치 않은 아름다운 언덕이다. 무용 시간에는 한복을 입고, 한국무용을 배우기도 했고 발레 기본 동작이나 포크댄스를 배우기도 했다. 바느질이나 수예를 배우는 시간에는 프랑스 자수를 재미있게 했는데, 나는 그런 실기 과목이 싫지 않았다. 블라우스와 치마를 직접 만들어서 실제로 입기도 했는데, 그때 배운 개인기는 지금까지도 요긴하게 활용한다.

나뭇잎이 구르는 것만 보고도 웃을 수 있던 시절, 티 없이 맑은 순수의 시간에는 밤낮없이 채석 작업하던 본관 뒤의 돌산을 등 뒤에 있는 수정이라고 했고, 지대가 높으니 발아래는 구름이 있다고 교가를 불렀다. 그렇게 개나리 언덕을 3년을 오르내리다 졸업하면서 완전히 하산했다. 여중과 부속 중학교, 여고와 부속 고등학교가 개나리 언덕 주변에 밀집해 있었지만, 지금처럼 상가가 밀집하지 않았던 1970년대의 돈암동은 등하교 시간 외에는 한적하고 고즈넉했다. 여자중학교에는 어울리지 않던 웅장한 교문은 지금은 여대 정문으로 바뀌었다. 아마도 처음부터 대학교 교문으로 쓸 요량으로 만들었던 것 같았다.

지금은 교문만 바뀐 게 아니라 건물의 용도도 모두 바뀌었지만, 그 당시 내가 그 교문을 드나들며 개나리 언덕을 오르던 추억은 봄이 되면 피는 개나리만큼 여전히 생생하다.

일기로만 남길 수 없는 말들

51

안녕 친구들

이별한 친구들을 불러본다. 어루만지던 나의 손길을 기억할까. 그들은 긴 세월 우두커니 자리를 지켰다. 처음 꽂아 두었던 그 자리에서 흐트러짐이 없었다. 오래된 책과 자료들은 언젠가 찾아줄 날을 하염없이 기다렸다. 드물게 누군가 슬쩍 가져간 책도 있지만 대부분은 나를 떠나지 않았다. 그들의 진중하고 가볍지 않은 처신이 선비를 닮았다. 진작 떠나보내야 했는데 긴 세월 자리를 지키게 된 것은 책에 대한 나의 고집스러운 애착과 편애였다. 그저 내 곁을 떠나지 말고, 언제나 함께 있어 달라는 무언의 요청을 넌지시 알았다. 그들이 나에게는 지적인 원천이었음을 눈빛으로 감지했다.

책은 여러 가지 역할을 했다. 읽어서 지식을 전해 주고 생각할 거리를 끊임없이 만들어 시간을 뺏기도 하고, 공간을 버젓하게 차지한 채 책장을 장식하기도 했다. 고급스런 겉표지의 장서가 펼쳐지길 기다리며 허름한 소책자와 구별되는 위치에 과묵하게 서 있었다. 어느 것 하나 따스한 애정을 주지 않은 것이 없건만, 유독 헐벗고 낡은 책은 나의 손길과 눈길을 독차지했던 탓이니 오히려 기뻐했을 것이다.

'안녕! 친구들!' 하고 이별을 고했다. 나는 서가에 정렬해 있던 그들에게 모두 나오라고 했다. 그들이 마치 내 의지대로 걸어 나오기라도 할 것처럼. 나는 내가 아닌 다른 주인을 찾아 각자의 길을 가라고 속삭였다. 잡히는 만큼씩 대여섯 권을 바닥에 눕혀 놓고, 그 위에 또 다른 책들을 쌓았다. 그렇게 오랫동안 나의 방패막이 된 채 기꺼이 그 자리에 모셔졌던 세월, 그들도 이별을 서운해 할까. 새롭고 귀한 지식을 찾기 위해 언제 어디서나 응해 주었던 크고 작은 몸집들이 휘청거리며 쓰러지고 넘어졌다. 내 손이 닿기 전에 이미 떠날 채비를 하려 했는가.

책들을 꺼낸 서가가 허전해졌다. 방바닥 가득히 누워 있는 친구들이 매정하게 보낼 것이냐고 시위하는 듯했다. 나는 아랑곳하지 않고 냉정한 마음으로 다잡았다. 모두 보내 홀가분하고 가벼운 내가 되리라고. 아끼던 그들을 노끈으로 묶는 작업은 손이 많이 갔다. 나를 돕는 Y양과 H씨의 능숙하고 부지런한 손놀림이 없었다면 아마 하루 종일도 더 소요됐을 것이다. 어차피 보낼 것을 포박할 필요가 있을까 의아해하며, 도주할 의지 없는 수인(囚人)의 두 손을 포승줄로 꽁꽁 묶고 쇠고랑을 채우듯이 노란 비닐 끈으로 야무지게 묶었다. "미안하다. 잘 가거라." 속수무책인 그들이 한때는 나의 오른팔이었으므로 속울음을 삼켰다.

'이제 웬만한 것은 컴퓨터에 다 들어 있지. 너희들은 예전 같은 값

일기로만 남길 수 없는 말들

어치가 없어.' 하며 냉대당할 것을 생각하니 가여웠다. 체념한 그들이 노끈에 묶여 한순간에 폐품 같은 신세가 돼 버렸다. 이미 나 역시 그들을 팽개치고 있으니 진시황의 분서(焚書)와 다르지 않았다. 그들은 쉴 새 없이 묶여 바퀴 달린 수레에 끌려 나갔다. 유배(流配) 가는 유생이 그러할까. 몸값이 비싼 친구는 도서관으로 거처를 옮기기도 했다. 그들이 떠날 때 나의 한 시절도 지나갔다. 모두 떠나고 나니 날아갈 듯 아주 가볍고 단출해졌다. 내가 친구들을 무거워했었나. 마음 한편으론 누군가 이들을 손님이나 현명한 친구로 반겨 줄 사람이 있었으면 좋겠다.

나의 책들은 지금 어디에 머물고 있을까. 헌책방에 있을까. 내가 애지중지했던 것처럼 나 아닌 누군가가 그들을 알아봐 줄 사람이 있을까. 하루가 다르게 급변하는 세상에 날짜 지난 유제품처럼 어느 구석에서 버려질 때를 기다리고 있을까. 내 친구들을 구겨진 폐지라고 하지 마시오.

나는 그들을 버린 게 아니라 인연이 다하여 보낸 것이라고 변명한다. 그들이 나의 서가에서 지낼 때보다 더 보람되기를 기대하지만, 오래된 것이 주목받는 시대가 아니다. 나와 함께한 세월만 책이었던 친구들을 보내며 분수없는 욕심을 부린다. 노래처럼 불러 보는 "친구들아, 안녕! 나는 잘 있다오."

52

세포 여러분에게

안녕하십니까? 60조 세포 여러분! 오늘도 고단한 하루를 성실하게 보내시고 저에게 이렇듯 활력이 넘치는 일상을 선물해 주신 데 대해 늘 감사드립니다. 여러분은 모두 저의 아버지와 어머니의 세포가 만나 이루어진 수정란의 자손들입니다. 어머니의 뱃속에서 아들일까? 딸일까? 무척이나 궁금했던 열 달. 실망스러운 딸이 태어난 그날은 추석날이었답니다. 물론 여러분은 그날 어머니의 산도를 뚫고 나온 분들의 수십 년 후 후손들이지요. 저는 여러분 앞에 꼭 드릴 말씀이 있습니다.

그동안 잘 참고 살아 주셔서 감사합니다. 특히 소화기 계통에서 일하시는 분들은 저의 과식 습관과 주기적인 다이어트로 들쭉날쭉한 업무량을 너그러이 용서하시고, 약간의 만성 위염 증상만으로 견디게 하시니 이 자리를 빌려 감사의 말씀을 드립니다. 평생 바지런하게 움직였던 저에게 가벼운 관절 증상으로 이제는 움직임을 줄이라고 하시니 나이 들어 오래오래 뼈마디를 건강하게 유지하기 위해 노력해야 할 듯합니다. 바라건대 여러분 조직, 나아가 기관 모두가 서로 협조하에 상생할 수 있는 융합체제를 계속 유지하시길 바랍니다.

비록 호르몬은 줄고 뼈 문제에 있어 늙어 가는 일방통행만이 있으니 안타깝기 짝이 없습니다. 요즘은 그나마 운동하면서 뼈에 구멍이 숭숭 뚫리지 않도록 단속하고는 있습니다. 젊어서 더 잘 관리했어야 했는데, 태생이 그러하니 뼈가 더 튼튼하게 커지기보다 자꾸 녹아내리기만 하여 걱정이 이만저만이 아닙니다. 부디 가늘고 엉성한 저의 뼈지만, 오래오래 튼튼한 지지대가 되어 그 어떤 사악한 무리도 뿌리내리지 않도록 철저히 지켜 주시길 바랍니다.

요즘은 어느 부서 막론하고 암이란 놈이 둥지를 틀고 있습니다. 심장을 제외하고 거의 모든 조직에 그들이 침투할 수 있다니, 저의 아버지도 췌장암으로 돌아가셨지요. 저는 유전인자가 좀 겁이 납니다. 그러나 엄혹한 현실 앞에 너나 할 것 없이 온 힘을 다해 암세포를 발본색원(拔本塞源)해야 할 것이며, 우리의 막강한 힘을 결집해야 합니다. 특히 그 부분에서는 백혈구나 림프구 등 면역세포 일족이 밤낮없이 경계를 늦추지 말아야 할 것입니다. 앞으로 한 세대 정도면 암도 극복될 것 같으니, 그때까지는 살아 있어야지요.

저는 대형병원마다 넘쳐나는 암 병동 환자들이 병원의 사업 수단이 되지 않기를 간절히 바랍니다. 또한 나이만 지긋해지면 당뇨란 놈과 혈관계 악당들이 점점 더 혈압을 올리고 활개를 칠 수 없도록 해야 합니다. 노인성 치매나 파킨슨도 늘 나이 많은 이들을 위협하고 있어서 절대로 상종 못 할 악의 무리를 만나지 않도록 해야 합니다. 저도 특히 섭생에 신경을 쓰고는 있지만, 맛있는 음식이 항상 문제가 되고 있습니다. 혀가 좋아하는 음식들은 여러분을 해치고 괴롭히니 거칠고 소박한 먹거리로 바꾸고 있습니다.

저는 이 세상을 오래 살고 싶습니다. 세월 앞에 피부의 콜라겐이 줄고 검은 모발도 장렬하게 탈색되어 비단결 같은 윤기는 사라져 누가 봐도 우리의 군세를 확장할 시기는 아니지만, 그렇다고 이대로 물러설 수는 없습니다. 외람되게 세월 따라 모든 신체 기능이 당연히 쇠퇴하리라는 체념 섞인 예언을 저는 믿지 않습니다. 긴장감을 늦추지 마세요. 텔로미어가 짧아져 더 이상 세포분열을 못 한다면 남보다 길어지게 노력해야지 별수 있나요. 그것도 유전이라고요? 유전의 한계를 환경이 극복해야 합니다. 여러분의 업무를 인계할 때도 더욱 참신한 딸세포를 교육하고 자리를 떠날 때는 보다 강건한 우리의 미래 인재를 키워 나가야 합니다. 아무렴 은발도 건강하면 아름답지요.

특히 나이와 더불어 덩달아 은근슬쩍 확장하는 지방세포 여러분은 제발 보기 좋은 정도로만 자중하시길 당부드립니다. 근육 세포 여러분은 매일 땀 흘리는 저의 노력을 모르지 않으실 거라 믿습니다. 또한 여러분과 공생관계에 있는 여러 미생물 그룹과 절대적인 우호 관계를 유지해야 합니다. 장내 미생물들은 우리의 뇌세포에 은근히 지시까지 내리며 상급자 역할을 해내니 그들은 여러분을 도와 악의 무리를 물리치는 데 틀림없이 앞장설 것입니다. 그들이 좋아하는 먹이가

일기로만 남길 수 없는 말들

부족하지 않도록 신경 쓰는 일은 너무나 당연한 일이지요. 서로에게 득이 되는 일입니다.

60조 세포 여러분! 장구한 세월 여러분들이 저의 신체를 정상화하기 위해 애쓰신 노고는 죽는 날까지 기억할 것입니다. 무엇을 남기고 떠날지 알 수 없는 여정이지만, 하루하루 지혜를 쌓으며 살아가다 어느 날 아주 오랜 시간 후에 제가 육신을 떠날 때, 백발과 주름진 노구는 소멸한다 해도 여러분의 열성적인 충절을 잊지 않을 것입니다. 60조 여러분은 바로 저 자신이기도 합니다. 저의 아버지와 어머니가 반씩 세상에 남긴 알토란 같은 흔적이며 그분들 삶의 증거입니다. 저는 세상 누구보다 더 여러분을 떠받들고 사랑하는 사람이지요. 어제의 내가 오늘의 내가 아니듯 삶의 마지막 날에 저는 나날이 지금보다 발전하고 여러분 또한 반복되는 생성과 소멸의 과정을 겪을 것입니다. 부디 강건하게 하나가 되어 지금 여기 살아 있는 기쁨을 누리며 살아갑시다.

아! 그런데 저는 여전히 궁금합니다. 그 웅장하고 장대할 저의 영혼은 지금 어디에 머물고 있을까요? 가슴과 심장인가요? 아니면 뇌에 있나요?

53

세련된 육아

갓난아기를 돌보는 엄마가 있었다. 아기의 호흡기에 혹여라도 나쁜 영향을 미칠까 걱정되어 주방에서 가스레인지를 사용하지 않았다. 불을 사용하는 요리는 필시 미세먼지를 발생시킬 것으로 판단했고, 가열하지 않는 음식만 먹거나 만들어진 음식을 사 오거나 외식을 했다. 먹을 것을 참으면서까지 지극 정성의 육아로 혼신의 힘을 다했다.

요리로 발생하는 미세먼지의 유해성을 알게 된 것이 그리 오래된 일은 아니다. 최신의 정보를 접하여 가족이 음식을 만들어 먹는 데 제한이 생긴 것이다. 시어머니가 오시거나 손님이 오는 특별한 날도 갓난아기를 위한다는 엄숙한 명분 아래 가스레인지 중간밸브는 완고하게 직각인 채 절대로 열리지 않았다. 이에 시어머니는 어떻게 해서라도 아들, 며느리에게 인덕션 레인지를 새로 장만해 주어야겠다고 했는데, 그 후 인덕션 레인지를 얻은 며느리가 요리했는지는 소식을 듣지 못했다.

그 이야기를 듣고 한 편으로는 찬 음식만 대접한 간 큰 며느리에 웃음이 나왔고 한 편으로는 세대에 따라 육아 방법이나 환경이 날이 갈수록 발전되는 것을 실감했다. 위생과 지식수준의 발달 정도가 세대별로 이렇게 차이가 난 것이다.

　위생환경과 관련해서 가스레인지뿐 아니라 흡연 문제도 크게 거론된 적이 있다. 한때 가족이 태운 담배 연기가 얼마나 유해한지에 대해 전 국민이 알게 되었을 때 흡연자는 가족을 피해 베란다로 나가 흡연을 했었다. 지식이 발달하지 않았을 시절에는 담배 연기에 노출된 아이들은 천식이 많았다. 이유 없이 기관지나 호흡기가 약한 아이들이 상당 부분 어린 시절 부모나 양육자를 통한 담배 연기 흡입과 관련된 것임을 알고 경악했다.

　건물의 화장실에는 흡연자들의 담배꽁초가 떨어져 있다거나 냄새와 연기가 자욱할 때가 있었고 저녁 늦은 식당에서는 옆 좌석에서 반주와 흡연을 해도 그냥 참아내야 했다. 심지어 노 교수님이 강의실에서 의자에 앉아 담배를 태우며 강의하실 때도 있었다. 그야말로 호랑이 담배 먹던 시절 이야기다.

　국민건강증진법에 따르면 흡연자는 건물 내에서 함부로 담배를 피울 수 없고 따로 마련된 흡연실을 사용해야 한다. 흡연자는 본인 스스로 폐암을 비롯한 각종 암을 각오해야 하고 비흡연자가 빈번하게 피해당하는 일이 있어서는 안 된다. 그런데도 금연을 하며 스트레스를 받느니 흡연하고 짧게 살겠다거나 흡연자의 권리 보호와 담배 인삼 공사의 수익 창출을 위한 살신성인을 운운한다.

이렇게 원시적인 담배는 말할 것도 없고 새마을 운동이 한창일 때 석유나 연탄 풍로를 프로판가스로 대체하여 주방을 개조했다고 선전했었는데 그것도 사라질 때가 된 것이다. 이제는 인덕션 레인지와 같은 친환경 가전이 대세가 된 지 오래다. 장족의 발전을 이룬 것이다.

하나밖에 없는 자식을 공해 없이 애지중지 잘 키워 보겠다는데 인덕션 레인지를 살 때까지 먹을 걸 못 먹더라도 할 말이 없다. 자식을 많이 낳기라도 하나 오로지 하나인데 육아 휴직 중인 아기 엄마의 단호한 요리 거부에 황당하지만 신선한 격세지감이 느껴진다.

일기로만 남길 수 없는 말들

54

명상과 망상 사이

동지가 며칠 남지 않았다. 훤히 밝아 있을 시각에도 밖은 캄캄했다. 어둠이 짙을수록 그 끝이 가까이 왔으니 끝은 시작이다. 동짓날은 아직 양력으로 해가 바뀌지 않았어도 이미 한 해의 끝이고 다음 해가 움트는 날이라고 들었다. 지금은 깊은 겨울이다. 올 한 해도 무탈하게 봄, 여름, 가을, 겨울 잘 살았다. 동쪽 산등성이 하늘이 미세하게 밝아지며 해가 기지개를 켠다. 늦게라도 일어난 겨울 해는 느긋한 마나님의 미소처럼 푸근하다. 이제 알아주지 않는 계급장 같은 나이를 더 먹는 날이 머지않았다.

며칠 전 눈보라가 치더니 쌓인 눈이 백설기처럼 굳었다. 그 위에 나의 발자국을 눌러 시리도록 하얀 길을 걷고 싶지만, 몸은 안락한 소파에 묻혀 정결한 그 풍경을 응시하고만 있다. 연말연시 크리스마스 캐럴이 거리를 들뜨게 해도 내가 머무는 곳은 선방처럼 고요하다. 엷은 햇살이 거실로 들어오는 시간, 정적을 깨고 세탁기와 청소기가 살아 있는 소음을 냈다. 살아 있다는 것은 일상 소음과 대화를 나누는 일이다. 요란하게 맡은 바 임무를 마치고 청소기가 제자리로 돌아가니 원래의 고요 속에 내가 와 있다.

주위가 조용하니 눈을 감았다. 내 몸은 작은 점으로 작아지고, 나의 내면은 더 크게 내 주변을 감쌌다. 육신의 내가 아닌 영혼이 되고 싶은 시간, 그 시간 동안 내 영혼은 우주의 정신과 만나고 싶다. 깨달음 없는 중생의 기도는 욕심만큼이나 끝이 없다. 나의 기도는 내 머릿속을 맴돌다 고속철도보다 빠르게, 빛의 속도보다 빠르게 우주로 흩어지는 상상을 한다. 주변 모두 다 평안하기를 기원하고, 또 이미 그렇다고 생각했다. 평화로움이 파도처럼 밀려왔다.

때때로 나는 내가 아니고 싶다. 물욕으로 뭉쳐진 가슴을 텅 빌 것처럼 토해 내고, 유체 이탈을 꿈꾸는 몽상가가 되어 거실 천장을 날아올라 눈을 감고 앉아 있는 나를 객체처럼 보고 싶다. 육신으로 살고 있는 내가 아니라, 물질이 아닌 연기가 되어 홀연히 흩어지고 구름같이 신선이 되고 싶다.

뜬금없이 전화벨이 울렸다. 심연의 나를 끌어당기는 자지러지는 벨 소리. 현실은 허무맹랑한 꿈을 깨웠다. 깜짝 놀라 눈을 뜨니 나를 기다렸다는 듯 일상이 활짝 열렸다. 해는 더 환해지고 핸드폰에 찍힌 번호는 모르는 번호다. 명랑한 목소리로 "여보세요?" 하니, "미안합니다. 잘못 걸었어요." 하고 끊었다. 아마 오늘은 그만하라는 우주의 신호인가. 핸드폰을 제자리에 두고 오늘 할 일이 뭐였더라 하며 두리번거렸다.

일기로만 남길 수 없는 말들

단상

삶 속에서 만난

사유와 성찰의 순간

55

노동은 신성한가

시간의 속도감은 상황에 따라 다르게 느껴진다. 언제 그렇게 흘러 갔나 할 때도 있지만, 일각이 여삼추(一刻如三秋)라고 힘든 시간은 골수에 사무치게 느리게 흐른다. 즐거운 시간을 여유롭게 보내는 여 행지에서의 시간은 왜 그다지 빠르게 지나가는지. 꿈같은 시간이라든 지 눈 깜짝할 순간으로 표현하는 시간이 아닌가. 정반대로 고통이 수 반되는 시간은 쉽게 흐르지 않는다. 힘든 육체노동이나 정신노동의 시간이 그렇다.

해야 할 여러 가지 일들이 산적해 있을 때 그렇다. 정신적인 골머리 를 써야 하는 일은 육체노동만큼 힘들다. 아니 그 몇 배 힘들 때가 종 종 있다. 우리가 흔히 노동의 가치는 신성하다고 말하는데, 육체노동 을 직접 해 보면 '노동'이라는 말이 지닌 무게가 훨씬 무겁게 느껴진 다. 오늘날 힘든 노동은 돈으로 대신할 수 있다. 이삿짐을 꾸린다거나 장례식 손님 치르기, 아파트 입주 청소 등 대부분 전문 업체를 섭외해서 내가 해야 할 노동을 대신하게 할 수 있다. 대행업체에 노동의 대가를 돈으로 치르고 비록 지갑은 가벼워졌을지언정 일하는 수고를 피할 수 있잖은가.

가끔 학생들에게 방학을 어떻게 보낼지, 무슨 계획이 있냐고 물을 때가 있었다. 공사판에서 막노동해서 등록금을 마련하겠다거나 그렇게 할 것이라는 계획을 여러 번 들었다. 건강한 신체를 십분 활용해서 등록금이라는 자본을 축적하고 허송세월할 수 있는 시간을 보람되게 보내는 일이라고 치부했다. 내가 직접 노동을 해 보기 전이었다. 돌아보니 단편적이고 어설프기 짝이 없는 생각이었다.

돈을 벌기 위해 육체노동의 경험을 해 본 적이 없는 사람이 노동에 대해 쉽게 말할 자격이 있을까. 육체노동은 정신노동 못지않게 피눈물 나는 체험임을 최근 들어 뼈저리게 알았다. 피할 수 없는 육체노동의 경험이 노동에 대한 순진무구한 생각을 변화시켰다. 실제 노동을 해 보니 그것은 간단한 일이 아니었다. 신체를 갉아 먹는 것과 같이 처절하고 잔혹하기까지 했다. 일을 하면서 돈을 벌어야 하는 노동자의 입장이 되면 참으로 고단한 직업이 아닐 수 없다. 뒤늦게 육체노동자의 고충을 이해할 수 있게 되었다고나 할까. 보통 사람의 경우 어쩌다 한 번 해야 할 노동을 매일 해야만 생활을 영위할 수 있다면 아무리 숙련된다 해도 그 일이 즐거울 수 없을 것이다.

즐겁지 않은 일을 반복해야 한다면 노동에 대한 미화(美化)나 의미 부여는 어느 정도까지가 타당한가. 살아 있는 사람은 누구나 당연히

일기로만 남길 수 없는 말들

움직이며 일하고 노동해야 한다. 노동의 대가로 임금을 받느냐를 떠나 인간 존엄성을 위해 자신의 의지를 실현할 수 있는, 홀로 설 수 있는 정도의 육체적 움직임은 필요하다. 자기 자신을 위한 간단한 움직임을 노동으로 포괄할 수 있는지는 잘 모르겠다. 최소한도 타인의 돌봄을 받지 않을 정도는 되어야 한다. 또한 정신노동이든 육체노동이든 인류의 생존을 위해 누군가의 노동은 필수적이다. 노동은 가족을 부양하기 위한 생업이면서 사회적 역할을 분담하는 직업이다.

4차 산업혁명과 인공지능, 로봇의 발달로 수많은 직업이 없어질 것으로 예측한다. 단순 반복되는 노동이 로봇으로 대체되어 일자리를 잃게 될까 봐 두려워하며 노동권의 보장을 주장하기도 한다. 하지만 인류복지가 실현되는 언젠가는 오늘날의 노동이 지금보다 수월하게 될 날이 오게 될 것이다. 그때가 되면 노동이 여전히 신성한지의 가치를 재평가해야 하지 않을까.

56

당신의 이력서

당신 얼굴이 당신의 이력서이며 경력입니다. 제발 인상 쓰지 마세요. 주름진 심술 맞은 얼굴을 누가 좋아한답니까. 혼자 사는 자연인도 아니고. 젊고 생기 넘치는 남자와 결혼했는데 그의 뒤에 그 남자의 원주인으로 나타난 주름지고 심술궂은 노파는 황당합니다. 이제 당신과 내가 그 노파가 될 차례입니다. 아들 있는 엄마들은 장차 아들과 멀리 떨어질 각오를 해야 합니다. 젊을 때 겪어 보았으니까요.

기미와 검버섯이 무슨 훈장이라도 되는 줄 착각하지 마세요. 자연스럽게 늙어 보기 좋을 때는 주변에 베풀 수 있을 때지, 그 말에 속지 마세요. 노인이 세상을 가득 채울 날이 머지않았다고 늙음이 객관적으로 기쁜 것이 아니지요. 노화를 질병으로 받아들이는 데 우아한 노화는 노력 없는 이에게 똑같이 배분되지 않는답니다.

솔직하게 말하기 두려운가요? 누구라도 젊은 홍안을 탐하고 뽀송

하고 매끄러운 흰 피부는 남녀를 불문하고 저절로 후광이 생깁니다. 그 아름다움을 바라보는 것으로 피로가 풀리는 것을 느껴 본 적이 없나요? 저절로 미소 짓게 하는 젊음과 탄력을 세월에 묻어 버린 당신과 나는 선을 행하는 일이 미모를 관리하는 일로 가능한 연예인의 공덕을 새삼스럽게 생각합니다.

그렇다고 타고난 것을 어쩔 도리 없는데 무리한 걸 요구하는 것이 아닙니다. 최소한 노력은 해야지요. 거칠고 메마른 피부에 깊은 주름과 파 뿌리같이 윤기 없는 머리칼이 신산하게 바람에 날리고, 연민을 자아내는 구부정한 걸음걸이와 세월의 흔적에 이름 모를 슬픔이 묻어납니다. 우리 인생은 자연스럽게 일요일 오후가 무르익듯 늘어집니다.

당신의 이력서를 말하고 있었지요? 그것은 바로 당신의 얼굴입니다. 숨겨질 수 없는 얼이 스며든 그곳이 요즘은 꽃으로 대신하는 예도 많습니다. 저도 역시 그래요. 누구랄 것 없이 커다란 선글라스로 심술궂게 늘어진 얼굴을 가리거나 활짝 핀 꽃으로 대신하지요. 당신의 이력서는 자신만만한가요? 저의 견해를 외모지상주의로 폄훼하지 마시길 바랍니다. 영겁의 세월 동안 누적된 당신의 DNA가 결집하여 만들어진 얼굴이니 단지 이생의 부모 탓만 할 일도 아니고, 당신 얼굴은 살아온 당신 자신이기 때문입니다.

어느 날 사진 속의 나를 보고 놀란 적이 있어요. 늙어서 완고하고 인정머리 없는 노파가 되지 말아야지. 이제 저의 얼굴을 여유롭고 윤기 나게 느긋하고 평화롭게 변하게 할 겁니다. 인생 소풍하러 와서 여기저기 구경하고 후회 없이 놀다 가려 합니다. 놀러 온 사람이 무슨 욕심이 그리 많아 경쟁하는 성공과 성취만 생각할까요. 그저 산책하듯 왔다 가는데 젊을 때는 힘들었지만 젊어서 좋았고 늙어가며 늙었지만 여유로워 좋은 얼굴. 나의 이력서는 아직도 쓰고 있지요.

일기로만 남길 수 없는 말들

57

우리 동네

동네 천변을 산책하는 일은 즐겁다. 물은 인류 문명의 기원이며, 한 강의 수많은 시발점이 되는 골짜기 중 하나가 우리 동네다. 이 산골짜 기는 고려 시절부터 전해 내려온 터전으로, 고려 왕건이 후백제 견훤 을 평정하고 군사들을 위로할 때 산에서 광채가 났다는 바로 그 광교 산(光敎山)이다. 여기에서 흐르는 가느다란 시냇물이 흐르고 흘러 넓 은 하천으로 모이고 바다까지 합류될 것이다. 계절 따라 봄이 되면 천 변에 벚꽃이 흐드러지고, 가을이면 단풍이 화려한 이곳은 사람 외에 도 오리나 고니, 자라도 가끔 노닐고 있다. 뱀이 있으니 조심하라는 표 지도 있지만, 사람들은 천변 주변에 제일 많다.

해가 지고 볕이 뜨겁지 않을 때 사람들이 하나둘 천변 주변에 모여 든다. 홀로 뛰는 사람, 가족 단위로 자전거를 타는 사람, 개와 산책할 겸 걷기 운동을 하는 사람, 벤치에서 하릴없이 세월을 낚는 노인이 찾는 이곳이 그냥 누런 황토의 읍면 단위 시골이었다는 것을 기억하는 나는 서울에서 밀려온 뜨내기 원주민인 셈이다. 황무지 같은 나대지에 아파트 단지가 들어서고 수년의 세월이 흘러 천변은 쾌적하게 정비되었다. 얌전하던 시냇물이 빗물 세례를 받으면 400미터 계주의 마지막 주자같이 쾌속으로 달린다. 경쾌한 시냇물 소리를 들으며 걷는 발걸음은 가볍다. 장마철에는 바닥을 훑어 낸 흙모래까지 섞여 가히 황하의 장관이 이러할까 상상하게도 한다.

도시개발은 순식간에 진행되었다. 울퉁불퉁하던 좁은 시골길은 반듯하게 넓어지고, 곳곳에 신호등이 생기면서 도시화가 가속화되었다. 고층 아파트가 마구잡이로 들어선 덕에 인구는 폭발적으로 늘었다. 생필품을 얻기 위해 멀리 차를 타고 쇼핑하거나, 일주일에 한 번 채소를 싣고 동네를 방문하던 트럭은 더 오지를 찾아 떠나갔다. 도시화로 일상의 불편함이 해소된 것이다. 비가 오면 질척거리던 진흙땅에 자동차 바퀴가 헛돌았던 길이 콘크리트 포장으로 깔끔해졌지만, 그렇다고 모두 편리하고 이로운 것만은 아니었다. 아무도 모르는, 꿈꾸듯 걷던 오솔길은 아스팔트 대로가 되어, 다시 못 볼 아스라한 기억속으로 묻혔다.

지금도 개발이 진행 중이다. 높이 치솟은 아파트 뒤편으로는 극명한 대조를 이루는 황량한 곳도 여전히 있다. 먼지가 뿌옇게 올라오고 검정, 파란색 폐비닐과 빈 페트병 쓰레기가 뒹구는 미개발지는 흡사 팔레스타인 난민 지구를 보는 듯하다. 여전히 그곳에도 원주민이 살고 있다. 작고 꼬불꼬불한 시골길 주변에는 크고 작은 건물이 난립하고 커다란 현수막과 표지판에는 ㅇㅇ 건설 아파트 신축 용지니, 경작 행위를 엄중히 금한다고 표시되어 있는데, 그 표지판을 본 지도 10년이 넘었다. 아마 세월이 흐르면 이곳도 아파트가 들어설 것이다. 그러나 아무리 개발이 끝없이 진행된다 해도 동네를 우뚝하게 지키는 저 산봉우리를 깎아 내지는 못할 것이고 골짜기 시냇물도 막지는 못할 것이다.

나와 나의 반려견은 동네를 배회했다. 천변을 걷고, 아파트 뒤편으로 황폐하고 잡초가 우거진 나대지를 지나며, 언젠가 없어질 역사적 장면처럼 눈에 담았다. 멀리서 보면 노란 꽃이 군집을 이뤄 평화롭기도 하고 종종 높다랗게 키가 큰 옥수수 대가 할 일 없이 껑충하게 서 있는 이곳도 단정한 회색 콘크리트 벽의 고층 아파트가 세워질 것이다. 문명화되는 동네에 생활의 편리함과 개발 이익을 기대하면서도 사라지면 과거를 그리워하는 것 또한 인간의 속성이다. 개는 가는 곳마다 킁킁거리며 냄새로 세계를 탐색하고, 나는 가늘게 반쯤 감은 눈으로 빈터를 지긋이 응시했다. 이곳의 변화는 언제까지 진행될까 궁금해진다.

58

두 얼굴

아침 일찍 치과 진료를 받으러 길을 나선다. 좁은 주차 구역을 차지하기 위해 이리저리 눈을 굴린다. 지상이 나을까, 지하로 내려갈까. 차와 나는 한 몸이 되어 기웃거린다. 진료를 마치고 나올 때는 주차권을 잘 챙겨서 주차관리인에게 중요한 물건처럼 넘겨야 한다. 요즘 들어 상가 건물에 용건도 없는 사람들이 주차하다 보니 주차장은 항상 붐빈다.

예약 시간보다 일찍 도착했건만 무려 30분이나 대기하며 무료한 시간을 보냈다. 치과의 진료 특성상 예약제로 운영된다고 해도 약속 시간보다 지체되는 일이 허다하다고 간호사는 양해를 구했다. 환자의 불필요한 대기시간을 줄이기 위해 예약제를 하는 것인데, 불편한 의자에 한없이 기다리게 하려면 굳이 예약제를 할 필요가 없다고 항의했다. 먼저 도착했던 시간까지 포함하면 거의 한 시간 가까이 낭비

했던 나는 불편한 마음이 얼굴에 드러났다. 기다린 시간에 비해 진료는 10분도 채 되지 않아 싱겁게 끝났다.

시간을 손해 보는 일에 나 자신이 너그럽지 않다. 병원 문을 나설 때 주차권을 빼앗듯이 낚아채서 뒤도 돌아보지 않고 화가 났음을 표시했다. 나의 분노가 품위와 기품을 눌러 이긴 것이다. 마치 그 시간에 굉장히 긴박한 어떤 일을 해결해야 했는데 하지 못한 것처럼 말이다. 간호사는 수더분하지 못한 나를 위해 다음번 예약은 기다리는 시간 없이 제일 먼저 진료받을 수 있는 9시 10분에 잡아 주었다.

치아 건강은 오복의 하나로 꼽힌다. 1년에 한 번씩 스케일링하는 것은 치아를 잘 보존하고자 하는 나의 굳은 의지였다. 비교적 잘 관리되었던 치아가 최근 소나무의 껍질이 조금씩 떨어져 나가듯 에나멜층에 작은 틈이 생겼다. 나이가 그만하니 당연한 일인지도 모른다. 그 작은 부분이 충치로 발전하게 된다는 설명에 부랴부랴 땜질을 예약했다. 틀니나 임플란트를 하는 것도 아니고 이 정도의 진료는 가벼운 편이라 판단한 나는 치과를 여러 번 방문해야 하는데 놀랐다. 오복을 챙기기 위해 그만한 노력은 해야 한다.

아침은 생명의 기가 충만하다. 그 시간이라면 뙤약볕이 내리쬘 때도 아니고 이참에 운동이나 해 볼까 하고 차를 두고 걸어가기로 작정했다. 운동화를 신고 그늘이 만들어지는 동쪽 아파트 건물 근처로 걸어갔다. 여름날 시끄러운 매미는 아직 일어나지 않았는지 새들의 경쾌한 노랫소리만 들렸다. 한적한 길을 발걸음도 가볍게, 콧노래를 흥얼거렸다. 챙이 넓은 모자를 쓸 필요도 없었고 보도블록을 누르듯 사뿐사뿐 걸으며 여름날의 아침 공기를 음미했다.

어느 집에서 생선을 굽는 냄새가 났다. 사람 사는 동네의 표시가 후각을 자극하고 어느 집 주부는 한참 밥상을 차리고 있을 것 같다. 모두가 새로운 날을 시작하는 시간. 사람도, 매미도 이윽고 깨어났다. 8시 30분이 되니 쏴 하는 격정적인 매미 소리에 피아노 선율 같은 새소리는 묻혀 버렸다. 매미는 여름날 하루가 아까운 듯 온몸으로 울며 절규한다. 오래 기다린 짧은 삶, 매미를 이해하리라. 그들의 여름도 곧 지나갈 것이니. 치아가 부실해지기 시작하는 내 인생의 여름은 지나갔다. 아무럼 아직 가을과 겨울이 있으니 그 시간을 즐기리라.

치과에 예약 시간보다 일찍 도착하니 간호사가 반색한다. 불평을 쏟아내던 내 얼굴을 기억하고 있으리라. 여름날 아침이 준 신선한 평화가 깃든 것도 느꼈을 것이다. 불만스러운 얼굴이 나의 본모습이 될까 봐 신경이 쓰이는 것은 무슨 연유일까. 마음은 참으로 간사하다.

일기로만 남길 수 없는 말들

59

일과 취미

즐겁고 행복한 일이나 취미는 표정을 밝게 만들어 준다. 신체가 노화되면 생기를 잃고 마음도 우울해져 그것을 극복하려면 즐겁고 행복할 무언가를 찾아야 한다. 소확행이 주목받고 있다. 소소하지만 확실한 행복이다. 노후를 풍요롭게 하려면 소확행이 될 취미가 있어야 한다. 내가 좋아하는 일이 무엇이며 어떤 일을 할 때 행복한가 탐구하고 파악해야 한다.

일을 하면서 즐겁기도 하다면 더 바랄 것이 없다. 일이 취미가 된다면 금상첨화일 것이다. 그러나 보통 일이라는 이름이 붙을 때는 하기 싫은, 재미없는 것도 하는 것을 전제로 한다. 이 경우 일과 취미는 분리된다. 나를 즐겁고 행복하게 하는 것은 무엇인가. 취미생활이 비록 사회공헌이나 인류애를 실천하는 일도 아니고, 아주 단순하고 개인적이며 보잘것없는 일이라 할지라도 사회에 지탄받는 일이 아니라면 의미가 있다. 한때 즐거웠지만 지금은 그렇지 않은 취미도 있다. 한때는 이미 지난 과거로 나는 과거의 내가 아니니 지금은 의미가 없을 수도 있다. 현재 내가 행복할 수 있는 취미를 찾아 있는 그대로 삶을 즐길 수 있어야 후회가 없다.

일은 언제까지 하는 것이 이상적일까. 취미는 아니지만 해야 하는 일은 오래 할수록 좋은가. 빨리 그만둘 수 있으면 더 좋은가. 일과 취미의 비중은 어느 정도가 좋을까. 건전한 노후 준비는 어디까지인가. 자식의 노후 준비까지 할 정도라면 그는 준비성이 철두철미한 사람인가, 이기주의자인가. 자본주의 사회에서 부의 대물림으로 자식에게 유산을 남겨 주고 싶다면 평범한 사람이다. 반면에 미련 없이 사회로 환원할 수 있는 사람은 높은 의식의 소유자라고 할 수 있다.

개미와 베짱이의 우화는 여러 가지를 시사한다. 미래를 위해 현재를 희생하고 근검절약하는 일은 미덕으로 평가되었고 허리띠를 졸라맸기 때문에 밝은 미래가 있었다. 고성장 시절의 부모님 세대가 분명히 그랬다. 개미가 훨씬 훌륭한 삶의 태도를 가졌고 베짱이는 미래를 준비하지 않아 어리석고, 노후 준비를 하지 못한 중장년은 베짱이에 비유된다.

요즘은 개미가 일만 하다 늙어 관절염에 걸려 우울하고 베짱이는 원 없이 삶을 즐겼으니 잘 산 모델이라는 말이 있다. YOLO(You Only Live Once)족이나 FIRE(Financial Independence, Retire Early) 족이 지향하는 바가 그렇다. 추운 겨울에 거지가 되어 개미집에 구걸하러 가지 않고 적어도 내 몸 하나 추스를 수 있을 정도가 되면 베짱이의

일기로만 남길 수 없는 말들

삶도 꽤 괜찮다. 대부분 우리네 인생살이가 슈퍼 개미처럼 살고 있다고 가정한다면, 평생 미래만 바라보고 현재를 즐기지 못한 인생이 아니겠는가. 죽을 때 반드시 후회할 것이다.

인생은 나만의 이야기다. 아침에 일어나서 밤에 잠들 때까지 태어남과 죽음의 축소판이 다람쥐 쳇바퀴처럼 반복된다. 하루하루 보람된 나만의 이야기가 쌓이면 그것이 곧 그 사람의 인생이다. 개미처럼 아니면 베짱이처럼 반복되는 일상에서 우리의 말과 행동은 대부분 의식하지 못한 채 선택한 결과가 아닌가. 소소한 작은 결과들이 거미줄이나 사다리처럼 연결되어 미래의 나로 이어진다. 즐겁고 행복할 오늘의 이야기가 궁색하다면 그 또한 어제의 내가 만든 것이다. 행복할 일과 취미를 찾아야 한다.

60

도로의 역사

내가 젊었을 때, 그 고속도로는 왕복 2차선이었다. 같은 방향의 차선이 하나밖에 없어, 앞 차가 속력을 내지 못할 때는 길게 늘어서서 따라가야 했다. 추월하기도 쉽지 않아 사실 고속도로라고 할 수도 없는데, 통행료를 내는 고속도로였다.

그 길에 나는 목숨을 걸었다. 어느 날도 차들이 시속 80킬로미터는커녕 명절 때처럼 길게 늘어서서 앞 차의 번호만 바라보며 따라가고 있었다. 운전에 지쳐 졸고 있었던 내 눈에는 1차선이 텅 비어 있었는데, 차들이 2차선으로만 줄을 서서 천천히 간다고 판단했다.

"왜 그러는 걸까?" 의아해하며 1차선으로 달리기 시작했다. 순간 차선이 하나밖에 없다는 사실을 잊은 것이었다. 조금 가다 보니 나를 향해 헤드라이트를 번쩍이며 차가 마주 오고 있는 것이 아닌가. 이게 무슨 일인가. 아뿔싸 반대편 차선을 1차선으로 착각했던 것이다.

이럴 수가! 황급히 방향 등을 켜고 원래 차선으로 돌아와 충돌을 면했다. 놀란 가슴이 얼마나 두근거렸는지 자살행위와 다름없었다. 고속도로지만 중앙분리대도 없던 시절, 졸다가 마침 차가 없던 반대편 차선을 1차선으로 여기고 유유히 운전했으니, 미친 사람 취급을 당하고 목숨을 부지한 것만을 다행으로 생각했다.

때때로 운이 없는 날엔 도로에 느닷없이 각목이 떨어져 있어 타이어가 파열되기도 했고, 앞차에서 떨어진 빈 정수기 물통이 차 밑에 걸린 채 달리기도 했다. 드르륵거리며 도로를 긁는 굉음에 몸서리치며, 제발 떨어져 나가라고 물통인지 누구에게인지 모른 채, 애원했다. 그 고속도로에서.

눈이 오는 날은 신심이 깊어졌다. 굽이굽이 터널을 지날 때 어깨에 힘을 주고 간절하게 기도했다. 내 목숨이 나의 능력 밖에 있음을 알기에 아직 할 일이 많으니 사고로 갈 수 없다고 간구했다. 그러나 눈길에서 사고가 나면 그럴 수도 있지 체념하고, 다시 또 길을 가야 했다. 내가 있어야 할 그곳으로.

차선을 확장하는 공사가 몇 년 만에 완공되었다. 지금과 같은 4차선이 되었다. 도로가 개통되던 날 흥분과 감격으로 동네방네 전화를 했다. 주변 사람들은 관심도 없는데, 4차선이 되어 꼬리를 따라가는 일을 면하게 되었다고 장황하게 설명했다. 아쉽게도 북받치는 감정이 타인에게 잘 전달되지 않아 서운했다. 편리하게 되면 곧 적응하는 게 인지상정인지 4차선이 되니 어떻게 2차선 시절을 견딜 수 있었는지 신기하기만 했다. 7년 후 산업도로가 개통되어 굳이 멀리 돌아가는 고속도로에 가지 않게 된 것은 큰 행운이었다. 산업도로 덕분에 내가 다녀야 하는 거리가 무려 20킬로미터 이상이 단축되었다.

나의 출퇴근길이 항상 지옥 같지는 않았다. 단풍 든 가을날 산등성이를 돌아 황금빛 들녘을 지날 때면 메마른 감성에도 시구절이 떠올랐다. 석양이 지는 고즈넉한 쓸쓸함과 앙상한 겨울나무, 마른 잎이 따스한 시어를 읊조리게도 했다. 미완성의 시어를 길 위에 쏟아 버리고 아침에는 일해야 할 직장으로, 저녁에는 내가 보듬어야 할 가족이 있는 집으로 액셀러레이터를 밟았다. 명절과 피서철이 되면 고속버스와 행락객으로 붐볐던 도로를 숙명처럼 오고 가며 선글라스와 평상복 차림의 인파를 부러워했다. 그들에게 휴식과 충전의 길이 내게는 일하는 길이었다.

도로는 고정돼 있는 듯 시나브로 발전했다. 먼지 날리던 꼬불꼬불한 시골길은 직선의 포장도로가 되었고 으레 정체되던 터널도 확장되었다. 한동안 길이 넓어져 통행이 원활하더니 어느새 교통량은 확장 전보다 폭발적으로 증가했다. 발전과 진보가 있으면 그에 상응하는 변화가 따랐고 그 시간이 오래 소요되지도 않았다. 그 변화무쌍한 길 위의 역사를 고스란히 몸으로 느끼며 체화했다.

내 나이 젊은 시절, 우직하게 반복되는 길에서 한숨 쉬며 이제는 과거가 된 고난의 체험을 고스란히 가슴에 묻었다. 끝없는 회색의 포장도로는 내게 사색하는 길이었고, 피하고 싶었지만 피할 수 없었던 인생의 고뇌를 극복하는 길이었다. 지치도록 운전해도 한없이 이어지던 그 길을 기억 속에서 더듬어 본다.

일기로만 남길 수 없는 말들

61

땜질과 목표

"여기 공항인데 여권을 안 가져왔어. 당신이 지금 당장 내 여권을 이리로 가지고 와 줘! 택배보다 당신이 더 빨라."

"내가 지금 가면 늦지 않아요?"

"눈이 와서 비행기가 좀 연착이라 지금 오면 시간이 될 것 같아."

그날 아침 남편은 4박 5일 여행 짐을 꾸려 출근했다. 남쪽에는 성미 급한 봄이 살금살금 훈김을 불고 있을 듯한데, 밤새 때아닌 폭설이 내린 날이었다. 대문 옆의 향나무 가지가 눈의 무게로 늘어져 대문의 반을 가리고, 20센티미터는 족히 될 무거운 눈이 온 세상을 하얀 담요처럼 덮고 있었다. 아침 운동을 나가려던 나는 우선 마당을 쓸고 차량이 뒤집어쓴 두꺼운 눈을 털었다.

친구들과 골프 여행을 간다던 남편은 며칠 분의 영양제까지 꼼꼼하게 챙겼으면서 정작 여권을 두고 떠났다. 이례적인 폭설이 그의 정상적인 판단력과 준비성에 영향을 주었음이 틀림없었다. 남편의 딱한 사정을 들은 나는 집에서 입고 있던 옷차림 그대로 여권을 챙겨 공항으로 달려갔다. 아직 눈발이 조금 날리긴 했으나 공항까지 거리는 75킬로미터, 남편의 다급한 목소리에 차가 막히면 어쩌나 걱정만 될 뿐 아무 생각이 없었다. 30분 간격으로 나의 위치를 확인하던 그에게 여권을 넘겨주고 안도하며 그대로 집으로 돌아왔다. 여권을 받아 든 남편은 미안한 표정이 역력했다. 이제 나의 역할은 주변 사람이 헤아리지 못한 일이나 그들을 위해 필요한 땜질을 메꾸는 일이 중요한 일이 되었다.

부부만 사는 집에서 남편이 여행을 가니 혼자 있는 시간을 더 뜻있게 보내야겠다는 생각이 들었다. 벤저민 하디의 〈퓨처 셀프〉를 보며 이틀 동안 책에 파묻혔다. 아무도 나를 귀찮게 할 사람이 없는 텅 빈 집은 나의 수행처다. 대체로 우리의 현재 모습은 지금까지 살아온 과거의 생각과 행동의 결과로 이루어졌다는 데 동의한다. 그러나 과거가 현재에 미치는 영향보다는 오히려 우리가 생각하는 미래의 내 모습과 나 자신에 관한 희망이 현재의 행동을 결정한다. 즉, 미래의 희망과 목표에 근거하여 그 목표를 이루기 위해 전념하며 오늘을 살아야 한다는 것이다.

희망과 목표에 부합되지 않는 행동을 배제함으로써 한 가지 목표에 전념하고 매진하여 실제로 예상한 목표보다 초과 달성할 수 있다. 미래 5년 후 또는 10년 후 나의 모습을 상상하고 계획함으로써 현재 삶을 통제할 수 있다는 것은 다가올 미래를 최면하는 효과와 같다. 이

일기로만 남길 수 없는 말들

와 비슷한 내용의 다른 책에서도 언급된 바 있지만, 우리가 어떤 생각을 한다는 것은 이미 우주가 그것을 마련하기 위해 애쓰고 있다는 증거라고 한다. 상상력과 생각이 떠오른다는 것은, 장차 그것을 이루게 되는 것과 다름없다고 했다. 그렇다면 미래에 대해 더 풍부하고 구체적인 상상이 필요하다. 내 속에서 욕심이 또다시 스멀스멀 올라오고 있었다.

두 번째 인생에 대한 청사진. 나는 은근히 10년 후 내 모습을 그려 봤다. 내 인생에서 남편이나 자녀들을 제외하고 오로지 나는 어떤 사람이 되어 있을까. 지금까지의 삶에서 그들이 중요했던 만큼 앞으로도 그럴까. 이제 그들은 모두 독립했다. 평생 같이 갈 남편만 빼고. "나이와 상관없이 건강만 따라준다면 사실 못 할 것이 무엇이랴?"라고 포부를 가져 보았다. 꿈을 이루는 1단계는 목표에 전념하고 덜 중요한 일에 빠져들지 않는 것인데, 나의 목표와 크게 상관성이 없는 덜 중요한 일들은 대부분 나를 둘러싼 인간 관계망에서 비롯된 일이다. 앞서 언급한 남편의 여권을 공항에 가져다주는 일, 그런 일이다.

"그 일은 당신의 일이니, 여행을 가든 말든 나를 괴롭히지 말아요!" 그렇게 말할 수 있을까? 아마 그러지 못할 것이다.

여행에서 돌아온 남편은 빨랫거리만 한 보따리 들고 돌아왔다. 친구끼리 잘 놀러 다니는 동반자와 그를 백업하는 아내의 역할, 그게 다는 아니라고 머리를 흔들었다. 10년 후 나는 기꺼이 주부의 자리를 지키고 있을 것이다. 하지만 그게 전부라면 분명 나는 만족하지 못할 것이다. 인생의 목표를 세속이 아닌 성인의 격으로 높이면 땜질은 눈에 보이는 일보다 더 의미 있는 일이다. 테레사 수녀의 헌신과 봉사처럼 인생을 사는 목표가 사랑하며 사는 것이라면, 타인을 위해 사랑을 실천하는 일이 더 보람 있다고 할 것이다. 고귀한 목표와 세속의 목표는 늘 갈등한다.

일단 체지방부터 줄이고 근육을 늘린 후 다시 힘차게 일어나야겠다. 10년은 고사하고 1년 목표라도 달성해 봐야지.

일기로만 남길 수 없는 말들

62

사물인터넷 시대 신 문맹

가전제품이 고장이 나면 긴장한다. 사물인터넷(Internet of Things)은 각종 사물에 센서와 통신 기능을 내장하여 인터넷에 연결하는 기술로 사물인터넷을 사용하는 사물의 개수는 2030년 전 세계적으로 170억 개가 연결될 것으로 전망됐다.

일상이 평화롭고 무탈하게 흘러가 하루하루 영위하는 삶의 고마움을 잠시 망각하게 되었을 때, 그동안 무던하게 말을 잘 듣던 가전제품이 하나둘 반항을 시작한다. 산속에 전기도 들지 않는 불편함을 감수하며 '자연인'으로 살고자 하는 사람에게는 문제 되지 않는 일이지만, 날마다 의존하고 있는 전자기기가 늘어나고 있는 요즘 사람들에게는 아주 귀찮은 징조이기도 하다.

보통 가전제품의 수명이 10년이라고 한다. 그런데 아직 쌩쌩하게 돌아가야 할 청소기나 세탁기 등이 느닷없이 파업을 일으키면 평범한 일상이 훼손된다. 세탁기가 돌아가지 않는 동안 세탁기 안에서 빨래는 썩지 않을까 염려되어 손빨래하려 하니 시간과 노동력이 한심하다. 과거에는 청소기도 없이 어떻게 빗자루질을 하고 살았을까. 청소기가 고쳐질 때까지 며칠 지저분해도 참는 내공을 쌓아야지 했다가, 그것을 참지 못하면 결국 과거의 방식으로 청소하고 빨래해야 한다. 가전제품 사후서비스를 받기 위해 전화하면 통화가 되기까지 장시간을 기다리거나 기껏 통화가 되면 원하는 날 오기가 어렵단다.

자동차의 경우는 한술 더 뜬다. 당장 꼼짝 못 하고, 오지도 가지도 못 하니 참아서 해결될 일이 아니다. 그래도 요즘은 자동차들이 컴퓨터처럼 스스로 탈 난 곳을 알려 주기도 하는데, 신통하게 타이어의 공기압이 비정상적으로 떨어졌으니 점검해 보라고 가르쳐 주기도 한다. 좀 좋은 길만 다녔어야 했는데 공사 현장 근처에서 못을 밟았나? 어디 못 떨어진 데가 공사 현장뿐인가. 공사와 관련 없는 사람도 얼마든지 길을 가다 뾰쪽한 걸 떨어뜨릴 수 있다. 긴급 출동 서비스를 요청하고 다시 운전을 시작하려면 최소한 30분은 길에서 어정쩡하게 기다리며 시간을 허비해 버린다. 기다리는 시간이 아까워 책이라도 볼까 하면 출동 서비스 전화가 오는 핸드폰으로 눈이 자꾸 간다.

핸드폰은 어떤가. 그것이야말로 요물 중의 요물이라 당장 눈에 안 보이면 급할 때 외우는 전화번호가 몇 개 되지 않은 것을 자책한다. 내가 아닌 기기에 의존하는 정도가 더 심해졌다. 더욱이 집 안의 가전제품이나 밖에 세워진 자동차를 핸드폰 하나로 조작하고 명령하는 체계는 새로이 익혀야 하는 신문물이며, 전자기기에 능숙하지 못한 나를

일기로만 남길 수 없는 말들

당황하게 한다. 핸드폰 조작 능력은 나이에 반비례해서 삶을 신속하게 편리하게 하지만, 그때마다 신기한 요물의 재주에 경탄하면서도 버겁다.

가전제품, 전자기기들로부터 자신 있게 독립한다는 것은 거의 불가능하다. 우리 삶과 뗄 수 없는 사물인터넷 시대에 이제 방법은 자동차든 핸드폰이든 집안에 모셔진 가전제품들이든 평소에 불편하시지는 않은지 만에 하나라도 섭섭하거나 서운해하지 않도록 마음을 쓸 일만 남았다. 센서와 통신 기능이 내장된 전자기기를 숭배해야 하는 시대, 그들 위에서 다스릴 줄 모르는 사람은 신 문맹이 된다.

63

실험실의 영계백숙

삼복이 되면 영계백숙을 먹는다. 삼계탕은 기운 빠진 여름의 보양식이다. 땀을 많이 흘리고 입맛도 없어 끼니가 부실하기 쉬운 복날, 수삼과 대추, 찹쌀을 넣어 푹 곤 삼계탕은 기력을 보충해 준다. 영계의 연한 살과 뚝배기에 담긴 뜨거운 국물을 마시며 용광로 같은 무더위를 이겨 내는 것이다. 에어컨이 없는 실험실에서 닭을 고아 군침을 흘리며 기다리던 더운 여름날은 젊은 날의 한 페이지였다. 어느 날, 누군가 실험실에서 특별한 요리를 해서 먹자고 제안했다.

고압증기멸균기에 준비한 찹쌀과 영계를 넣고 대규모 백숙을 했다. 미생물을 멸균하는 고온 고압 장치는 원통형의 용적이 꽤 컸다. 가만히 있어도 중복의 열기가 후덥지근한데 실험실은 난데없이 대학원생들의 삼계탕 식당이 된 것이다. 누군가는 닭을 사 오고 찹쌀을 씻어 불리고 멸균하던 동작으로 신중하게 백숙을 끓였다. 그 일의 주모자는 가장 연장자인 선배였고 행동대원은 학기가 낮은 후배였다.

점심시간이 임박해서 실험실과 연구실 등 건물의 3층 전체는 구수한 백숙 냄새가 진동했다. 멸균기에서 백숙이 익어 가며 압력을 이기지 못해 뿜어져 나온 증기가 압력밥솥 몇 개 분량은 족히 됨직했다. 힘차게 뿜어지는 증기에 닭고기가 익어 가는 냄새가 후각을 자극했고 유난히 점심시간이 기다려졌다. 밖으로 나가 따로 점심을 먹으려는 사람 하나 없이 모두가 별식을 기다리고 있었다.

그러나 12시가 되어도 요리는 완성되지 않았다. 다 익었을 것으로 생각하고 뚜껑을 열었으나 웬걸 고기는 익었는데 찹쌀이 덜 익었다. 닭죽이 푹 퍼지는 시간이 또 걸렸다. 한쪽에서는 일의 주모자에 대한 원성이 들리기 시작했다. 잔뜩 아침부터 기대하고 있던 3층 사람들은 1시가 넘어 드디어 실험실에서 만든 백숙의 맛을 보게 되었다. 며칠 전부터 준비한다고 수선을 떨고 음식을 기대한 데 비해 늦은 점심을 먹게 된 것이다.

백숙 자체는 여느 백숙과 다르지 않았고 맛도 있었다. 1980년대에는 실험실에서 음식을 만들어 먹을 수 있다는 사실이 즐거워 귀찮아하지 않고 대부분 이벤트를 즐거워했다. 별식을 생각하며 기꺼이 기다림도 즐겼다. 문제는 살림을 해 본 전문가가 아니다 보니 딸랑 백숙만 있고 다른 곁들이 반찬을 준비하지 못했다. 백숙을 담은 그릇도 묵직한 사기그릇이나 뚝배기가 아닌 멜라민으로 된 값싼 대접에 담아 내 공들여 만든 백숙은 금방 식어 버렸다. 그릇이 음식 맛을 살릴 수 없어 아마추어가 객기로 만든 음식 티가 났다. 음식만큼이나 상차림이 식욕에 영향을 준다는 이론은 알았지만, 실제 거기까지 세심하게 챙기지 못한 것이다.

고압증기멸균기를 실험이 아닌 요리에 써서 그 용도를 확장한 데 의의가 있었지만, 겨우 주메뉴만 있는 테이블은 부산을 떤 데 비해 초라하기 그지없었다. 하지만 그날의 영계백숙이 최고급의 성찬은 아니었어도 실험실에서 먹는 도시락이나 라면에 비할 바는 아니었다. 오래 기다린 보람이 있었다.

실험실에서 실험하기도 바쁜데 음식까지 해 먹느라고 땀을 뺀 것은 후일 기억할 추억을 만들려고 그랬었나. 여름이 되면 고압증기멸균기의 영계백숙이 익어 가며 증기를 뿜어내던 힘찬 소리와 후각을 자극하던 냄새가 어우러진, 푹푹 찌던 실험실이 생각난다. 실상 음식보다 거사를 일으키고 요리를 기다리던 시간이 더 흥미진진했었다.

중복 행사에 간접적으로 참여했던 교수님 중 두 분이 돌아가셨고 일의 주모자를 비롯한 그 시절 사람들은 이미 퇴직했다. 내가 졸업하고 나서 실험실 전체가 냉난방이 잘 되는 새 건물로 이사했다. 가장 어린 후배도 모두 다 흘러간 옛날 사람들이니 그 후의 사정은 알 수가 없다. 그 일을 행한 것도 처음이었지만, 그 후 단 한 번도 영계백숙을 직접 해 먹자는 제안은 없었다. 세련되고 현대적인 실험실에 어울리는 깔끔한 연구와 깍듯한 인간관계가 있지 않았을까.

일기로만 남길 수 없는 말들

64

거미야 애쓰지 마라

거미는 쉬지 않고 그물을 친다. 동틀 때 거미줄을 걷어냈는데 저녁 무렵 돌아오는 길에 또다시 줄이 쳐져 있다. 그들도 지켜야 할 영역이 있는 것일까. 아니면 할당량이라도 있나.

거미야. 가느다란 4쌍의 다리로 아침부터 저녁까지 무에 그리 바쁘더냐. 꽁지 빠지게 줄을 뽑고 뽑아 그물 쳐 놓고 침묵으로 때를 기다리는 너는 손자병법을 아는 장수와 같구나. 뛰어난 지략가인가. 음흉하기로 말하면 너를 따를 게 없지. 파리, 모기 치워 주는 거미야. 해충을 없애 고맙다는 인사도 없이 징그럽다고 빗자루 세례에 밤새 힘겹게 조성한 너의 그물이 맥없이 떨어진다. 앙심도 품지 않고 너는 부지런도 하지. 고픈 배를 움켜쥐고 다시 그물을 짠다. 그 그물은 네 몸의 단백질을 쏟아 내는 것, 엉성한 듯 촘촘한 그물이 네 삶의 터전이니 눈뜨면 그물 짜기에 여념이 없다. 그 변치 않는 성실함은 게으른 사람을 가르치고, 거미줄에도 샐러리맨의 반복되는 일상이 있구나.

나는 알지. 네가 독해 보여도 약점이 많다는 것을. 8개나 있는 눈은 침침해. 하나라도 뚜렷하면 좋으련만. 오직 네 몸에서 풀어낸 끊어질 듯 투명한 줄에 의지해 살아가는구나. 누군가 흔들어 주기만 하면 너의 가녀린 발에 즐거운 진동이 전해진다. 가느다란 줄에 전달되는 미세한 흔들림, 오호라! 속으로는 환호하지만, 놈이 발 버둥대 끈끈이에 옴짝달싹 못 할 때까지 인내한다. 지친 먹이가 체념할 때를 놓치지 않고 그물로 칭칭 감아 묶어 놓는다. 가족을 위해, 혹은 자신을 위해 저축하는 모습이 여느 가장 못지않게 미덥기도 하다. 너는 그물 치기의 명수고 그 그물을 투망해서 창의적으로 먹이를 잡기도 한다. 그럴 때는 포환던지기 선수지. 사실 외골격도 부실하고 씹어 먹을 이도 시원찮은 너는 엉성한 뼈에 치아 부실한 노인을 닮았다. 씹지도 못하는 너는 놈을 독침으로 혼절시켜 겨우 녹여 먹으며 허기를 때운다. 열심히 그물을 친 대가로 또 하루를 견뎌 낸다.

거미 부부의 자식 사랑은 인간애를 초월하기도 한다. 암컷이 교미 후 수컷을 잡아먹는 상종 못 할 족속이라지만, 그건 자식을 위해 양분을 주고픈 수컷의 간절한 부성애지. 살신성인(殺身成仁)의 극치라고. 기어이 자식을 남기고 죽어 종족을 보존하는 암컷의 본능은 수컷과 마찬가지야. 오죽하면 자식 낳고 껍데기만 남아 바람에 날아가니, 인간의 자식 사랑보다 한 수 위지. 흉물스러운 외모 안에 지고지순한 온정이 피어난다. 자식 낳아 유전자를 남기려는 일념은 모든 생명체의 공통이지만 거미만큼 처절하지는 않다.

일기로만 남길 수 없는 말들

너는 흉측하지만, 익충이 틀림없어. 그건 지네도 마찬가지야. 늘 좋은 일을 해도 미움을 받아. 우주에서 보면 특히 인간에게 득인데 인간은 다리가 없어도, 다리가 많아도 혐오하거든. 거미줄에 파리, 모기가 잡혀 들고, 줄을 치지 않는 너의 친척 거미들은 또 얼마나 빠른지. 8개의 다리로 쏜살같이 그 날쌘 바퀴벌레를 잡는구나. 누가 봐도 너희 종족의 공덕을 칭송해야 할진대, 억울하기도 하겠다. 필요한 일을 해도 사랑으로 인정받지 못하니 독하게 태어난 외모는 너의 탓이 아니다. 흉물스러워 기피하니 점점 어둠침침한 그늘로 스며든다. 그럴 때는 애완용 타란툴라 정도 되든가, 저 위 조상님 전갈처럼 무시무시한 힘이라도 갖지 못한 게 한스럽겠지.

거미야 애쓰지 마라. 나는 오늘도 아침이슬 영롱한 너의 창의적인 작품을 뭉갠다. 웅장한 거미줄은 일거에 무위로 돌아간다. 아등바등 줄을 타고 살아남기 위해 애쓰고 있을 너에게 연민의 정이 없는 것은 아니나 네가 익충이라도 마찬가지야. 잘 지어놓은 한 해 농사에 태풍이 몰아치면 설익은 작물이 우수수 떨어지듯 사람도 자연 앞에서는 너와 다를 것 없지.

이왕지사 태어날 것 사랑받는 족속이면 좋으련만, 음침하게 태어나 흉악하게 살다 가는 삶은 무슨 앙갚음인가. 그래도 사는 데까지는 살아야 해. 살아 있는 모든 것은 생성과 소멸을 반복하는 것, 그것만이 세상 만물의 이치라. 우주에 필요 없는 존재는 없으니 알고 보면 가련한 거미야 독하게 애쓰지 마라. 네 형상이 더 독해질까 봐 겁난다.

65

아버지의 유전자

활력이 넘치고 살아 있는 기쁨이 충만하다. 이로써 건강을 입증했으니 아버지는 내 안에 살아 있다. 먼 옛날 아버지의 조상으로부터 나의 자녀에 이르기까지 작은 키, 내성적인 성향, 외모와 성격에 복제품 아닌 복제품이 되어 살아감에 이 몸이 움직이며 살아 있는 동안 아버지의 유전자도 내 몸에서 생동한다. 사지 육신을 자유자재로 움직이며 배움의 의욕까지 무장해 더 무엇을 바랄까. 누워 있는 불수의 환자를 생각하면 이만하면 갖출 것은 다 가진 완벽한 육신이다.

아버지의 임종을 지키던 마지막 병상에서 당신의 희미한 눈동자는 자식들의 일거수일투족을 따라 옅은 미동만 보일 뿐이었다. 하고 싶은 말 모두 삼키고 육신을 버리고 영혼이 둥둥 떠 울고 있는 처자식을 일별한 아버지의 영혼은 지금쯤 아주 먼 곳에 가셨을까. 가벼움조차 없는 홀연 연기되어 천 리 길 고향 먼저 가셨을까. 스무 살에 떠난 고향. 육신 벗고 영혼으로 돌아가니 아버지의 아버지가 아들을 맞이하셨을까. 열아홉에 낳은 아들 오매불망 기다리던 모친과 해후를 맞이했을까.

자식들은 이제 아버지를 잊고 살아간다. 한때 가장으로서 일가를 이끌었던 무게와 책임을 내려놓으신 아버지는 이 땅에 심어진 한 점의 씨앗이었다. 평생 동떨어져 그리워한 북에 두고 온 홀어머니와 동생들은 이어지지 않는 또 다른 산재한 점이었다. 그 아버지가 어머니를 통한 유전자의 복제와 증식으로 자식들을 남기고, 점과 점은 부모와 자식이라는 선분이 되어 그 자식의 자식들이 아버지를 중심으로 일가를 형성했다. 외로운 한 점 약관의 청년으로부터 십여 명의 자손이 번성했으나 이제 당신은 그저 사진 몇 장으로 남아 웃음 지으신다. 유전자를 내려 준 자손들이 행복하기를 바라시겠지.

수많은 조상을 닮은 후손들은 매일 새로운 날을 시작한다. 그의 아버지 세대에 더해진 해야 할 사명을 위해 시대라는 열차에 올라타 지나는 풍광에 경탄하고 취해가며 열차와 한 몸이 되었다. 기적소리가 비명을 지르는 듯한데 터널과 협곡을 지나 망망대해 건너 외로운 섬을 향하는지, 그 끝이 어디인지 모른 채 이제 어디를 향하냐고 묻는다. 과연 그 끝은 어디일까. 세대를 거쳐 발전한 영민해진 조상의 유전자는 과연 자손만대로 이어질까.

세상 사람이 이루려 했던 그 모든 과업 중에서 가장 평범했던 일, 위대한 것은 오히려 평범하다. 자식으로 태어나 부모가 되는 일은 위대하다. 이제 그 일이 일상다반사가 아닌 비범한 일이 된 시대, 남과 인생을 공유하는 결혼이 더 어렵고 아이를 낳는 일은 자연스러운 기쁨이기보다 성가시고 번거로운 과업이 되었다. 다음 세대는 더 이상 자식을 통한 유전자의 발전이 필요치 않은 마지막 세대인지도 모르겠다.

아버지가 떠나신 지 수년이 지났다. 초겨울답지 않게 따사로운 햇살 가득한 날, 아버지의 귓가에 속삭였다. 꼭 다시 오시라고 나의 손자로 태어나시라고 했다. 그 일을 어찌 알 수 있으려나. 아무도 알 수 없는 일을 이별이 너무 슬퍼 꼭 다시 만나자고 했다. 생명과학이 신의 영역을 넘보는 시대에 영혼은 어디에 머물다 오시려나. 한 줌 흙으로 돌아간 아버지의 유전자는 내 안에 생동하고 그 어딘가 깊은 영면으로 안식하고 있을 당신의 영혼이 그리워 언젠가 다시 내 곁에 돌아오실 날을 기약해 본다.

일기로만 남길 수 없는 말들

66

감기

환절기에 콧물이 나기 시작하더니 두통이 생겼다. 평소에 준비해 둔 알레르기 비염약을 복용하고 호전되기를 기다렸다. 알레르기라는 것은 고질적이라는 말과 같음을 일찍이 알았기에 상비약 목록에 준비해 두었다. 감기에 걸리면 수분을 많이 보충해야 한다는 충고가 생각나서 열심히 차를 마시고 물을 마셨다. 물 마신 효과가 있는지 하루가 지나 얼굴에 부종이 생기고 체중이 다소 늘었지만, 상태는 좀 나아진 것 같았다. 나이 들면 병원 가까이 살아야 한다는데, 실상 가까이 있는 병원에 가본 지 오래됐다. 그렇다고 아프지도 않은데 병원에 갈 수는 없다.

오래전에 감기와 관련하여 잊지 못할 사건이 있었다. 벽지를 뜯고 도배를 새로 하고 대대적인 집수리를 하던 때였는데, 한여름인데도 기침이 끊이질 않았다. 오뉴월에는 개도 감기에 걸리지 않는다는데,

할 수 없이 나는 병원을 찾았다. 처음에는 기침약을 처방받아 열심히 복용하고 사나흘이 지났는데도 차도가 없었다. 그래서 예의 내과 병원을 다시 찾았더니 이번에는 기관지염에 듣는다는 약을 처방해 주었다. 그때도 열심히 약을 먹었으나 역시 차도가 없는 것이 아닌가. 만약 1960년대였다면 폐결핵이라 생각하고 불치병이라고 걱정했을지도 모를 일이었다. 기침을 얼마나 심하게 했던지, 조용한 장소에서 계속 기침 소리를 내야 했던 상황이 곤혹스러웠다.

세 번째 병원을 찾았을 때 의사는 알레르기성 기침약을 처방해 주었다. 기침은 나을 때가 되었는지 아니면 알레르기성 기침이 적중했는지 세 번째 약을 먹고는 씻은 듯이 기침이 나았다. 운이 좋아서 처음에 그 약을 처방받았다면 긴 시간 고통받지 않았을 텐데, 하는 아쉬움이 남았다. 단 몇 분의 상담으로 기침 환자의 원인을 족집게 도사처럼 알아내기를 바라지는 않았지만, 거의 3주 동안 기침으로 시달린 생각을 하니 끔찍하다. 아마 집수리를 한다고 낡은 벽지를 뜯으니 내부에 있던 무시무시한 곰팡이와 먼지가 원인이었을 것이라고 짐작하는데, 그 후로 종종 겨울에 찾아오는 비염도 알레르기약이 특효임을 알게 되었다.

아이들이 어릴 때는 그래도 자주 갔던 병원인데, 코로나 백신 접종을 위해 그 내과 병원을 수년 만에 다시 찾았다. 그동안 이렇다 할 감기에 걸린 적이 없었으니 병원 나들이가 없었고 오랜만에 다시 그 의사를 만나니 반가웠다. 지금도 나는 옛날에 그가 오진했다고 생각하지는 않는다. 그 정도 이해심은 생긴 나이가 되었기 때문이다.

일기로만 남길 수 없는 말들

67

등산로의 노점상

누군지도 모르는 노점상이 그립다. 노점상이란 길거리에 허가받지 않고 장사하는 사람들, 이를테면 길을 걷는 사람들의 도로를 불법으로 점유한 장사꾼들을 말한다. 내가 지금 기억하는 노점상은 길가가 아닌 등산로 입구에 자리 잡았던 그 사람이다.

칡즙을 팔았던 60대 중반의 아주머니는 줄곧 칡즙 아주머니로 불리며 산 중턱 마을의 이정표가 되었다. 그래서 누군가 사는 동네가 어디냐고 물으면 "아, 그 등산로 입구에 칡즙 파는 거기 그 동네요." 했었다. 그 아주머니가 어느 날 등산로 입구에 조그만 돌을 모아 작은 거점을 만든 것은 십수 년 전이었다. 얼마 지나더니 제법 아늑한 돌담을 둘러쳐 산을 오르거나 내려오는 사람들을 상대로 칡즙을 팔았다. 장사를 하려니 지나치는 모든 사람에게 상냥한 인사를 했음은 물론이다.

봄, 여름, 가을, 겨울 수년을 그 자리에서 칡즙을 팔았지만, 나는 무심코 지나치기만 했을 뿐 한 번도 관심을 두지 않았다. 그것은 조용한 등산로에 노점이 생기는 것을 바라지 않았기 때문이기도 했다. 세월이 더 지나면 언젠가는 그곳이 천막이나 텐트가 되고 또 시간이 지나면 명실공히 가계가 되지 않을까 우려도 했다. 무릇 무허가 노점상도 언젠가는 권리를 갖게 될 것으로 생각한 것이다.

칡즙 아주머니가 그 자리에서 외롭게 장사했던 시절은 아마 15~16년은 되는 것 같다. 한 자리에서 홀로 변함이 없었다. 내가 처음 대화를 나눴던 것은 몇 년 전 딱 한 번이 있었다. 그날은 우리 집의 개가 가출을 하여 찾으러 다닌 날이었다. "혹시 큰 개를 보지 못하셨나요?" 하고 다급해진 나는 평소의 냉랭함과는 달리 절박한 심정을 드러내고 물었다. 좀 친하게 알고 지냈으면 이럴 때 우리 개가 지나가는 것을 신경 써서 봐 주었을 텐데 하고 후회도 했었다. 칡즙 아주머니는 반려견을 잃고 이리저리 찾아 헤매는 나의 사정을 파악하고는 무척이나 염려되는 표정으로 걱정했다. 그 목소리에 칡즙을 팔기 위한 가식은 없는 따뜻함과 교양미가 느껴졌다.

그날 아무 일도 없었다는 듯 볼 일을 마친 개는 저녁 무렵 집으로 스스로 돌아왔고, 십여 년 동안 등산을 하면서도 지나치던 칡즙 아주머니와 나는 처음으로 말을 한 것이었다. 그 일을 계기로 간단한 인사를 나누게 되었고, 왜 그 자리에서 하루 종일 칡즙을 팔게 되었을까 궁금하기도 했지만 그렇다고 사생활을 물을 처지는 아니라 그럭저럭 몇 달이 또 지났다. 어느 날 칡즙 아주머니가 그 자리에 더는 오지 않았을 때, 처음에는 그러다 또 오겠지 했으나 그것이 끝이었다. 그곳이

일기로만 남길 수 없는 말들

가게 터도 아니니 어느 날 오지 않아도 이상할 일이 아니었다. 15~16
년을 등산로 입구에서, "안녕하세요?" 하던 그 아주머니는 그 후로 정
말 오지 않았다.

　왜 안 오는 걸까. 그리고 왜 궁금한 것일까. 등산로의 노점상을 반기
지 않았던 내가 알게 모르게 정이 들어 버리니 이제 그곳에 사람은 없
고 나지막한 돌담은 무너져 이리저리 흩어져 있다. 십수 년 동안 그 자
리에 각인된 모습은 긴 대화를 나눈 적이 없어도 가끔 생각나게 한다.

68

설익은 행복론

　인간의 궁극적인 목적은 행복이라 했다. 아리스토텔레스의 방대한 행복 이론과 "살아 있는 모든 것은 행복하라!"던 법정 스님은 산골 암자에서도 행복했다. 나는 설익은 나의 행복론을 감히 긁적인다.

　타고난 환경과 무관하게 인생의 목적이 행복이라면 행복의 성취는 똑같은 조건을 긍정으로 받아들이고 해석할 수 있는 능력에 기인한다고 본다. 목마른 사람이 간신히 목을 축이는 반 잔의 물에 기뻐할 수 있는 것은 그가 콸콸 쏟아지는 폭포수를 기대하지 않았기에 가능하다. 기준의 설정과 기대치에 대한 만족은 우리의 살아가는 모든 일상사에 통용되곤 한다.

　행복의 가장 큰 걸림돌은 타인과의 비교와 과도한 욕심이다. 세상에 똑같은 사람이 없음에도 상대적인 빈곤감이나 박탈감이 우리를 불행하게 한다. 더 높은 사회, 경제 계층을 향하는 이상과 현실의 괴리는

　　　　　　　　일기로만 남길 수 없는 말들

우울감을 준다. 행복하고 싶다면 제일 먼저 분에 넘치는 욕심을 버리고 타인과 나를 비교하지 않아야 한다. 땅의 두께만큼 두껍고 무거운 욕심으로 현재의 행복을 저당 잡히고 있지 않은가 생각해 볼 일이다.

행복은 시대에 따라 변한다. 우리 부모님 세대 미래지향적인 고진감래(苦盡甘來)의 삶이 시대를 풍미했고 허리가 휘게 희생하여 근·현대화의 역군이 되셨다. 일개미처럼 살아온 세대의 행복은 희생과 같은 의미였다. 오늘날의 행복은 당연한 희생을 거부한다. 이미 살아온 어제와 아직 오지 않은 내일, 지금 오늘을 살고 있는데 안타깝게도 현재 행복하지 못하면 미래도 행복하기 어렵다.

행복에 이르는 길은 요란하지 않아 마음의 평정심을 유지하고 일상을 이어 간다면 행복한 날이다. 평정심을 잃고 불안과 초조 속에 있다면 그가 가진 모든 영화의 빛이 바랜다. 뚜렷한 업적이 없어도 무탈한 날을 보내며 무료하다고 느낀 그날이 행복한 날이었다는 것을 불행이나 난제에 직면했을 때 알게 된다. 행복이 색이 있다면 그 색깔은 밋밋하고 그 맛은 없는 듯 은은한 무미이다. 행복은 수묵화처럼 여백을 즐기는 그림이다.

건강, 혹은 경제적인 문제나 인간관계 등 살아가는 어려운 일이 생겼을 때 골머리를 앓고 다시 평정심을 찾기까지는 힘든 시간이 걸린다. 그 시간이 내면을 성장시키지만, 기꺼이 불행을 불러들이고 싶은 사람은 없다. 하고 싶지 않지만, 겪어야 하는 불행의 경험은 필연적으로 거쳐야 할 대자연의 섭리로 받아들인다. 우주 삼라만상의 일이 그렇게 정해졌으니 감히 피할 수 없음을 순리로 헤아려 본다. 피하지 못했거나 피할 수 없는 이별과 불행의 기억을 잊고 이 또한 거쳐 가야 할 인생의 과제라고 여긴다.

통쾌하게 활짝 웃어 보자. 역전(歷戰)의 용사여 그 누가 나의 행복을 막을까. 행복과 행운이 이미 내 곁에 와 있으니 살아 있는 기쁨을 가슴 벅차게 느껴봐야지. 그대도 행복한가요? 이미 집착과 욕심을 버렸군요. 그럴 줄 알았어요.

69

걷기

많이 걷는 노인들은 각종 질병의 위험으로부터 보호된다고 한다. 많이 걸으면 걸을수록 건강 상태가 호전되고 노화가 천천히 된다는 것이다. 날이 추우면 추워서, 날이 더우면 더워서 걷기가 힘들고 걷기 가 좋은 계절은 봄, 여름, 가을, 겨울 중 얼마 되지 않지만, 날씨와 상관 없이 비가 오나 눈이 오나 정해진 산책 코스를 우직하게 걸을 수 있 는 사람은 건강으로 보상받게 된다.

내가 걷고 싶은 길은 어떤 길일까 상상해 본다. 나는 언제나 인적 이 드문 조용한 길을 걷고 싶었다. 무수히 많은 인파가 오가는 지하철 인근이나 시장 주변은 모두 저마다의 바쁜 일상을 이어 가는 사람들 의 활력이 넘치고 사람 사는 인정이 있지만, 삶의 피곤한 흔적도 그대 로 드러나는 곳이기 때문이다. 나는 사람 많은 거리를 피해 깨끗하게 단장된 인파가 적은 길을 걷고 싶다. 가볍고 간단한 옷차림으로 햇살이 가득한 관광지를 천천히 배회하는 것도 나쁘지 않지만, 그 역시 사람이 많으면 관광이 아니고 사람 구경이 된다.

안국동에서 청와대 삼청동으로 이어지는 그 길이 참 좋았었다. 그 길은 무거운 책가방을 들고 청운의 꿈을 꾸며 걷던 길이다. 등하교 짧은 시간을 제외하고는 항상 한적하고 깨끗해서 걷기 좋았다. 내 생각에 그때는 상가가 없어서 그랬던 것 같다. 언제 그렇게 많은 한옥이 카페로 개조되었는지 몰라보게 변했지만, 교복을 입고 단정하게 걷던 꿈 많은 시절 그 길을 걸었다. 느린 걸음으로 경복궁 민속 박물관을 둘러보면 정겨운 옛날 물건이 "한때 당신들 곁에 있었소." 하고 반겨 준다.

연인들이 손에 손을 잡고 걷는 길은 인파와 관계없이 정겹다. 연인들의 길은 그들만의 길이기 때문이다. 젊은 시절에는 눈보라가 치는 날도 추운 줄을 모르고 끝없이 이어지는 아득한 길을 가슴 설레며 걸었다. 밤에 벚꽃이 핀 봄날은 얼마나 걷기가 좋았던가. 검은 하늘에 벚꽃의 화려한 야광이 빛나는 봄밤은 누구나 한 번 경험해 봄직한 낭만이 있다. 등산로에 쌓인 낙엽을 바스락거리며 걷는 것도 좋고, 한겨울 잎을 떨구어 낸 마른 나무의 의연한 자태를 보며 시련에도 꿋꿋하게 걷자고 하던 연인은 손을 꼭 잡았다.

기억조차 아물거리는 어린 시절의 좁고 옹색했던 동네 골목길도 다시 걷고 싶다. 그 시절로 돌아가서 1960년대 퇴근길의 젊은 아버지를 마중 나가고 싶다. 동네 아주머니들이 모여 이 이야기 저 이야기 살아가는 정담을 나누던 길가, 그 좁은 길에서 나는 고무줄놀이와 공놀이도 했다. 길 가던 행인은 옆으로 비켜서 걷다가도 제멋대로 튀는 공을 맞기도 했다. 담장 위에 나팔꽃을 갖고 싶어 보기만 해도 좋을 나팔꽃을 굳이 꺾어 손에 쥐고 시들게 했던 동심은 이렇다 할 놀이터가 없어도 그 좁은 길이 놀이터였다.

요즘 내가 걷는 동네 천변에는 산책하는 사람들이 많다. 무작정 무심하게 걷는 사람도 있고, 그 시간에도 바쁜 사무를 전화로 해결하며 걷는 사람도 많다. 나는 잘생긴 반려견의 목줄을 꽉 잡고 서로 의지하며 걷는다. 그가 천변의 물오리를 사냥하러 가는 것을 막으려면 힘이 필요하다.

살면서 때로는 가슴을 활짝 펴고 한껏 숨을 쉬며 걷는 길, 이별의 슬픔을 가슴에 묻으며 걷는 길, 그 모든 길이 내 앞에 열려 나는 그 길을 걸어왔고 또 걸어간다. 이 길을 다 걷고 나면 새로운 길이 나올까 궁금해 하며 걷고 걷다 보면 그 너머에는 다른 길이 또 나온다. 막다른 골목인 줄 알았던 그 길에서 다시 새로운 길이 길게 이어진다. 나는 걷는다. 운동을 위해서 걷고 내 삶이 끝날 때까지 우직하게 묵묵히 걷는다.

70

머리빗이 왜 거기에

남성용 머리빗이 화사한 햇살 아래 놓여 있었다. 본디 머리빗이란 화장대나 혹은 화장실 거울 앞에 놓여 있어야 하는데, 난데없이 왜 야외에 놓여 있는 것일까? 우리 집에 누가 와서 머리를 빗고 거기에 두고 갔나? 이상한 일이었다. 궁금증을 참을 수 없었던 나는 현관으로 나가 햇살 아래 빛을 받고 있던 그 물건을 확인하러 갔다. 가까이 다가가 눈으로 확인하는 순간 등골이 오싹하며, "으악!" 탄성을 자아냈던 그 물건은 머리빗이 아니었다. 거대한 지네였다. 수많은 다리가 가지런하게 놓여 있는 모습이 먼 데서 보니 머리빗을 방불케 한 것이다. 대체 얼마나 오랜 세월을 살았으면 저렇게 커진 것일까. 언젠가 사람보다 큰 대왕오징어를 잡았다는 뉴스를 접해 본 적은 있지만 머리빗 크기의 지네는 내 생애 처음 보았다.

이야기는 며칠 전으로 거슬러 올라간다. 한밤중에 잠귀가 밝은 남편은 뭔가 알 수 없는 규칙적인 소리를 듣고 주변을 탐색했다. 주의 깊게 살피던 중 원시시대에 있었을 법한 거대한 지네를 발견했다. 놀라워할 겨를도 없이 배드민턴 모양으로 생긴 전기충격 장치를 찾아 황급히 돌아온 순간 그 흉물은 날쌘 동작으로 사라져 버렸다. 그 크기도 놀랍지만 마라톤 선수처럼 수많은 다리를 잽싸게 움직여 도망간 그 물건이 계속 집안 어딘가에 있다는 것은 무척이나 께름칙한 일이었다.

그로부터 또 시간이 지났고, 지네를 잡기 위해 남편이 야간 잠복근무를 한 것은 아니었다. 우연히 새벽녘 잠이 깨어 있었던 남편은 그 흉물의 익숙한 발걸음 소리를 또 듣게 되었다. 이번에는 위치를 확인한 후, 전광석화와도 같은 빠른 동작으로 전기충격을 가해 지네를 기절시키는 데 성공했다. 그러나 일단 벌레를 잡긴 잡았으나, 볼수록 엄청난 크기의 지네를 그냥 버릴 수 없었다. 그것은 벌레잡이로 치면 결코 무시할 수 없는 큰 성과였기 때문이다. 민간요법에서는 지네를 말려 한약재로 쓴다고 했지만 그러한 용도를 생각한 것은 아니었다. 한사코 자는 나를 깨워 성과를 과시하고자 했으나 끔찍한 벌레를 확인하기 위해 단잠을 깰 수 없었던 나는 수확물을 확인하지 않았다.

새벽의 그 사건을 잊고 있었는데 남편은 지네를 전시해 놓았고, 나는 그것을 머리빗으로 착각했다. 끔찍한 크기의 지네를 치우지도 못하고 방치한 며칠 후, 지네는 온데간데없이 사라졌다. 아무도 치운 사람은 없었다. 미루어 짐작할 뿐인데, 한 가지 가정은 지네가 전기충격에서 깨어나 도망갔을 것이라는 설과, 또 하나는 새들이 맛있게 쪼아 먹었을 것이라는 설이다. 어디다 비중을 두어야 할지 알 수는 없지만, 그렇게 대왕 지네는 흔적 없이 자취를 감추었다.

일기로만 남길 수 없는 말들

71

곰팡이 전쟁

검은 점 하나는 곰팡이 무리의 시작이었다. 타일 줄눈 위에 작은 검은 점이 생겼다. 엄지손톱으로 힘주어 밀면 지워지는 아주 하찮은 존재다. 우리 주변에는 하찮음에도 무시하지 못할 것들이 의외로 많다. 먼지도 그렇고 날아다니는 개털도 그렇다. 며칠째 장마가 진행되니 온 집안에 눅눅한 습기가 느껴지고 물기가 많은 곳은 그들이 번식하고 있다. 화장실에는 여지없이 곰팡이가 창궐한다.

이른바 곰팡이 필 무렵이 된 것이다. 푸른색, 붉은색, 노란색, 검은색, 다양한 곰팡이들이 인류가 진화한 것과 마찬가지로 그들도 진화를 거듭해 왔다. 누군가는 사람의 몸으로 들어가 숨기도 하고, 누군가는 음식으로 들어가 부패를 일으키거나 때에 따라서는 발효식품을 만들어주기도 한다. 조상들이 이 하찮은 존재를 우리 삶에 이바지하도록 만든 것은 곰팡이와 식품 성분의 천재적인 공생이었다. 된장, 고추

장, 김치 등 전통 식품을 만들 때 그들의 덕을 톡톡히 보았고 어디 먹는 것뿐이랴. 2차 세계대전 때 푸른곰팡이에서 항생제 페니실린을 개발하여 수많은 인명을 구조했고, 의약품 개발 역사에 한 획을 긋는 공을 세웠다. 이쯤 되면 그들을 나쁘다고만 몰아칠 수도 없다. 그러나 곰팡이 무리는 불쾌한 일을 더 많이 한다.

처음 작고 미미하다고 하여 절대로 이들을 방관해서는 안 된다. 이들은 방치하면 어디든 가리지 않고 무리 짓는 끈질긴 습성이 있다, 음식에도 옷에도 집안에도 후미진 곳은 어디든 "내가 있노라." 하며 인간의 게으름을 경계하도록 훈시한다. 작은 틈새에 잡초가 자라듯 어느 틈에도 에누리 없이 생겨나는 그들의 생명력을 누가 이길 수 있으랴. 가히 본받을 만하다. 저 무리가 힘을 합쳐 강력한 집단이 되면 웬만한 세제에도 꿈쩍을 하지 않는다. 그때는 수세미로 박박 문질러도 시큰둥하고 더 강력한 세제를 사용해야 한다.

곰팡이를 제거하기 위해서 사람 또한 화공약품의 냄새를 참으며 화생방전을 치러야 한다. 곰팡이와의 전쟁이 시작되면 창문을 열어 환기하고, 악의 무리를 소탕한 것이 성공적이었는지 확인해야 한다. 만약 이때도 실패했다면 이제는 시간과의 싸움이다. 독한 세제가 몇 시간 젖어들게 하여 곰팡이들을 사멸시키는 것이다. 이제 장마철이 되면 그들의 때가 오고, 악의 무리들이 총궐기할 태세다. 천군만마를 이끌고 깃발을 세운 그들의 날카로운 기세가 만만찮다. 그들과 맞서 싸울 준비가 되었는가. 나른하게 기대앉아 휴식하던 주부는 벌떡 일어나 고무장갑으로 무장하여 전열을 수습하고 코를 찌르는 가스전을 준비해야 한다.

일기로만 남길 수 없는 말들

72

시인의 생각

살면서 얼마나 많은 생각을 할까. 아무리 단순하게 사는 사람이라 해도 먹고 자고 기본적인 동물적인 욕구를 해소하는 일만 하고 살지는 않는다. 시인의 생각에는 아름다운 시어가 넘쳐나고 세속인은 세속적인 생각이 넘친다. 은행의 통장처럼 사람들에게는 각자 생각의 은행이 있다. 현찰이 두둑하거나 갚아야 할 대출이 있는 것처럼.

내가 어떻게 살아갈 것인가. 인생의 보람은 무엇인가, 인생에서 지켜야 할 가장 소중한 것은 무엇인가에 대한 답을 찾으려는 생각뿐 아니라 좀 세속적이며 현실적인 문제로 넘어가면 얼마를 벌어야 한다든지, 무슨 일을 하면 노후를 안전하게 보장해 줄 것이라든지, 아니면 내 주변 사람들에 관한 생각, 그릇이 크면 인류 평화나 환경 문제 그 외에도 생각할 일은 많다. 다만 골똘하게 파고들지 않을 뿐이다. 살아 있으니 해야 할 일을 하며 사는 것과 마찬가지로 사고의 범위와 깊이도 그날그날의 환경에 따라 떠오르고 사라지곤 한다.

그 많은 생각 중에는 연상하는 것만으로도 기분이 들뜨 행복해지는 것이 있는가 하면 갑자기 밑바닥으로 가라앉게 되는 서글픔이나 비애도 있다. 나를 행복하게 하는 생각은 내가 이루었던 일, 성공했다고 생각한 일, 기쁜 기억, 아직 일어나지 않은 즐거운 계획, 앞날의 희망까지 여럿이 있는 것처럼 슬픔도 끝이 없다. 나는 굳이 그것을 열거하지 않기로 한다. 실체가 모호하면서도 무겁고 어두운 그림자가 나를 누르는 것 같은 두려움이 느껴진다. 그러나 굳이 되돌릴 수 없는 아픈 기억이나 인간의 근원적인 한계를 생각하며 오늘 하루를 우울하게 보내지 않겠다.

행복과 불행 혹은 슬픔은 씨줄과 날줄같이 인생을 엮어 간다고 중학교 시절에 읽은 것 같다. 누구나 금수저를 꿈꾸고 마냥 기쁘고 행복하기만 한 인생을 탐하지만, 실제 그런 인생도 없을뿐더러 그렇게 산 사람이 있다면 인생을 다 겪어봤다고 할 수 없을 것이다. 즉, 슬픔이나 비애도 거부할 수 없는 인생의 한 부분이며 그것을 통해서 영혼을 정화한다. 영화를 보거나 독서할 때 비극은 희극보다 오히려 더 길게 여운을 남긴다고 한다. 인생의 비애도 넘쳐나거늘 문화생활까지 통한의 체험을 해야 하는 이유를 묻는다면 뭐라고 답을 할까. 아마 내가 아닌 타인의 슬픔을 통해서 나의 슬픔이나 비애를 완화하는 효과는 있을 것 같다. 아니면 주인공이 슬픔을 극복하는 과정이 하나의 교훈이 되어 누구든 다시 일어날 수 있게 한다.

나는 내 생각 은행을 비우고 다시 채우려 한다. 나의 의지로 생각

　　일기로만 남길 수 없는 말들

을 선택하려고 한다. 법구경에는 '수레바퀴가 마소의 발자국을 따르듯이 모든 일은 마음이 근본이 된다.' 하니 내 생각과 내가 쏟아놓은 말에 행동이 따라오듯 앞으로 남은 인생 2막을 행복과 기쁨으로 채우고 싶다. 컵에 떨어뜨린 한 방울의 염료가 물 컵 전체를 물들이고 내 행복이 확장되어 주변의 타인까지 행복해진다면 감히 인류 공영에 이바지하기 어려운 것도 아니다. 일출보다 아름다운 일몰, 황혼을 물들이는 찬란한 빛처럼 끝이 평화롭게 살고 싶다. 경쟁하지 않는 평화로움으로 아름다운 시를 쓰는 시인이 세상에 남긴 것은 눈에 보이는 것보다 더 크다.

73

말 대신하는 말

낮말은 새가 듣고 밤말은 쥐가 듣는다. 입으로 뱉어낸 말 한마디에 책임감을 느끼게 하는 구절이다. 누구도 옆에 두지 않고 혼자서 중얼거린 말도 공기를 진동시키고 내 집의 현관에서 떠나 우주로 퍼져나간다는데 소름이 돋는다. 그래서 나는 허접쓰레기 같은 말을 가능한 한 자제하련다. 우주의 소음이 되게 하지 말자. 기품 있는 침묵으로 일관하리라 다짐했다. 굳게 다물고 발설하지 않는 말은 속에서 맴돌고 때로는 가슴의 화(禍)가 되기도 하지만, 세월 따라 곰삭아 내면의 지혜와 교훈으로 쌓이는 날이 되리라.

어떤 사람은 누군가를 필요로 하기도 한다. 상대방을 앞에 불러놓고 자신의 이야기를 토해 놓는다. 자기가 알고 있는 것, 왠지 말하고 싶은 것, 화가 난 일이나 참을 수 없었던 일 등을 말이다. 이처럼 자신만의 깨달음과 신념을 누군가에게 말하고 싶어 어쩔 줄을 모른다. 급기야 대상자를 물색하고 대화를 나누며 쏟아내는 그 말. 그것은 대화가 아니라 일종의 상담인데 문제는 그것을 듣고 싶지 않은데도 들어야 한다. 겸양의 미덕을 발휘해야 그와의 관계가 이어진다. 입은 하나고 귀가 둘인 까닭은 듣기를 말하기보다 두 배로 하라는 뜻이다.

대화를 즐겁게 유도할 수 있는 사람은 듣는 사람의 상호작용을 알아챌 수 있어야 한다. 보통 쏟아내기만 하는 사람들은 상대를 고려하지 않는다. 다른 생각을 하며 예의상 대꾸하고 있음을 알지 못하고 대화가 아닌 일방적인 강의를 하듯 말한다. 이제 더 이상 듣고 싶지 않다는 것을 표현해야 할 정도로 난처할 때가 종종 있다.

근본적으로 생명이 홀로 태어나고 누구나 홀로 떠남을 알기에 너나 없이 스스로 견뎌야 한다. 고독을 기꺼이 즐겨야 하는데 고독의 미학은 원초적이며 굳센 자아의 소산이다. 날로 늘어나는 고독사는 비정하지만, 만나지 않고 말하지 않고 즐길 수 있음은 사실 평안하다. 거의 매일 묵언 수행을 하며 불편한 인간관계를 말끔히 정리할 수 있다면 속세를 떠난 기분이 되지 않을까 한다. 하기 싫은 일은 안 해도 되고 보고 싶지 않은 이를 안 만나도 되고 하고 싶은 일만 즐길 수 있다면 괜찮은 인생이 아닌가. 1인 가구와 혼자 밥 먹는 시대를 탓할 수 없고 자연스럽게 받아들여야 하는 세상이 되었다.

생각하면 인간관계에도 시절마다 관계망의 재정비가 필요하고 선인장의 가시처럼 서로 불편함을 피하려고 멀찍이 떨어져 살아가는 경향이다. 만수산 드렁칡이 될 수 없음을 일찌감치 알아차린다. 고독한 자아는 호모사피엔스의 가장 최신 버전인지도 모른다.

호모사피엔스가 지구상의 정복자가 될 수 있었던 것은 사피엔스 이전의 조상보다 튼튼하고 힘이 강해서가 아니라 서로 협력할 수 있는 능력에서 기인했다. 이른바 공조(共助)할 수 있는 재능이 다른 모든 동물을 제압하고 심지어 사피엔스의 사촌들까지 모두 멸종되었어도 살아남아 번성했다.

현재는 상호 협력할 수 있는 탁월성을 대면하지 않고 소통하는 방법이 있다. 만나지 않고, 말하지 않아도 고독을 즐기는 인류는 내면세계를 톡톡 튀는 상상력으로 풀어내기 위해 글로 말할 수 있다. 쥐도 새도 못 듣게 조용히 자판을 두드리며 아무도 방해하지 않는 기록을 남긴다. 오직 자아 실존과 생명감을 구현하기 위해 홀로 고독을 즐기고 있다.

일기로만 남길 수 없는 말들

74

대중교통의 진화

대중교통을 이용하는 날엔 사람들을 관찰할 수가 있다. 누군가 관찰을 할 만큼 여유가 생긴다. 광역버스를 타거나 지하철을 이용하거나 운전대를 잡지 않는 홀가분함에 발걸음도 가볍게 대문을 나선다. 어떤 날은 약속된 시간에 오지 않는 버스를 초조하게 기다리거나 사람 많은 지하철에서 운 좋게 자리를 잡은 것이 기꺼워 앉자마자 눈을 감게 된다. 내 신체에서 가장 쉬어야 하는 부위가 다리와 눈이라고 생각하며, 때로는 차를 타기 위해 걷기라도 할 수 있었음을 다행으로 여긴다. 버스 창문으로 지나가는 풍경을 주시하며 거리의 사람들을 보기도 하고, 정거장마다 새로 승차하는 사람들을 보면 아이의 손을 잡고 타는 사람, 큰 가방을 멘 사람을 볼 수 있다. 승객들 수만큼의 살아가는 볼 일이 무엇일까 상상해 본다.

버스를 타고 다니는 것이 일상이던 학창 시절에도 자리를 잡자마자 한 시간가량을 휴식했다. 이른바 나는 원거리 학생이었기 때문이다. 가까운 곳을 다녀 본 기억이 별로 없고 항상 원거리를 이동해야 했다. 전학을 가지 않으려고 그랬고 멀어도 좋은 학교에 다닌다고 그랬다. 우리 집의 위치는 고정돼 있는데 학교는 점점 더 멀리 나갔다. 학교 가까이에 사는 애들이 부러웠다. 중·고등학교 모두 추첨제로 진학했어도 왜 그렇게 먼 데만 걸렸는지. 그나마 다행스럽게 생각한 것은 그렇게라도 해서 활동 반경을 넓힌 것이다. 내가 개구리라면 개구리의 우물이 조금씩 더 커진 것이다.

대중교통을 이용할 때 좋은 사람들과 같이 타서 담소하거나 즐거운 대화를 나눌 때는 시간 가는 줄을 몰랐다. 왜 이리 일찍 도착해 버리나 했다. 겨울에는 어묵과 떡볶이를 팔던 포장마차의 유혹에 뜨거운 국물을 마시며 버스가 지나가 버릴까 흘금거리며 기다리기도 했다. 최악의 경험은 지하철 환승역의 복잡함도 한몫하지만 1970년대 만원 버스를 잊을 수가 없다. 아마 버스를 고무 재질로 만들었다면 틀림없이 매일 매일 늘어났을 것이라고 확신했다.

그 시절 유니폼을 입었던 안내양은 그 많은 사람을 힘으로 밀어 버스 문 안쪽으로 쳐넣었다. 닫히지 않을 것 같던 버스 문이 작은 체구의 안내양의 힘으로 겨우 닫히고, 승객은 서로 부딪치고 밀리고 짐을 놓치기도 하며 몇 정거장을 가면 또 나름대로 공간이 생겼다. 신기하게도 내부에서 공간이 조금씩 만들어졌다. 사람의 몸이 눌리고 찌그러지며 공간에 적응하는 듯했다. 날이 덥고 불쾌지수가 높은 날에는 싸움도 잘 일어났다. 시빗거리가 붙은 당사자는 주변 눈치를 보지 않

일기로만 남길 수 없는 말들

고 큰 소리로 욕을 했고, 주변 사람들은 함부로 나서지 않고 사태의 진전을 주시했다. 내가 중·고등학교를 다니던 시절의 버스는 지하철이 생기기 전 시대의 생활상을 그대로 반영했다. 요약하면 가난했던 1970년대 서울 한복판의 모습이다.

요즘은 버스를 타도 그렇게까지 사람이 많지 않고 억센 잡초처럼 삶의 현장을 누벼야 했던 어린 안내양은 이미 오래전에 없어졌다. 요금을 카드로 찍고 기사와 인사도 나누며 교양 있는 버스 매너로 문화인답게 행동하는 대중교통의 천지개벽이 일어났다.

75

공감의 두레박

공감(共感)은 타인의 처지에서 생각해 보는 행위다. 다른 관점을 가진 사람을 이해할 수 있는 토대가 공감 능력이다. 유사한 고사성어로 역지사지(易地思之)는 상대편 처지나 입장에서 먼저 생각해 보고 이해하라는 뜻이다. 그러나 타인과 교류하며 끝없이 그들의 시선에 신경 쓰는 것은 때로 지옥에 비유하기도 한다. 그만큼 어렵기 때문이다. 공감 능력을 확대하면 개인이나 종교, 더 나아가 이해관계가 극명한 국경의 벽도 허물 수 있지 않을까 생각해 본다.

공감(empathy)은 1909년 미국의 심리학자 에드워드 티치너(Edward B. Titchener)가 도입한 용어다. 상대방이 특정 상황을 인지하는 사고 과정을 이해하기 위해서는 감성 발달이나 이성적 사고와 판단 능력이 작용한다. 한편 공감을 일종의 본능적인 정서 반응으로 보는 관점에서는 상황의 변화와 무관하게 나타나는 개인의 특성이나 성향으로 보기도 한다.

공감은 동정심이나 동조와 혼동되기도 한다. 동정심(sympathy)은 타인보다 우위에서 정서적 연민이라는 단순한 감정 상태를 말하는데, 공감(empathy)은 동등한 위치에서 상대가 세상을 보는 방식을 재현한다. 공감 능력은 가치관이 다른 사람과도 충분히 교감할 수 있는 능력이지만, 동조(conformity)는 가치관이 비슷한 사람끼리 유사한 생각을 주고받는 폐쇄적인 공감으로 지극히 배타적이다.

동조는 공감을 가장하지만 실은 일종의 편 가르기와 같다. 그리고 동조는 신앙이 같은 종교인들 간에 또는 같은 정치적인 견해를 가진 사람들 간의 행위를 정당화하며 공감을 저해하는 요소가 된다. 진정한 공감은 인간관계나 어떤 사건에서 인내심과 통찰력을 갖게 하는 원천이 되므로, 견해가 다른 편을 더 이해할 수 있게 한다.

공감 능력은 사회성과 비례하는 경향이 있다. 타인과의 관계를 정상적으로 유지하기 위해 배려와 존중, 소통할 수 있는 능력이 중요하다. 공감 능력이 개인의 본능적 특성이기보다, 상황에 따라 향상할 수 있다는 관점으로 볼 때 능력을 확장하기 위해서는 여러 가지 기법을 이용할 수 있다. 그중에서도 소설을 읽거나 영화를 보거나 나 자신의 현재 상황을 벗어나 다른 이의 체험과 일상에 감정 이입을 함으로써 능력을 향상할 수 있다. 소설에 등장한 전혀 다른 환경의 사람이 겪은 상황에 스스로 대처해 봄으로써 타인에 관한 이해를 높일 수가 있다.

타인과의 교감을 통한 친밀감 형성은 인생의 행복에 있어 중요하다. 공감 능력이 탁월한 국민은 행복도가 높다고 한다. 수십 년에 걸쳐 이뤄진 행복에 대한 하버드 대학의 연구에서는 주변에 여러 사람과 친밀한 관계를 형성하고 그들과 감정을 공유할 수 있는 인적 자원의 풀이 얼마나 있는가로 그 사람의 행복도를 가늠해 볼 수 있다고 한다. 그렇다면 내성적인 사람보다 외향적인 사람이 행복할 가능성이 높지 않을까. 사실 개인적으로 그 점에 대해서 의문이다. 나를 행복하게 공감해 주는 인적 자원의 풀은 양적인가, 질적인 것인가. 사람 간의 교감이 아닌, 동물과 감정의 교류를 통해 반려견을 키우는 사람이 장수할 가능성이 더 높다는 사실은 이미 널리 알려져 있다.

행복하기 위한 노력이 아니더라도 우리 시대에 최소한의 양심이나 소통, 선한 영향력을 생각한다면, 다른 가치관을 가진 자들 또는 다른 환경에 처한 사람들 사이에 공감하고 감정을 공유하려는 노력이 필요하다.

몸이 멀면 마음도 멀어진다는 속담은 죽은 사람에게만 해당되지 않고 대인관계에서 언제나 유효하다. 무관한 타인이 아닌 친척이나 혈육도 만나지 않고 오래되면 잊는다. 오랜만에 만나면 깊은 공감보다는 서로 감정을 상하지 않는 수준에서 겉도는 대화로 시간을 보낸다. 진정한 공감이 이뤄지려면 배려의 시간이 요구된다.

내가 생각하는 공감은 사랑이나 자비(慈悲), 홍익(弘益), 인류애와 다르지 않다. '사랑과 홍익'이라는 두레박으로 물을 길어오듯이 타인에 관한 관심을 끌어올리는 일이 말처럼 쉽지는 않다. 같은 부류의 동조나 연민을 공감으로 착각하고 있거나, 실제 공감할 수 있는 범위는 다분히 제한적이다. 공감하고자 하는 마음은 성인(聖人)을 닮아가려는 노력이라고 할까.

공감하고자 하는 나의 두레박은 얼마나 온전한지. 이미 깨져 버린 것은 아닌지 골똘히 이야기 속에 잠겨 본다.

76

하고 싶은 일과 해야 할 일

아침에 눈을 뜨면 오늘도 살아 있음에 감사한다. 내 오른발을 침대 모서리에 힘 주어 디뎌 오른쪽으로 몸을 돌리고 상체를 일으킨다. 하루는 이렇게 평범한 신체 동작으로 내 몸의 작은 우주를 깨우고, 따뜻한 침대를 박차고 나가는 일로 시작된다. 아침을 준비하는 일상은 단순하고 변함없는 루틴의 반복이지만, 나의 일과 중 중요한 업무이다. 샐러드와 구운 달걀, 간단한 떡으로 식사 후 살아 있는 가장 젊은 날, 오늘의 일과가 펼쳐진다. 별다른 것 없는 일상은 내가 건강하게 살아 있다는 표시이며, 무한한 미래를 향한 진중한 발걸음이기도 하다. 이 것은 내가 즐겨 하는, 하고 싶은 일이면서 해야 할 일이다.

오래전에 같이 운동했던 지인을 만났다. 그녀는 내가 스쿼시를 했던 시절 단짝이었다. 지금은 각자 운동하는 영역이 달라져서 만날 일이 없지만, 한때는 하루가 멀다고 가깝게 지냈던 사이였다. 나는 헬스만 하는 데 비해, 그녀는 다른 종목의 운동도 몇 가지를 하고 있었다. 하루 24시간 중 나보다 운동에 많은 시간을 할애했다.

"언니는 왜 골프 안 해?"

"글쎄…. 내가 해야만 하는 일과 하고 싶은 일에 시간을 쓰다 보니, 골프가 하고 싶은 일도, 해야만 하는 일도 아니라서 생각하지 않았어."

골프를 하느냐는 질문은 여러 조건을 내포하고 있다. 경제력, 체력, 시간, 친구 등 생각나는 대로 답하고, 그렇게 우리의 엇갈리는 선호도를 확인하며 각자의 갈 길로 헤어졌다. 다시 운동을 함께할 일은 좀처럼 없을 것 같다. 나는 이제 과격한 스쿼시를 하지 않는다. 우리는 카톡으로 옛날에 참 좋았고, 모처럼 만나서 반가웠다고 말했다. 계속 이어지지 않고 토막 난 인연, 그녀도 나의 한창때 인연 중 하나였다. 다만 먼 데로 이사한 것이 아니라 비슷한 공간에서 각자의 삶을 살아가면 그뿐이다.

사람이 살면서 해야만 하는 일은 삶의 무게다. 살림, 육아와 교육, 직장 등의 무게는 각자가 다르다. 일종의 의무감과 부채감을 동반하는데 나이 들면서 책임감을 수반한, 해야 할 일의 가짓수는 확연하게 줄어들었다. 나이 들어감이 좋다는 것은, 의무를 벗어난 자유를 말한다. 의무 시간이 준 만큼 기꺼이 하고 싶은 일로 나머지 시간을 차곡차곡 채워 갔다. 하고 싶다고 결심한 일을 이것저것 하다 보니 실상 남는 시간이 많지도 않다. 책도 보고 글도 쓰고 피아노도 치고, 시간은 거침없이 잘도 흘러갔다. 범인의 일상은 이렇다 할 성과도 없이 꼬리를 숨기고, 야심 찬 기대나 욕심도 버린 채 나이만 무던히 쌓여 갔다.

오뉴월 뙤약볕은 하루도 무시할 수 없으니 나이를 감투처럼 쓰고서, 나대로 독특하고 귀한 삶을 살아간다고 가슴 펴고 어깨에 힘을 주고 있다.

"더 당당해도 괜찮아!"

하고 싶은 일을 선택해서 할 수 있는 자유 시간, 기꺼이 허리 굽혀 늙음을 공손히 맞이하며, 내 주관대로 살고 있음에 타인을 의식하지 않으련다. 남아 있는 날 중 가장 젊은 오늘, 힘차게 휘파람을 불어 본다.

우선 열심히 운동하고 읽고 싶은 책을 사야겠다. 영화도 보고 날이 따뜻해지면 마당에 꽃을 심어야겠다. 봄꽃이 가득 피어나는 뜰에서 햇빛 좋은 날, 먼 산 구름 그림자도 찾아보며 훈훈한 대기를 마음껏 들이마셔야겠다. 헬스장에서 땀 흘리고, 책으로 마음 양식을 쌓으면 꽃과 바람도 나를 풍요롭게 감싸 주지 않을까.

생동하는 봄이 오면 봄 처녀처럼 가슴 설레며 하고 싶은 일이 더 많아질 텐데. 무엇보다 지금 여기 살아 있음에 감사하다. 더 무엇을 바랄까. 나의 가장 친한 친구는 누가 뭐래도 나 자신인 것을. 그대들과 내가 동등해야 할 이유를 아직 찾지 못한 나는, 책을 벗 삼고 꽃밭을 가꾸며 가끔 마당에 찾아오는 새소리에도 귀를 기울이런다.

일기로만 남길 수 없는 말들

77

망각과 수용

지식은 세월이 흐르면 잊힌다. 오랫동안 암기하거나 논리를 따져가며 머릿속에 기억했어도, 새로운 지식이 축적되기 위해서 의미 없는 단기 기억을 망각해야 한다. 세상 모든 일이 우리 자신의 의도와 큰 상관없이 기억되고 잊히기를 반복한다.

이 과정에 우리가 의식하지 못하는 기억은 빙산의 보이지 않는 나머지 부분처럼 거대하게 자리 잡는다. 이른바 잠재의식이다. 잠재의식은 18~19세기경부터 유럽에서 사용되기 시작한 용어로 때로는 '무의식' 혹은 '전의식'이라는 용어와 혼용되고 있지만, 이 용어가 등장한 초기에는 무의식이라는 용어와는 엄밀하게 구별되는 개념이다. 인간의 정신 영역을 세 영역으로 나눌 때, 분명하게 인식되는 부분과 어렴풋하게 인식되는 부분, 그리고 전혀 의식되지 않는 부분으로 구분하면, 전혀 의식되지 않는 부분은 무의식, 어렴풋하게 인식되는 영역을 잠재의식이라고 했다. 그러나 평소에 아무런 의식이 없기에 그러한 잠재된 의식이 있다는 것을 알지 못한다.

우리가 평생에 쌓은 지식과 경험이 뇌의 노쇠와 더불어 잊히지만, 망각한 지식 너머에 그 지식을 쌓기 위해 생각에 생각을 거듭했던 사유의 습관은 남아 있다. 살아오면서 삶의 의미나 가치관을 형성하게 했던 그 모든 지식과 경험이 사라져 '무'의 상태가 된다면 사람은 동물과 다르지 않을 것이다. 나름의 방법으로 축적된 사유의 습관은 그 사람의 성격과 특징, 인생을 사는 방향으로 굳어 독특한 개성이 된다. 로댕의 생각하는 사람은 사람이라서 생각할 수 있다. 반려견이 아무리 순수하고 천진한들 사람처럼 생각할 수는 없다.

그렇다면 나는 살아오면서 얼마만큼의 지식을 축적했고, 나의 잠재의식은 무엇을 내게 암시하는가. 무엇이든 후대에 남길 것을 만들었는가. 하나도 남지 않을 얕은 지식을 토대로 지금까지 살아왔고, 또 앞으로 남은 날들도 그렇게 그럭저럭 살아갈 것이다. 심오한 철학을 논할 만큼 깊은 사색을 즐긴 바 없다. 인류 역사의 흐름에 한 획을 긋는 큰 영웅을 꿈꾼 적도 없고, 근근이 먹고 살아온 모래알같이 많은 사람 중의 하나였음을 깨달았을 때, 그나마도 쉽지 않았음을 회고한다. 누군들 삶이 원하는 대로 술술 풀리기만 한 것은 아니었다.

내가 더 젊었을 때 더 높은 이상을 가지고 있었다면 지금처럼 살지 않았을까. 인생에 후회한들 되돌릴 수도 없는 것을 곱씹는 것만큼 어리석음도 없다. 그저 그 길을 걸었음에 족할 따름이다. 인생에서 우리는 수많은 것들을 잊어야 한다. 각자의 삶은 각자의 DNA 프로그램이

나 방향에 따라 수많은 선택의 과정을 통해 일상이 흘러가 세월로 쌓인다. 노력하며 애쓴 일이나 성취한 일, 기쁜 일, 실패하고 좌절한 일, 모두가 경험과 지식으로 축적된다. 인생에 헛된 경험은 없다고 믿고 싶다. 우리는 각자 자기만의 경로로 경험하고 지식을 축적하며 독특한 삶을 산다. 이때 의식하지 못하거나 의도적으로 잊으려 하거나, 망각이라는 무뎌지는 과정을 통해서 삶의 모순을 받아들이고 수용하는 과정이 인생을 사는 방편이 된다. 망각은 기억보다 무거운 인생의 짐을 가볍게 덜어 준다.

과연 얼만큼을 받아들이고 타협하며 살 수 있을 것인가에 따라 각자의 삶이 다른 모습을 띠게 된다. 그리하여 세상에는 잔 다르크가 있고, 돈키호테가 되기도 하고, 때로는 월든 호숫가로 가기도 한다.

여행

자연과 사람 속에서
발견한 나

78

샌프란시스코

샌프란시스코에는 바람이 많이 분다. 해가 쨍쨍한 좋은 날이 대부분이고 여름엔 날이 더워도 습하지 않아 더위가 견딜 만하다. 미국 동부의 전통적인 분위기와는 사뭇 다른 또 다른 오래된 도시, 그곳 샌프란시스코는 햇빛이 더할 수 없이 화창한데도 바람이 매섭던 곳으로, 바람과 햇빛이 그 도시의 키워드로 적당하다.

처음에 갔을 때는 관광을 주로 했다. 샌프란시스코 공항에 내려 어리둥절하다가 며칠 동안 항구와 공원, 박물관, 그리고 그곳의 명소를 다 둘러보고 이른바 한국식 관광을 마치고 돌아갈 때쯤에는 마치 이곳이 오래전부터 알던 도시처럼 매우 친숙해졌다. 그다음에는 딸의 졸업식에 참석하기 위해서 갔다. 두 번째 갔을 때 사돈 될 분들을 만났고 딸아이의 약혼을 겸했다. 비록 회화는 어눌했지만 서로 자식을 키워 혼사를 시키는 처지에서 자녀들의 성장과 미래를 축원하는 마음은 같았다. 세상의 모든 부모는 닮은 데가 있기 마련이다. 샌프란시스코에서 나고 자라서 지금까지 살아온 사위와 사돈 내외의 푸근한 인상은 그곳의 햇살과 자유분방한 문화적인 여유에서 우러나오는 듯했다.

샌프란시스코의 금문교는 한때 금을 찾아 떠난 사람들을 떠올리게 하는데 그 다리를 건설하기 위해 수많은 희생이 있었다고 한다. 이곳에 오면 대부분 금문교에서 사진을 찍고 금문교와 관련된 기념품을 산다. 오래된 항구에는 관광객이 끊이지 않고 항구를 찾은 느긋한 바다사자는 떼 지어 일광욕을 즐기며 관광객을 구경했다. 낮잠을 깨우지 말라는 듯 성가셔하는 바다사자들과 관광객은 서로 구경했다. 샌프란시스코만에 있는 앨커트래즈섬은 악마의 섬이라 했는데 이 섬에는 한 번 들어가면 나오지 못하는 악명 높은 감옥이 있었다. 지금은 샌프란시스코의 관광명소 중 하나로 그 섬을 관광하기 위해 배를 타고 지날 때 얼마나 바람이 세게 불었는지 모자를 두 손으로 꼭 붙잡았다. 파란 바다에 파도가 흰 거품을 부서뜨리기를 반복하며 넘실대고 더 할 수 없이 청명한 하늘은 한 폭의 풍경화였다.

코로나 이후 샌프란시스코는 급격히 쇠락의 길을 걷고 있다. 모든 대도시에는 밝은 면과 어두운 면이 있듯이 빈민가의 암울한 모습까지도 샌프란시스코의 단면인데, 도시의 어둡고 음울한 모습이 점점 확대되고 여기저기 마약에 취한 듯한 모습의 노숙자가 거리를 배회했다. 밤에는 다닐 수 없는 위험한 거리와 지저분한 지하철도 있지만, 그런데도 미국 내에서 뉴욕이나 LA와 버금가는 물가가 높은 대도시로 실리콘밸리의 고수익 프로그래머들이 밀집해 살면서 물가를 끝없이 치솟게 만들었다는 설도 있다.

　미국의 학사 일정은 우리보다 좀 빨라서 5월 말에 졸업식이 있었지만, 그때 우리 대학은 한창 학기 수업 중이었다. 며칠을 휴가 내서 졸업식과 약혼식을 하고 황급히 귀국하여 남은 수업을 이어갔던 나는 마음이 바빴다. 그다음 해에는 딸의 미국 결혼식을 위해 그곳으로 다시 갔다. 여전히 날씨는 화창해서 빛이 났다. 분홍색과 흰색이 어우러진 성당 건물은 부드러운 딸기 아이스크림을 연상케 했고, 비록 어두운 뒷골목에 노숙자가 넘쳐나도 샌프란시스코를 기억하면 온통 화사하고 달콤한 행복만 떠올린다. 인생의 중대한 사건, 딸의 결혼식에 더할 수 없이 행복하면서도 마음이 바쁘던 날들이었다.

79

헬스장의 두 세계

자전거 페달을 밟기 시작할 때부터 눈을 감는다. 두껍고 무거운 철문을 닫고 빗장을 채운다. 내 시야에 아무것도 보이지 않는, 온전하게 나 혼자만의 세계로 들어가기 위해 눈꺼풀을 굳게 닫는다. 보이지 않는 세계는 아무도 오지 못하는 나만의 심연 공간이다. 나는 그곳으로 가는 길이 즐거워 나도 모르게 입꼬리가 올라간다.

무한대로 확장되는 그곳은 내가 주인이 되어 보고 싶은 대상을 떠올리고 상상으로 불러들인다. 뿌연 안개 속 그곳에 돌아가신 아버지와 가족이 나온다. 헬스클럽의 요란한 음악 소리가 아직도 의식을 잠식하고 있다. 제목도 가사도 알 수 없는 음악이 광기처럼 스피커를 울리고, 왼쪽 귀와 오른쪽 귀 사이 통로를 터널처럼 빠져나간다. 자전거 페달을 힘껏 밀며 개떼가 짖어대는 듯한 소음의 세상에서 도망치듯 멀리 떠난다. 나는 늘 그렇듯 그 음악에 동화되는 이들과 저만치 떨어져 있는 느낌이다.

그 심연의 세계에는 함박웃음으로 맞이하고픈 얼굴들이 있다. 시간이 멈춰진 기억의 저편으로 다시는 살아서 볼 수 없는 이들이 하나둘씩 스쳐 지나간다. 미소로 손을 흔들며 아! 이제 여기는 모두 잊으셨나요? 나는 아직도 잊지 못하고 있는데…. 살아 있는 사람들은 더 단골로 등장한다. 가장 두터운 인연의 남편과 자식들의 얼굴은 늘 머릿속을 맴돌 듯 명멸한다. 나와 인연 맺은 그 모든 이들이 저 세상이나 이 세상에서 평안하기를 수없이 염원한다.

죽음이 만든 이별이 끝이 아니었다고 저 다른 차원에서도 나의 기도가 들릴까. 육체가 자전거 페달을 쉬지 않고 밟듯이 내 영혼이 쉼 없이 갈구한다. 소박한 나의 기도는 빗물이 땅에 스며들 듯 대지를 적시고 봄이면 어김없이 돋아나는 무심한 풀처럼 솟구쳐 오르고, 두 다리는 땅속에 잠든 씨앗이 새싹을 밀어내듯 페달을 밟고 있다. 원운동의 궤도를 끝없이 반복하는 온몸에는 굵은 땀방울이 맺힌다.

눈꺼풀 밖에는 살아 있는 육신의 세상이 활기차다. 육신의 권세를 오래 누리기 위해 광란의 음악이 공기를 진동하는 세상. 덤벨을 들어 올리고 가슴 근육을 활짝 펼쳐 가쁜 숨 몰아쉬기를 반복한다. 여기저기 근육운동으로 안간힘을 쓰는 무리와 요점 없는 수다로 시간을 보내는 뭇사람들, 그 안에 내가 존재한다. 눈에 보이는 세상은 바쁘고 생동감이 넘친다. 몸이 내 의지대로 움직일 수 있는 세상에서 한 발짝도 낙오되지 않으려고 몸부림을 친다. 언젠가는 쓰지 못하게 될 그날을 더 멀리 보내려고 힘찬 숨을 끝없이 뱉어낸다. 살고자 안간힘을 쓰는 땀 흘리는 모습이 처절하다. 살고 싶은 의욕이 가장 충만한 이곳에서 나는 삶 이후를 생각한다.

죽음이란 보이는 세상에서 보이지 않는 세상으로 가는 길이다. 사랑했던 사람들이 떠나간 곳, 굳이 성급히 갈 이유가 없는 곳, 실컷 살 만큼 원 없이 살아 보고 마지못해 가야 할 곳, 바로 그런 곳이다. 죽음은 삶을 잉태하고 있다. 그곳에 가기 전, 내가 여기 왜 왔던가. 해야 할 일은 무엇인가 골똘히 생각해 보지만, 광대한 우주의 먼지나 티끌에 불과한 나 자신 분수없이 거창한 생각을 한다니 아이러니하다. 힘닿는 데까지 살아 있음을 의연하게 즐기며 미련 없이 떠나야 할 텐데. 언젠가는 순서도 두서도 없이 틀림없이 그날이 올 텐데.

내가 남길 것은 무엇인가. 봉안당의 뼛가루와 사랑했던 사람들의 기억인가. 삶에 대한 애착과 미련은 끝을 모른다. 그렇게 보면 불가에서 속세의 인연을 끊고 수도 정진하는 삶이 자못 부럽다. 이미 주변의 연을 끊었으니 죽음이 더 이상 고통이 아닐뿐더러 헌 옷 같은 육신을 기꺼이 갈아입을 뿐이 아니겠는가.

죽기까지 어떻게 살아야 할 것인가. 누구나 저항하지 못하는 운명의 프로그램은 자기 의사와는 관계가 없다. 그 프로그램이 고맙게도 순탄하다면 좋겠지만, 보통은 정해진 것보다 더 오래 잘 살고 싶어 나름대로 고군분투(孤軍奮鬪)한다. 삶이 봄볕처럼 온화하고 나른하게 감겨들기를 바라지만, 가끔은 폭풍우나 북풍한설에 눈물지으니 누구에게든 삶은 실로 매정하기 그지없다. 내가 원해서 태어났나, 물어볼 틈도 없이 내던져진 세상이지만, 사는 데까지 활기차게 살다 아름다

일기로만 남길 수 없는 말들

운 흔적이라도 남기면 좋겠다. 물질도 명예도 권세도 아닌 아름다운 흔적을 나는 무엇으로 채울 것인가. 지금까지 그린 미완성의 그림과 얼마간 남은 내 인생의 화선지 위에 주저하고 머뭇거리며 무슨 색을 칠해야 할까.

아직도 헬스장 음악은 계속되고 있다. 음악에 맞춰 춤추는 무리가 몸을 흔들고 불빛이 번쩍인다. 무아지경이 따로 없다. 몸을 흔드는 저들도 무슨 생각을 하고 있을까. 땀으로 범벅된 나는 오늘도 뿌듯하게 내 삶을 돌아본다. 모두가 과분하다. 지금껏 평탄하게 살았으니, 언젠가는 보이는 세상에서 저 멀리 보이지 않는 아득한 세상으로 떠나더라도 지금까지 살아온 것으로, 나는 자족할 것이다.

그래도 살아갈 날들을 좀 더 알차게 누리고 싶으니 말이다. 더 오래오래 보람되게 살고 싶어 의욕을 불태우는 곳, 그곳은 바로 눈을 감고 참아 내는 이 광란의 헬스장인 것을.

80

일본의 숲

일본의 숲을 배경으로 한 영화를 감상한 적이 있다. 그 숲은 자살하기 적당한 곳을 물색하던 사람들이 선호하는 장소였다. 울창한 숲이라면 자의적으로 생을 마감하는 것이 일말의 타당성을 갖게 된다거나 혹은 마지막을 경건하게 마감하는 일이라 생각했는지 모르겠다. 영화의 시작부터 끝까지 거의 모든 장면은 숲이었다. 작품성을 중시한 일본 영화 특유의 다소 지루한 감이 있었으나, 기억 속의 숲에 다시간 것 같아 반가웠다.

몇 년 전 일본 나가노현을 중심으로 인근을 여행했다. 동양인 특유의 외모와 정서가 비슷하면서도 우리와 전혀 다른 일본을 둘러보는 기회였는데, 무엇보다 나를 사로잡은 것은 바로 일본의 숲이었다. 여행 간 지역이 주로 그러한 곳이라 그랬을까, 하고 많은 관광지 중 숲이 멋있다고 생각했다. 일본의 알프스라 불리는 그곳에는 여름에도 만년

설에 얼음과 눈이 덮여 있었고 신사나 마쓰모토 성 등 여러 가지 볼거리가 있었지만, 침엽수가 우거진 깊은 숲은 현대적인 관광지보다 훨씬 더 인상적이었다.

우리나라는 산이 많고 높은 산 고지대는 흔히 말하는 첩첩산중이라고 뾰족한 지형이 보통인데, 내가 잊지 못하는 일본의 높은 산, 고원지대는 넓고 평평했다. 마치 신선이 사는 땅처럼 넓은 터에 옥수 같은 시냇물이 넓게 펼쳐져 신선이 목욕하러 올 것만 같았다.

"여기는 너희들이 올 데가 아니니라."

여기도 사람이 사는 곳일까. 의심할 정도로 높은 우츠쿠시가하라 고원에는 하늘과 맞닿은 듯한 곳에 미술관이 있었다. 야외에 전시된 조각 작품은 여러 산봉우리를 아래로 굽어보며 신선을 위한 전시 작품처럼 서 있었다.

버스가 다니는 길을 제외하고는 쌓인 눈이 얼어 빙벽을 만든다. 높이 솟은 입산의 눈 협곡은 마치 한여름에 얼음으로 된 하얀 고층 건물 사이를 걷는 듯하다. 그야말로 경탄을 자아내는 장관이었다. 버스를 타고 먼 길을 이동하며 지나던 숲의 풍경은 평생 잊지 못하리라.

경건한 마음을 불러일으켰던 숲이 하필이면 자살 숲이라니. 목숨을 초개처럼 여기고 비굴하게 사는 것보다 할복자살을 명예로운 죽음이라고 생각하던 일본 사람들이 이승을 떠나 저승으로 가는 장소로 그곳을 택한 이유가 무엇이었을까. 온천욕에 유카타를 입고 일본인처럼 일본을 체험해 봤지만, 그들만의 핵심적인 것을 끝내 이해하기 어려웠다.

다른 해에 갔던 삿포로 여행에서는 일본 전통 호텔이 아닌 작은 아파트에서 현지인처럼 생활하며 지하철을 타고 백화점에 가고 오타루 운하를 걸었다. 그들도 우리와 다르지 않은 출퇴근에 오히려 우리보다 낡은 지하철을 타고 바쁜 삶을 살아간다. 밤이 되어도 불이 켜지지 않는 빈 아파트 역시 우리와 같았다. 기모노를 입고 단조로운 동작의 춤을 반복하는 한산한 지방 축제 행사에서는 그들도 지방 소멸의 문제에 직면하고 있음이 느껴졌다.

여행은 어디를 어떻게 누구와 함께하느냐에 따라 기억에 남는 것이 천양지차다. 자연이 만든 산과 숲을 보거나, 인간이 만든 도시와 운하를 감상하거나, 어디를 가든 그곳 지역과 동화된 사람들을 만나고 사람들의 생각을 엿보게 된다.

일본만이 아닐 것이다. 우리나라 곳곳을 다녀도 마찬가지로 여행의 경험과 느낌은 때와 장소에 따라 다르다. 각자의 프리즘을 통해 보고자 하는 것을 보기 마련이다. 일본 사람의 국민성을 만든 것은 그 땅과 그들의 역사가 아니었을까. 나 또한 사무라이의 무자비한 칼을 피해 순응하고 살아남은 사람들과 칼에 목숨 버리기를 기꺼이 즐긴 사람들이 그 숲과 운하에 있었음을 본다.

일기로만 남길 수 없는 말들

81

P 작가님과 아버지

도서관에 진열된 P 작가의 작품전집을 보았다. 반가워 내가 읽지 못했던 몇 권을 찾아 대출했다. 내가 좋아하는 P 작가의 소설은 대부분 읽은 줄 알았는데 아직 읽을 게 남아 있어서 기뻤다. 그의 글을 읽는 설레는 마음을 누가 알까. 사람을 만난 것처럼 기쁘고, 이것이 나의 사는 즐거움임을 아무도 몰라도 상관없다.

그분은 늦깎이 소설가다. 솔직하고 여성스러운 문체의 책을 읽으면 친근하고 따스한 느낌이 든다. 이미 작고한 지 오래 지났음에도 그의 작품을 읽으면 가슴 깊이 저리고 눈물이 날 때도 있다. 누구에게나 편안하게 읽히는 가운데 작가가 젊은 날 겪었던 6·25에 대한 생생한 가슴 아픈 기록과 시대를 증언한 여리디여린 소녀의 감성이 모든 작품에 공통으로 흐르고 있다.

내 아버지와 같은 해에 태어났던 P 작가의 글에서 나는 청년이었던 아버지를 만난다. 그래서 P 작가의 글이 더 가슴에 와닿고 좋아하는지도 모르겠다. 아버지가 소년기를 지나자마자 직면했던 전쟁이 그의 삶에 얼마나 부당하고 잔인한 악행을 태연하고 무자비하게 저질렀는가를 생각하게 한다. 모르는 누군가의 6·25에 대한 뼈아픈 기록이라고 생각되지 않고 바로 아버지가 직접 쓰지 못한 피눈물의 흔적을 보는 듯하여 나도 모르게 가슴 저미는 슬픔이 느껴진다.

작가는 전쟁 전 이미 서울에 정착하여 서울 사람으로 살고 있어 전쟁 후 월남한 아버지와 경우는 달랐지만, 남으로 피난하지 못한 채 서슬 퍼런 공산주의 이념에 희생된 어린 학생이었을 뿐이다. 서울을 두번 빼앗겼다 되찾으며 9·28 수복 후에는 빨갱이 누명을 쓰고 대학에 다시 복학하지 못했을 뿐 아니라 생존을 위해 생활전선에 뛰어야했다. 6·25로 가족을 이북에 두고 온 어린 청년이 낭떠러지 절벽 같은 각박한 삶을 살았던 것이 내 아버지의 눈물 나는 젊은 날이었다. 그 황량한 벌판에 홀로 서 있는 아버지의 슬픔과 외로움이 그대로 내게 감겨오는 것처럼 절절하기만 하다.

작가도 아버지도 모두 지나간 세대다. 아버지 세대는 꽃 같은 목숨을 전쟁으로 잃었거나 청춘을 압류당해야 했다. P 작가는 그 시절 젊은이의 한을 대신하여 후세대가 긴 세월이 지나 그것을 직접 보지 못했다고 하여 잊는 것을 참을 수 없었나 보다. 두 눈을 부릅뜨고 처절하게 이를 악물고 살아 낸 역사를 기억하게 하려고 여러 작품을 토해 내듯이 남긴 것 같다. 작가가 겪은 비극의 시대는 곪고 곪아 삭아서 작가에게 역작을 창작하게 했다. 나와 같은 그 아들딸의 세대는 겪지 않은

일기로만 남길 수 없는 말들

슬픔을 소설로 읽고 공감하며 같이 눈물을 흘린다.

　얼마나 고생스러우셨냐고 위로하고 싶어도 이미 고인이 되신 분들을 무엇으로 위로한단 말인가. 저 멀리 북녘땅 아버지의 아버지와 그 형제들이 그곳에 살았다. 지금은 그 아들딸들이 그곳에 있을 것이다. 교류하지 못한 혈육의 정은 응고된 피처럼 굳어 가는데 분단의 아픔은 언제까지 기억될 것인가.

　'우리는 언젠가 만나게 될까?' 하고 이미 떠나 버린 가없은 전쟁 청년의 세대, 젊은 내 아버지의 손을 잡고 보듬는다. "이제 고향에 가셨나요?"

82

LA 여행

LA는 고풍스럽다든지 미래 도시 같다든지, 눈이 휘둥그레질 만큼 경이롭지는 않았다. 우리나라 강남의 고층 빌딩이 괄목할 만하고 시카고, 뉴욕 등과 비교해 봤을 때 지역이 넓고 날씨가 좋다는 장점은 갖춘 듯했다.

오뉴월의 화사한 날씨는 서울도 좋지만, LA의 햇빛은 눈부신 찬란한 빛이 온 천지에 가득했다. 자연히 식물이 잘 자라고, 천사들의 도시라는 이름은 보랏빛, 붉은빛으로 곳곳에 피어난 꽃에서 유래된 것이 아닐까 싶다. 내가 머문 곳은 LA의 한적한 주택가로 컬버시의 가정집이었다. 주택 전체를 일주일 동안 사용하는 에어비앤비 게스트가 되어 흩어진 가족이 모였다. 집집이 아름다운 정원에는 꽃과 선인장, 배추만 한 크기의 다육식물이 눈길을 끌었다. 인근에는 꽤 큰 영화사들이 있어서 이곳이 할리우드 영화가 제작되는 중심지임을 짐작할 수 있었다.

LA의 USC는 우리나라에는 남가주대학으로 더 알려져 있다. 영화예술과 노인학이 세계 1위라고 한다. 스티븐 스필버그가 세 번 입학 거부되었다가 나중에 명예학위를 받고 거액을 기부했다고 한다. USC는 대학원 중심 사립대학으로 과거에는 유색인종이 드물었단다. 이 대학의 위상은 대학 캠퍼스를 둘러싼 3개의 지하철역이 말해 준다. 유명한 대학으로 UCLA는 주립대학으로 학부생이 더 많고 공원 같은 캠퍼스 잔디에는 일광욕을 즐기는 젊은 학생들로 생기가 넘친다. 마침 졸업 시즌이라 대학의 상징색인 하늘색과 노란색을 입은 학생들이 눈에 많이 띄었다.

일주일의 여행이어서 하루는 단체버스로 주요 관광지를 둘러보았다. 산타모니카 해변을 비롯해 태평양 바다가 끝없이 이어지는 여러 해수욕장 주변에는 갖가지 볼거리가 많았다. 베니스 해변은 남미의 문화를 체험할 수 있고, 말리부 해변은 와인 테이스팅이 유명하다. 그리피스 천문대는 마침 문을 닫았지만, 고지대에서 바라보는 광활한 LA 전경을 볼 수 있다. 농산물 직거래장터에서는 다양한 국적의 음식으로 부산한 분위기를 즐기며 점심을 먹고, 극장 앞에 우리나라 영화배우의 사인이 있다기에 한참을 찾았다. 구석에 있는 두 남자 배우의 구둣발과 사인 앞에서 인증 사진을 찍었다.

가장 인상 깊었던 곳은 게티(Getty) 센터와 게티 하우스다. 개인이 운영하는 미술관인데, 게티는 평생의 전 재산을 미술관 건립에 쏟아 부었다고 한다. 고대미술과 근대 미술품이 전시되어 있었다. 미술품을 감상하는 심미안이 없는 사람도 그 아름다운 정원과 건축물에 매료될 수밖에 없다. 죽어서 재산을 사회에 환원하는 것도 의미가 있지만 이렇게 훌륭한 일을 하고 간 사람은 얼마나 뿌듯할까 싶다. 한국인이 많은 한인 타운의 오래된 건물은 쇠락의 흔적이 역력하여 다소 실망스러웠다. 그러나 성업 중인 한국인 식당에는 한국인보다 외국인이 더 많아 한식의 인기가 어느 정도인지 실감할 수 있었다. 한식의 섬세한 맛을 그들이 알고는 그냥 지나치진 못했을 것이다.

일정을 마친 귀국길에서 손을 흔드는 딸 내외와 작별했다. 코로나 검사 결과를 꼼꼼하게 챙기고 벌써 정들어 버린 천사의 도시에 언제 다시 올 수 있으려나 많이 아쉬웠다.

일기로만 남길 수 없는 말들

83

조건 없는 선의

눈 쌓인 초행길은 위태롭기 그지없다. 누군가를 찾아 부탁하는 처지가 번거롭기보다 거절이 두렵다. 아직 정오가 되지 않았는데 금방이라도 눈이 쏟아질 듯 회색빛 하늘이 낮게 내려와 밤이 될 듯싶다. 그 길은 난생처음 가 보는 시골길이다. 주소만 들고 누군가에게 아쉬운 부탁을 위해 찾아가는 길이다.

늘 다니던 길과 동떨어진 그 길을 가면서 혹시나 부탁이 거절되면 어쩌나 불안한 마음으로 노심초사했다. 한편으로는 날씨가 나쁜 날 먼 길을 찾아온 사람의 성의를 봐서라도 청을 들어주지 않을까 기대 반 의심 반으로 무작정 그 주소를 찾아갔다. 농촌도 아니고 공장지대도 아닌 아무 장식 없는 컨테이너의 네모난 건물들이 드문드문 있는 곳에 바로 내가 찾던 00공장이 있었다.

물론 그해 겨울 나는 00공장 외에 다른 곳도 찾아다녔다. 아무런 득이 없는 일을 도와줌으로 인해 앞으로 귀찮은 일이 생길지도 모르는 일에 쉽게 협조할 회사가 없었다. 규모에 따라 여러 결재 단계를 거쳐야 일 진행이 가능한 회사에서는 한참을 더 기다리고 기다렸지만 결국 한나절을 허비한 보람도 없이 받아들여지지 않았다.

어렵게 찾은 00공장 사무실에는 중년의 여직원이 느린 동작으로 나를 맞이했다. 전화로 약속했던 사람은 그 여직원의 상사였는데 조그만 중소기업이라 그런지 중년 여직원과 그 상사는 인척 관계일 것 같다는 생각이 들었다.

그날 생면부지의 J 씨를 만나 먼 길을 찾아온 이유를 간단히 설명하고 도움을 요청했었다. 그는 요점을 정리한 나의 설명보다 더 절박했던 자세한 사연을 듣고 싶어 했다. 여직원을 피해 네모난 컨테이너 공장의 밖으로 나와 처마랄 것도 없는 베이지색 철판으로 된 벽을 뒤로하고 구구절절한 긴 전후 사정을 설명했다. 그는 기꺼이 나의 일을 도와주었다. 아무 의심도 없이. 그와 달리 여직원은 의심스러운 얼굴로 반기지 않았다. 다행히 J 씨의 회사는 규모가 작았고 그는 그만한 권한이 있었다. 그것은 물에 빠진 사람을 구하는 일이 비록 번거롭고 시간이 걸릴지라도 생명을 구할 수 있는 선의의 행위라는 판단이었을 것이다.

그 문제는 진행하던 연구가 모두 마무리되고 증빙자료를 제출해야 할 시점에 불거졌다. 연구비용의 과대계상을 막기 위해 모든 소모품의 사진을 찍어 두어야 했는데 믿었던 연구원이 소모품 구입을 증빙할 사진을 찍지 않은 것이다. 결과 발표 시점보다 앞선 소모품 구입 시점의 실물 사진이 필요했다. 최소한 1~2년이 앞선 제조 일자의 소모품을 찾아 사진을 찍어야 했고 그 제품은 J 씨 회사 제품이었다. 그는 창고에서 내가 원하는 시점의 제품을 꺼내 사진을 찍게 해 주었다.

J 씨의 도움으로 내가 원하는 것을 모두 얻고 돌아오는 길은 갈 때보다 훨씬 가까운 듯 느껴졌다. 눈발이 흩날리고 쌓였던 눈이 녹아 도로는 시커멓게 질척거렸다. 그 길을 안도하며 돌아올 때 타인의 어려움을 해결해 준 후의에 감사했다. 누군가는 처음 본 사람이라도 자신이 할 수 있는 인간 본연의 선함을 행할 수 있다. 또 어떤 이는 늘 마주하면서도 뒤틀린 마음을 풀지 않는 이도 있다. 내가 어떤 이를 접하며 살아야 하는가는 나의 지나온 업보(業報)일지도 모른다는 생각이 번개처럼 스쳤다.

우리 주변의 인간관계는 선한 자와 악한 자, 아무 관계도 없는 자가 포진하고 있다. 언제든 나와 더불어 관계를 개선하기도 하고 청산하기도 한다. 처음 본 J 씨는 분명 고마운 인연이었다. 그로부터 가장 적절한 도움을 받을 수 있었으니. 그 후에도 계속 그 일에 대해 생각해 봤다. 주변 사람을 곤경에 처하게 하는 사람과 대가를 바라지 않고 도움을 주는 사람이 모두 가까이 있다. 또한 좋은 마음으로 시작한 일이 예상과 달리 악행이 될 수도 있다. 먼저 내가 좋은 사람이 되어야 주변에 선한 사람이 모이고 그것이 유유상종(類類相從)인데 나는 과연 어떤 사람이었나, 성찰하게 된 계기가 되었다.

조건 없이 내게 선의(善意)를 베풀어 준 J 씨! 오래전 수첩에서 J 씨의 전화번호를 뒤적이며 그때의 절절했던 마음을 떠올린다.

84

구사일생 굴뚝새

　그 일은 아직 우리 집에 벽난로가 있었을 때의 일이다. 어느 날 거실 소파에 앉아 있는데 아주 가까이에서 가늘고 힘없는 규칙적인 소리가 들렸다. 이상하다 어디서 나는 소릴까 생각했지만, 이내 하던 일을 계속하고 잊어버렸다. 분명 앞뒤로 문이 닫혀 있는데, 어디서 그런 병아리의 삐악거리는 소리가 들리는 걸까. 무슨 기계가 잘못됐다는 경보음인가. 나는 무심히 지나쳐 버렸다. 이윽고 청력이 좋은 남편은 소리의 진원지를 찾기 시작했다. 이곳저곳을 기웃거리다 벽난로 문을 열어 굴뚝까지 연결된 통로를 탐색했다. 그 당시에 벽난로는 사용하지 않은 지 오래되어 식어 버린 회색 재가 조금 묻은 채로 있었는데, 바로 그곳에 날지 못하는 어린 새가 그 소리를 내고 있었다.

　어쩌다가 굴뚝으로 들어온 것인지 알 수는 없으나 비행이 서툴러 굴뚝 구멍에 빠져 다시 날아오르지 못한 것이었다. 산타 할아버지가 굴뚝으로 선물 보따리를 메고 내려온다는 소리는 들었지만, 새가 굴뚝으로 내려오는 것은 처음 보았다. 손바닥에 올려놓으니 한 움큼밖에 되지 않는 새가 얼마나 오랜 시간을 어둠 속에 갇혀 공포에 떨고 있었을까. 기력 없이 날지도 못하는 작은 새를 어떻게 무리에게 돌려보낼까 궁리했다. 그냥 밖에 내놓으면 쓰러져 버릴 것 같은 가엾은 생명은 파들파들 떨고 있었다. 다행히 작은 꽃바구니가 비어 있어서 그 안에 새를 고이 모시고 작은 플라스틱 통에 물과 과자 부스러기를 넣어 양지바른 곳에 놓았다. 과연 새가 기운을 차려 날아갈 수 있을지 염려되었던 나는 온종일 시선을 바구니에 두고 지켜보았다.

새는 그곳에서도 삐악거리는 소리로 자신이 그곳에 있음을 알리는 듯했다. 소리를 듣고 찾아올 119구조대나 혹은 어미 새나 가족이 있는 것처럼. 그런데 그때 나는 기적 같은 모습을 보게 되었다. 정말로 어미 새가 찾아온 것이었다. 어미 새가 꽃바구니 속을 들여다보고 얼마나 지났을까. 두 마리의 새는 날아올라 바구니를 떠났다. 빈 바구니에는 과자 조각과 물그릇만 남았고 새는 갈 곳을 찾아 떠났다. 처음부터 있어야 할 곳으로 갔으니 다행스러운 일인데도 왠지 허전하기도 했다. 신통하게 새들도 없어진 가족을 챙기며 걱정하고 있었나 보다.

별다른 특색도 없는 작은 새와 어미 새는 우리 집 인근을 터전으로 하는 텃새임에 틀림이 없다. 화장실 창문에 둥지를 틀고 알을 낳곤 하던 바로 그 새들의 일족이었을 것이다. 작은 생명이 살아서 모자 상봉을 할 때 사람과 같은 극적인 기쁨이 있었을까 상상해 본다. 어느 날 돌아다니는 들고양이의 먹이가 되지 않고 힘차게 날갯짓하며 지금쯤은 할머니 새가 되었을지도 모를 일이다. 구사일생의 험난했던 경험을 다른 새들에게 허풍떨며 살고 있으려나.

나는 흥부의 박씨를 기대하지 않았다. 다만 날마다 우리 집 주변에 아직도 새들이 많이 날아들고 있으니 감사할 뿐이다.

일기로만 남길 수 없는 말들

85

황후의 호사

장수한 사람들의 비결은 여러 가지다. 마음을 느긋하게 한다든지, 음식을 탐하지 않고 소식한다든지, 냉수마찰을 하루도 거르지 않았다거나 운동으로 단련한다는 지속적인 뭔가를 말한다. 내가 관찰한 장수한 사람은 항상 움직이며 일하는 것을 즐긴다. 어느 것을 따를까. 노후를 위해 내가 실천한 것은 반신욕이다. 그것이 가장 쉽게 할 수 있을 것 같았다.

반신욕을 시작하던 때 우리 집은 부부만 남았다. 첫아이를 낳고 30여 년이 지난 후, 비로소 돌봐야 할 아이가 없는 날이 왔다. 주변에서는 잉태해도 아이가 태어나기 전이 수월하고, 출산한 순간부터 자유는 저당 잡힌다고 충고했다. 알면서도 기꺼이 그 길을 택했다. 첫딸을 낳고 두 번째 또 딸을 낳았다. 그리고 세 번째 아들을 낳아 막내가 집을 떠날 때까지, 그들이 느끼는 것과는 별개로 삼 남매는 오로지 내 삶의 중심이었다.

새색시가 파김치같이 숨 죽은 세월을 살아내고 이제는 자식들이 모두 집을 떠났다. 빈 둥지의 어미 새는 혼자 남은 자신을 돌아본다. 이름을 불러도 대답할 자식이 아무도 없다. 긴 세월 구석진 서랍 속에 구겨 넣었던 자유를 다시 꺼낸 것이나 다름이 없다. 꼬깃꼬깃 접힌 자리가 펼쳐질 것 같지만 그것 또한 내 마음 같지 않다. 자유의 깃발은 곰팡내만 풍길 것 같다. 양손에 깃발을 잡고 한껏 펼쳐 펄럭여 본다. 나를 위해 뭔가를 새롭게 해야 하지 않겠나.

한때 집마다 화장실의 욕조 대신 샤워부스를 설치하는 것이 유행했다. 아래층의 욕조는 진작 뜯어냈고, 다행히 2층의 욕조는 보존해 둔것이 얼마나 다행이었는지. 전쟁에서 살아남은 전우를 만난 것처럼 욕조에 뛰어드니 단박에 신분이 격상되는 느낌이다.

눈을 감고 황후가 되어 본다. 혼자만의 착각은 자유다. 사람 소리, 차 소리가 들리지 않는 실내는 황실의 위엄을 드러내는 듯하다. 가족을 위해 무수리를 자처했던 주부는 느긋하게 누워 황후의 안락함을 즐긴다. 배경음악까지 흐르니 금상첨화다. 아무도 나만의 여유를 방해할 사람이 없다. 특히 겨울에 즐기는 반신욕이 더 좋다. 발가락 끝까지 나른하게 이완될 때, 눈을 감고 모친의 양수 안에 유영했던 아득한 태아 시절이 있었노라. 나 이제 그때로 돌아가노라 한다.

반신욕을 일과처럼 하다 보니 주변에서는 피부가 좋아졌다고 한다. 남몰래 무슨 짓을 했느냐고 묻는다. 혈액순환이 잘되고 건강에도 도움이 되겠지. 최소한 체온을 올리는 효과가 뚜렷하다. 반신욕이 장

일기로만 남길 수 없는 말들

수의 필수조건은 아닐진데 내가 오래 살 것이라고 장담할 수는 없다. 누군가는 "오래 살아서 뭐 하려고?" 반문할 수도 있다. 황후가 되었든, 무수리가 되었든 오래 살고 싶은 것은 인간의 욕망이 아닌가.

외출을 좋아하지 않는데 집 밖을 나가지 않을 한 가지 조건이 더 보태진다. 내가 너무 호화스러운 취미를 가졌나. 타인에게 피해를 주는 취미생활은 아닌데, 다만 나 혼자 물을 많이 쓴다고 물 부족을 생각하지 않는 처사라고 나무랄 것인지. 매일 황후가 되는 나만의 호사를 즐길 나이가 되었나. 혼자서 웃는다.

86

우리 다시 만나리

우리는 누구나 세상을 떠난 후 사진에 오래 남는다. 우리의 선조들이 그랬던 것처럼. 아끼고 쓰다듬던 물건은 유품으로 정리되고 그 흔적은 자손들의 기억 속 한 조각이 될 것이다. 평생을 축적하려 애쓰던 물질은 돌고 돌아 흩어지고, 공들여 가꾸던 육신도 한 줌의 재가 되어 자연으로 돌아간다. 우리가 나눈 무형의 사랑과 신뢰만이 그 어딘가에 새겨져 허공을 맴돌다 따스한 주파수가 되어 물결처럼 영혼에 닿는다.

아버지의 장례 절차가 끝난 후, 하얗게 백화된 뼈와 함께 모습을 드러낸 것은 몸속에서 진중하게 역할을 하던 심장박동기였다. 그 심장박동기는 오랫동안 아버지의 심장을 부추겨 일하게 했으며, 10여 년 후에는 배터리 수명이 다 되어 긴장 속에 새로 갈아 끼워야 했다. 애절하게 매달려야 했던 쇠붙이 덩이가 모든 역할을 다하고 주인의 유해

곁에 처연하게 놓여 있었다.

아버지가 처음으로 파킨슨병 증세를 보였을 때 우리는 놀라고 무서웠다. 60대에 번지 점프를 하셨던 그분에게 몸을 마음대로 움직일 수 없게 될 것이라는 선고가 내려지다니 거짓말 같았다. 심장에는 박동기도 모자라 스텐트 시술을 했다. 혈관을 넓혀야 했는데 그때도 아버지는 거뜬히 이겨내셨다. 오뚝이가 넘어져도 벌떡 일어나듯이 그렇게 다시 건강을 찾으셨다. 설마 파킨슨병이 아버지를 가족과 영원히 격리시킬 것이라는 생각을 하지 않았다. 진행 속도를 최대한 늦추도록 노력했으므로 어느 정도 병과 친해졌다.

그러나 우리를 절망에 떨게 한 것은 췌장암이었다. 췌장 꼬리에 생긴 암이 간에도 전이되어 수술이 무용하다는 것을 알았을 때, 하늘이 무너져 나를 누르고 다리에 힘이 풀려 저절로 꺾어졌다. 온 식구가 지푸라기라도 잡는 심정으로 하느님, 부처님, 천지신명, 또 다른 신이라도 아버지를 살릴 수만 있다면 영혼이라도 바칠 수 있을 것 같았다. 하늘의 뜻이었나 보다. 4개월이 남았다던 생존 기간을 두 배로 연장하여 손녀딸의 결혼식에 참석하셨지만, 그해 겨울의 문턱을 넘기지 못하셨다. 꼭 이겨 내시겠다던 약속을 끝내 못 지키셨다. 그것은 아버지의 권한 밖이었음을 모두가 알았다.

아버지는 평생 동안 약속을 철저히 지키셨고 매사에 빈틈없는 분이셨다. 눈이 오나 비가 오나 같은 시각에 출근하셨고, 특별한 일이 아니면 같은 시각에 퇴근하셨다. 집이 아닌 객지에 근무하실 때도 분명 그러셨을 것을 나는 안다. 아버지는 가까운 친척이 없는 데다, 술과 담배도 안 하셨으니 번다한 교류를 피하며 고독을 즐기셨다. 만약 아버지가 고향 이북에 사셨다면 상황이 달라졌을까. 아버지에게는 가족이 전부였고 살아가는 의미였다.

평생을 국가에 헌신하셨던 아버지는 동작동 국립묘지에 모셔졌다. 변함없는 성실함과 신뢰로 크게는 나라에 작게는 가족에게 그분이 남기고 간 업적은 절대 작지 않았다. 아버지의 유해는 60년 동안 현충원에 모셔진다. 내가 살아 있는 동안은 그곳에 계실 것이다.

현충원은 언제나처럼 서늘하고 가라앉은 기운이 감돈다. 나라를 위해 몸 바친 영령들의 혼이 서려 서러운가. 비감을 자아내는 고즈넉한 인도를 쭉 걸었다. 사진으로만 남은 아버지는 웃고 계신다. 여기서 지내기 참 좋다고 하시는 것처럼. 우리 모두에서 아버지만 안 계신 우리는 "다음에 또 올게요." 하며 사진을 어루만지고 손을 흔들었다. 우리는 언제 다시 만나게 될까. 부모와 자식의 인연으로 만났다 흙으로 돌아가고 넋이 되어 언젠가 다시 만나도 잊지 말자며 굳은 약속을 했다.

일기로만 남길 수 없는 말들

87

섬의 그림자

마을 입구에 당산나무가 있었다. 사람이 살지 않는 스산한 그곳에 우뚝 선 당산나무는 하늘로 굳건하게 가지를 뻗은 채 서너 군데 굵은 가지가 잘렸다. 웬만한 나무 둥치쯤 되는 잘린 가지는 원통으로 속이 뚫려 있었다. 그 시꺼먼 구멍 속에 누런 구렁이 서너 마리가 미끄러지듯 왕래하며 나무를 지키고 있다고 했다. 마을의 당산나무와 그 속에 똬리를 틀고 있을 구렁이는 이곳이 수몰지구였음을 전혀 모르는 것처럼, 섬 입구를 지키며 의연하고 태연자약했다.

당산나무가 서 있는 곳에는 섬으로 이어지는 조그마한 다리가 있다. 그 다리를 건너면 원시의 섬, 비내섬이다. 관광지는 사람의 손길로 다듬어진다. 그곳이 관광지라니 믿어지지 않았다. 손길이 전혀 미치지 못한 무인도에 4월 이후에는 천상의 낙원같이 꽃이 핀다고 했다. 이름 모를 꽃이 섬 전체에 피고 지는 시기는 4월부터 가을까지다.

아쉽게도 꽃향기가 없는 계절에 섬을 방문하여 나그네의 서글픈 발자국만 남겼다.

사람 손이 닿지 않는 그대로의 풍경 덕분에 북한 배경 드라마의 촬영 장소로 제공되었다. 지난해 홍수로 충주댐과 괴산댐의 수문을 열어 섬 전체가 수몰되어, 당산나무의 절반이 물에 잠기고 마치 인류가 멸망한 이후 지구의 외딴 구석쯤 되는 듯 쓸쓸하고 스산한 이 섬은, 자연적인 하천 습지로 멸종위기종을 비롯한 생물들이 서식한다.

다리를 건너서 섬의 둘레를 천천히 걸어 보았다. 산책길로 된 자갈길과 모랫길에는 몇 그루 안 되는 나무가 뿌리째 뽑혀 앙상한 자태로 허옇게 드러나 있다. 우리 일행은 무인도에 있을 성싶지 않은 설치미술 작품에 한참 동안 나무 꼭대기를 올려 보았다. 키 큰 나뭇가지에 행사용 빨간 플라스틱 팔걸이의자가 흡사 열매처럼 매달려 있다. 범람한 물이 실어다 준 문명의 찌꺼기가 나무와 괴기스럽게 조화된 채, 죽음의 섬에 간신히 버티고 서 있다.

나무에도 가지마다 검정 폐비닐이 여기저기 깃발처럼 감겨 휘날렸다. 수몰 후 아무도 돌보지 않은 황량한 겨울 섬에 생명의 흔적은 없고, 비닐 쓰레기만 난무하여 생경한 영화의 한 장면이 되었다. 작은 섬에는 호수도 있고 섬의 둘레에는 맑은 물이 흐르는데, 스산하게 죽은 나무와 갈대 사이로 물새가 한가로이 노닐었다. 그나마 새들이 섬의 차갑고 외로운 이미지를 잠시 잊게 했다.

비내섬에서 아름다움을 찾는다면 오직 고요함뿐이다. 그 누가 쓸쓸하고 고독한 버려진 섬을 찾을까. 수몰 후 뿌리를 하늘로 향한 나무들

일기로만 남길 수 없는 말들

이 죽 늘어서 죽음의 그림자가 가득한 섬은 아무도 관리하지 않는 곳이었다. 밀려온 쓰레기만 치워진다면 인간의 손이 닿지 않은 태고의 순수 자체를 즐길 수 있으련만, 훼손된 자연을 보듬는 손길이 미치지 못하고 있다. 예상치 못한 수몰 쓰레기 섬에 어느 한때라도 당산나무가 지켜 준 마을이 있었을까 했는데, 우리 일행은 기묘한 느낌의 그곳을 그냥 황급히 빠져나오고 말았다. 천상의 낙원이 된다던 4월에 다시 올 것을 기약하지도 않았다. 고요한 섬에 방치된 폐비닐은 돌아오는 내내 못 볼 것을 본 것처럼 씁쓸하게 두고두고 생각났다. 방치된 허울뿐인 관광지에 일행은 적잖이 충격을 받았다.

쓰레기는 문명의 그림자다. 인류가 편리함을 누리며 살아온 대가로 자연은 무참히 훼손되었다. 태평양 가운데 쓰레기 섬이 있고 플라스틱 제품이 쓰이기 시작한 20세기 중반부터 해양 쓰레기가 다량 배출되었다고 한다. 해류에 밀려 떠다니는 쓰레기 섬 외에도 바다 밑에는 헤아릴 수 없는 쓰레기가 퇴적되어 인류의 생존을 위협하고 있다. 비내섬이 수몰되지 않았다면 플라스틱이나 비닐 쓰레기가 그 작은 섬에 그렇게 모이지 않았을 것이다. 오염된 바다의 축소판을 비내섬에서 보았다.

태곳적 풍경을 간직한 그 섬에 야생생물이 보존되기 위해서는 쓰레기 섬을 원래의 모습으로 복구하려는 노력이 따라야 한다. 그 노력마저도 인위적이라 피한다면 미래를 생각하지 않는 인류에게 희망은 없다. 인류 문명의 암울한 그림자를 구태여 태평양 한가운데까지 가지 않아도 된다. 그곳 비내섬에 가면 볼 수 있다.

88

변화

변화를 두려워하지 말아라. 세상에 있는 진리 말씀 중 '변하지 않는 것은 없다.'라는 것만이 변하지 않는 유일한 진리라고 한다. 오래된 물건이나 고정 관념, 변하지 못한 것은 발전이 없었다는 방증이니 그다지 환영받지 못한다.

모든 것이 변하는 세상에 내 주변에 변하지 않았던 것들을 열거하려니 별로 없다. 가족도 부모님과 가족이었다가 분가하여 변했고 물건이든 사상이든 변하지 않는 것은 없다. 변화의 주기가 길거나 짧은 것이 있을 뿐이다. 직장은 말할 것도 없고 이사하지 않고 오래 살은 집도 공사를 여러 번 했으니 변했다.

사람과 사람의 관계 역시 변한다. 좋은 뜻일 수도 있고 나쁜 뜻일 수도 있는데 더 가깝고 각별한 사이로 발전할 수도 있고 다른 관계가 되거나 잊힐 수도 있다는 뜻이다. 한때 즐거웠던 모임도 환경이 변하니 시들하고 만나는 사람도 오래된 물건을 버리듯 정리가 된다.

크고 강한 공룡보다 약해도 적응을 잘한 것이 살아남았다는 다윈의 진화론과도 맞아떨어져 새로운 것을 찾거나 받아들이고 적응을 잘하는 사람은 창의적이라 크게는 과학기술의 발전을 선도하고 패션을 주도하기도 한다. 현재 상태에 만족하는 것은 곧 변화하지 않겠다는 의지의 표시가 된다.

일례로 '검은 머리가 파뿌리 되도록 살아라.'라는 백 세 시대에 한 번 결혼해서 60~70년 한 사람과 산다는 것이 행운인가 불행인가 물을 수 있고 예전 격언에 '한 우물을 파라.'라는 말은 '한 우물 파지 말고 다른 데 가서 파 놓은 우물을 찾아라.'로 다시 써야 한다.

변화의 속도가 너무 빠르게 발전하다 보니 적응하지 못한 자는 공룡처럼 도태된다. 살아나려면 변화를 받아들이고 빨리 대처할 수 있는 순발력이 있어야 한다. 모두 다 변하지만 여간해서 변하지 않는 것도 있다. 사람의 얼굴은 성형해서 변화시킬 수도 있고 늙어서 변하지만, 목소리는 변하지 않는다. 사람의 성격도 어지간해서는 변하지 않는다. 그러니 생긴 성격대로 사는 것이다. 식성도 잘 변하지 않지만, 나이에 따라 소화력이 떨어져 약간의 변화가 있다.

눈에 보이지 않는 사람의 영혼은 얼마나 변했을까. 보고 듣고 느끼고 살아가는 매일의 일상이 삶의 경험과 지식으로 축적되어 살아온 나이만큼 업그레이드되었을까. 종교인의 영혼은 평범한 사람보다 영혼이 고양되었다고 말할 수 있나?

마주하면 알 수 없는 평온함이 느껴지는 사람과 자신은 삶이 행복하고 만족스럽다고 말하지만 말과 달리 행복함보다 긴장감이나 초조함이 묻어나는 사람은 그가 가진 평균 이상의 성취욕이 평온을 깨뜨리는지도 모른다.

　가늠할 수는 없어도 틀림없이 나의 영혼도 변하고 있을 것이다. 육신 안에 들어있어 눈으로는 보이지 않지만 상처받고 움츠러들거나 행복한 희망으로 꽃처럼 피어나거나를 반복하고 있을 것이다. 우주 삼라만상의 변화와 똑같이 생로병사의 끝을 향해.

89

존재의 기록

글쓰기는 기록물의 창조다. 글쓰기는 사색하는 것과 같다. 문학적이거나 철학적인 가치를 논하기 전, 누구든 생각 없이 TV를 보는 것보다 책을 읽는 것이 치매를 예방하는 데 좋을 것이다. 문어체로 글을 쓰면 종종 원색적인 사람의 감정을 외교적이고 순화된 형태로 표현할 수 있다. 말보다 점잖거나 온화한 표현을 쓰게 된다. 그러다 보면 원래 말로 전달하고자 했던 격한 감정이 자연히 완화된다. 어느 순간을 잘 참고 글로 온건하게 반응한 것이 직설적인 대화보다 좋은 결과를 가져올 때가 있다.

역사는 펜이 칼보다 강하다고 한다. 칼이 잘라내는 날카로운 절삭력만큼이나 문자로 남겨진 글의 영향력은, 동서고금을 막론하고 문명의 원동력이 되었다. 글이 칼보다 강한 파급 효과를 주기 위해서는 우선 자기의 생각을 기록으로 남겨야 한다.

문자가 발달하고 기록물이 만들어졌다. 잡다한 기록도 시간이 지나면 중요한 역사 유산이 된다. 『조선왕조실록』은 조선이 당쟁만 일삼던 부끄러운 나라가 아니라 아시아 1위의 문치(文治)국으로 역사 기록을 중시했음을 말해 준다.

어느 날 왕이 말을 타다가 떨어진 장면을, 사관이 실록에 남길까 봐 곧바로 왕은 지시한다. "내가 말에서 떨어진 것을 기록하지 말라." 그러나 사관은 그 말까지도 기록했다. 당대에 기록을 확인하지 못하도록 했으니 기록은 사실대로 남겨진 것이다. 그렇다면 오늘날 대통령의 기록물은 그렇다 치고, 주요 인물도 아닌, 그냥 살다 간 일반인의 기록은 남겨야 할 이유가 반드시 있어야만 하는 것인가. 민중의 애환은 왕조실록이 아닌 민중의 기록에서 찾아지듯이 나는 내 삶에 의미를 부여하고자 한다.

역사의 기록은 위대하지 않아도 의미 있다. 안네가 위인이 되었거나 인류에 공헌해서 일기가 유명한 것이 아니라 안네의 일기는 그 시대를 고발한 생생한 실증이기 때문이다. 나는 수년간 하루도 빠짐없이 수첩을 썼는데 그 수첩에는 잡다한 메모가 있다. 특별한 가치도 없는 그날그날의 일상을 유네스코 세계 유산이라도 만들려고 매일 기록하느냐고 비웃을지라도 나는 그 일을 하리라. 기록하는 습관은 어떤 실용적인 목적을 추구해서도 아니고 그냥 뭔가를 남기는 것이 하루를 사는 마땅한 일이라고 생각해 왔다. 조선 시대 사관처럼 자세히는 못 하지만, 적어도 언제 어디서 무엇을 했는지, 순전히 나의 관점에서 내 역사를 기록한다.

일기로만 남길 수 없는 말들

존재는 언젠가 사라진다. 삶의 행적을 어딘가에 남기고 싶고 과거로 묻힐 오늘의 기록을 쓰고 싶다. 그것이 인류 공영에 이바지하는 것이었다면 위인 반열이겠지만, 그렇지 못하니 기록할 가치가 없다고 할지라도 나는 모든 판단을 유보한다. 지금도 마찬가지다. 오늘의 생각과 기억을 기록한다. 나는 그저 내 인생의 사관이 되어 발자취를 남길 터, 그다음 일은 개의치 않겠다.

90

올리와 함께

올리는 나이 든 골든리트리버이다. 영국 스코틀랜드가 원산지이 며, 어원인 'Retrieve'라는 단어는 '찾아서 물어 오다.'라는 뜻이 있다. 주로 오리 등 물가에 사는 새나 어망 등을 찾아서 가져오는 역할을 했 다고 한다. 4개의 발이 어른 주먹만 하고 입을 벌려 하품할 때면 무섭 게 보이지만, 늘어진 귀와 아몬드형의 눈은 온순하기만 하다. 털은 밝 은 미색으로 곱슬기가 있어 푸들 계통이 섞인 듯하다. 빗질되지 않은 뭉친 털이 군데군데 있으며 표정은 순하디순해 누가 봐도 천사견이 맞다. 다만 몸집이 커서 육중한 꼬리를 흔들면 바람이 일어난다. 작고 왜소한 나는 큰 개를 앞세우고 걸으면 왠지 든든하고 뭔가를 보상받 는 심정이다.

녀석이 우리 집에 온 것은 태어나고 두 달쯤 되었을 때였다. 짧은 기간에 내가 세 번째 주인이다. 전 주인은 아기 수첩을 만들고 예방접

종을 시켰으나 덩치가 커지는 것을 두려워했다. 녀석이 두 번이나 파양된 것은 오로지 대형견이라는 이유였다. 아파트에서 기르기 어렵다는 핑계로 기껏 만들었던 아기 수첩과 함께 천사견을 파양하고는, 가끔 간식을 가지고 녀석이 궁금한지 우리 집에 오기도 했다. 자식을 기르지 못하고 떠넘긴 부채감 때문이었는지 모르겠다. 전 주인은 개가 순하고 허연 두부 같다며 이름을 '두부'라고 지었다. 딸아이는 영국 친구인 올리버를 생각하며 '올리'라는 이름으로 바꿔 주었다.

녀석은 이제 나와 단짝이다. 끔찍이 사랑하던 딸아이가 없으니 차선책으로 나에게 매달리고 있다. 제법 성견이 되고 개의 연보로 볼 때 개춘기라고 하던 시기였다. 어느 날 밤에 산을 넘어 다른 시가(市街)까지 달아난 적이 있었다. 딸아이는 전단을 인쇄하고 개를 찾는 앱을 통해서 눈물바람 끝에 간신히 찾아 목덜미에 주민등록증이라는 칩을 달아 주었다. 그 후에도 녀석의 방랑 아닌 탐험은 실로 길게 이어졌다. 개도 머리가 영특할수록 호기심이 많다더니 녀석의 탐구력은 체력만큼이나 왕성했다. 녀석을 보호하고 있으니 데리고 가라는 전화를 많이 받았다. 쓰다듬고 놀아주던 딸아이가 떠난 집에서 우울하기도 했을 것이다.

소방차를 타고 집으로 오거나 소방서 마당에 묶여 있거나 인근 동물병원에 있다는 정도는 보통이었다. 산속에 있는 동물 보호소로 찾으러 갔을 때는 저도 겁이 났는지 무척 반가워했다. 돌아오는 길에 녀석은 여러 번 한숨을 쉬며 안도했다. 또 어떤 때는 목줄을 풀고 나갔다가 볼 일을 보고 돌아오기도 했다. 온종일 외출한 이유를 말하지 않으니 알 수 없으나 올리 자신의 중차대한 일이 있었을 것이다. 혹시 바람 난 것이 아닐까. 애인을 구하러 갈 수도 있잖을까. 중성화는 시켰는데….

올리는 동네 사람들에게 우호적이다. 가장 낯설어하는 것은 들고양이들이다. 고양이만 한 작은 개라도 만나면 반가워 꼬리를 흔들지만, 고양이에게는 절대 호락호락하지 않았다. 이른바 녀석의 볼 일이라는 것은 고양이 사냥이었다. 들고양이를 혼내 주기 위해 나갔다가 돌아올 때는 고양이의 날카로운 발톱에 긁혀 얼굴에 상처를 입은 채 피를 흘리기도 했고 분을 삭이지 못해 씩씩거리다가 그만 잠들기도 했다.

올리는 물을 좋아해 냇가에 몸을 담그고 냉수욕을 즐긴다. 그러나 물에서 나오면 깨끗해지는 것이 아니라 바닥의 이끼를 몸에 묻히고 나와 더러워지기 일쑤다. 커다란 개가 물에 들어가 노는 모습을 사람들은 지켜서서 즐겨본다. 올리는 사람들은 아랑곳하지 않고 더위를 식히며 고양이 대신 청둥오리 사냥이라도 해 볼까 호시탐탐 노리기도 한다.

나는 올리가 오래 장수하길 바란다. 반려견으로 인해 일거리가 많아져도 그 충성스러움이나 믿음직함이 가히 견공이라 할 만하다. 올리에게 밥을 주는 주인이기도 하지만, 움직이기 싫을 때 산책하게 만드는 나의 트레이너다. 올리는 마당에서, 나는 안에서 각자 삶의 의미를 찾는 동반자이기도 하다. 순한 눈매가 꼬리를 흔들고 달려올 때, 이토록 사랑스러운 생명체는 어디서 왔나, 나도 올리처럼 순수하게 세상을 사랑하고 싶다.

일기로만 남길 수 없는 말들

91

칭기즈칸과 나의 연관성

칭기즈칸은 불세출의 영웅이다. 흙먼지 날리는 몽골 대초원에서 말 달리며 바람을 가르는 남루의 영웅이 칭기즈칸이다. 영화는 특히 추운 날이거나 더운 날, 숨 막힐 정도로 지치고 힘든 날 가장 편한 자세로 보는 것이 제격이다. 굳이 이유를 들자면 그의 고난이 내가 처한 현실에 위로가 되기 때문이다.

칭기즈칸의 삶은 위대한 만큼 고난이 많았다. 그는 정복 전쟁을 통해 유라시아 대륙의 세계화를 창조한 첫 번째 인물로 평가된다. 내가 마지막에 본 칭기즈칸 영화는 1월, 밖에는 바람이 쌩쌩 불고 연중 동장군이 가장 위세를 부릴 때였다. 따듯한 병원 입원실의 보호자용 간이침대에 할 일 없이 누워서였다. 영웅은 마땅히 역경을 돌파하는 비범함이 있으나 범인은 편안하게 영웅의 삶을 음미할 수 있다. 비록 영웅이 되진 못해도 영웅이 누리지 못한 안락함을 극대화해서 누리는 평온함이 있다.

몽골 대초원에도 따뜻한 봄과 여름이 있을 텐데 유독 칭기즈칸의 무대가 되는 전장은 눈보라 치는 혹한이 배경인 경우가 많다. 보는 이로 하여금 저렇게 남다른 고통의 삶을 이겨냈다는 극적인 효과를 위해서 설정한 것 같다. 피비린내 나는 격전지에서 죽고 죽이고, 속고 속이고, 극한의 절망 속에서 굴하지 않고 끝내는 대업을 완수하는 거인이 나온다. 그런 영웅을 침대에 누워 리모컨으로 조작하며, 그의 파란만장한 일대기를 관람했다.

"저기는 춥겠다, 너무 힘들겠지."

혼자 중얼거리며 주인공이 된 듯 몰입했다. 영화에서 칭기즈칸이 제사를 지내는 제단에는 원색의 깃발이 바람에 휘날렸다. 흡사 우리의 옛날 서낭당을 보는 것 같아 반가웠다. 고구려 벽화를 보면 우리 민족이 말 타고 활을 쏘는 자유분방한 기마민족이었음을 알 수 있다. 한반도에 정착한 기마민족의 후손은 땅에 뿌리를 내리고 곡식을 재배하며 그 옛날 초원을 누비던 진취적인 기질을 다 어디다 감추었을까. 바다가 막혀 더 이상 말을 타지 않은 것일까.

칭기즈칸의 후예인 몽골족이 세운 원나라가 고려를 여러 차례 침략했을 때, 우리 선조들은 불심으로 단결하여 팔만대장경을 조판하고 원나라 공주를 맞이하며 나라를 지켰다. 언젠가 몽골 문화를 소개하는 행사장에 가 본 적이 있다. 몽골인의 게르에 직접 들어가 체험해 보았다. 대초원 멀리 퍼져 나갔던 몽골 아낙의 애절한 듯 가슴 울리는 노래가 마치 남도창을 들을 때처럼 찡한 뭔가가 가슴에서 터져 나오는 듯했다. 사람의 발성 기관에서 내지르는 소리가 악기처럼 광활한 초원의 공기를 진동하고 가르는 울림이 생겼다. 귀에 쟁쟁한 그 소리가 아직도 생생하다.

역사상 가장 넓은 영토를 정복했던 칭기즈칸조차도 다음 생에는 평범한 사람으로 태어나 한 가정의 게르를 지키는 안락한 삶을 살고 싶다고 했다. 아이러니하게도 나는 이미 칭기즈칸이 다음 생에 기약한 꿈을 이루고 있다.

천 년 전의 영웅은 누군가의 나태한 내면에 불을 지핀다. 그로부터 현실을 위로받기도 하고, 그는 내게 회복 탄력성과 삶의 적극성을 일깨워 준다. 칭기즈칸과 나와의 연관성을 다시 한번 조목조목 따져 본다. 우선 그가 기대한 안온한 삶을 나는 유감없이 누리고 있다. 그리고 세계 불가사의 팔만대장경이 보관된 합천 해인사를 마음먹고 관광하기도 했다. 말을 타고 대초원을 달리는 칭기즈칸처럼 자동차로 기동성 있게 달리던 내게도 한때 칭기즈칸과 같은 불타는 정열이 있었을까. 이제 달리기를 멈추니 가슴 찡한 초원의 노래가 듣고 싶다.

92

상상 속의 행복

내가 만약 장사를 한다면 서점에서 책을 팔고 싶었다. 책을 주고 돈을 받는 일은 뒷전에 두고, 햇살 가득한 창가에 앉아 책을 읽고 싶었다. 그 공간에는 책이 정갈하게 진열돼 있어 많이 팔지는 못 해도, 느리고 여유로운 동작만으로도 운영되는 서점의 주인이면 좋겠다. 하루 종일 몇 명 오지 않아도 좋고, 몇 명 온다고 해도 나의 서점을 아끼는 이들이 종종 찾아와 주면 좋겠다.

나는 그들을 맞이하기 위해 창문을 열어 환기하고, 커튼으로 강렬한 빛을 가리기도 하며, 창가에 놓인 선인장이 가지를 쳤는지도 보고 싶다. 느리고 감미로운 음악이 카페처럼 흐르고, 책을 덮으면 등받이 의자에 기대 눈을 감고, 음악으로 나의 하루가 행복하다고 자족하고 싶었다. 계절이 오고 가는 것을 서가에 꽂힌 책들과 나누고, 아무도 찾지 않는 색이 바랜 종잇장을 쓰다듬으며 그들이 주인을 찾아 나갈 때는 아쉬워 손을 흔들어 주겠다.

나는 또 빵집의 주인이 되고 싶었다. 빵 굽는 향이 진동할 때 바람 따라 동네 전체를 훈훈하게 하고 싶었다. 갓 구운 빵을 수북하게 담아 나눠 주고, 나의 것을 한 조각 남겨 그윽한 커피와 같이 음미하고 싶었다. 알록달록 폭신한 빵이 나오면 요것조것 이름을 붙여 진열해 놓고 싶었다. 빵이 팔리면 새로운 빵을 만들고 신제품을 품평하는 이들을 불러 모아 할 일 없는 수다를 떨고 싶었다. 장발장의 빵처럼 인색하고 무서운 빵이 아닌, 달콤하고 보드라운 빵으로 내 이웃에 스며들고 싶었다. 밀가루가 아닌 나의 빵을 너도나도 찾는 이에게, 나는 흐뭇하게 품절이라고 말하고 싶었다. 그리고 내일은 더 건강한 빵을 만들려고 다짐하는 젊은 사장이 되고 싶었다.

나는 꽃집의 주인도 되고 싶었다. 흰색, 보라색, 빨간색 가득 피어난 꽃다발을 손질하고 소담스러운 바구니를 만들어 누군가에게 선사하고 싶었다. 꽃 한 송이 코에 대고 그 향기의 절정에 시들어 버린 꽃을 정리하며 시름을 잊고 싶었다. 누군가의 축하하는 날, 잊지 못하는 누군가의 로맨틱한 날, 나도 꽃이 되어 그들과 그 행복한 장면을 보고 싶었다. 나의 꽃들이 화병에 꽂혀 오랫동안 탁자를 장식하고 모르는 이들이 함박웃음으로 바라보게 하고 싶었다. 시들면 버려질지언정 나의 꽃집에는 눈 덮인 겨울이나 황량한 사막에도 고고하게 피어 있을 강인한 꽃들을 가득 채우고 싶었다.

결코, 돈을 세는 영업을 하고 싶지 않았다. 내 생애에서 그토록 하고 싶었지만, 영원히 할 수 없는 그 일을 상상하는 것만으로도 입가에 미소가 피어난다.

93

이기심과 이타심 그리고 도덕성

사람은 누구나 이기적이라고 할 수 있다. 태어남에서 죽음에 이르기까지 자신을 위해서 살아간다. 그 행태가 어린아이는 자기 것을 챙기지만, 어른의 이기주의는 겉으로 표현하지 않고 지혜롭게 챙긴다. 노골적으로 이기주의를 일삼는 경우 손가락질을 받게 되니, 대개는 합법적인 방법으로 이기적인 행위를 포장한다. 이기적인 행동은 사실 바람직하지 않기 때문이다.

남을 배려하지 않는 극단적인 이기주의가 사회 질서를 파괴하고 종국에는 자신도 파멸에 이르게 하지만, 적당한 이기주의는 삶을 살아가게 하는 원동력이 된다. 자기 자신을 돌보는 일보다 우선하는 일은 없기 때문이다. 흔히 말해 자기 앞가림을 한 연후, 즉 수신(修身)을 한 다음 제가 치국평천하가 되어야 하는 것이다.

이타주의는 이기주의와 상반된다. 무수히 많은 평범한 사람들과 달리 우리 주변에는 높은 도덕성을 갖거나 깨달은 자가 이타주의를 자연스럽게 생활화하고 실천하는데, 사실 이타주의는 크게 보면 이기주의와 같다. 이타적인 행위는 다만 시간이 지나 늦게 자신과 세계를 이롭게 하기 때문이다. 대부분의 평범한 우리는 일종의 희생이나 봉사를 통한 한 박자 늦는 이로운 결과를 생각할 겨를도 없이, 눈에 보이는 이득만을 생각하기에 남을 위한 이타적 행위를 하기 어려운 것이다.

타인을 위한 일과 연관 지어 배려심에 대해 생각해 보면 세련된 매너를 가진 배려심 많은 사람을 누구나 좋아하고 그런 사람이 되는 것을 지향한다. 타인에 대해 배려심이 없는 사람을 무례하다고 판단하고 멀리한다. 이것은 누구나 받아들이는 통념이다. 재미있는 것은 자기 자신에 대한 객관적인 판단이 쉽지 않다. 스스로 얼마나 배려심이 있고 타인을 생각하는 사람인지 잘 모르고 착각하는 경우가 많다. 자기 자신에 대해서는 다른 잣대로 후한 점수를 주는 일이 많아 흔한 말로 내로남불이다. 예컨대 스스로 깨달았다는 사람이 나와 남을 구별하지 않고 이타적인 행동을 하라고 주장한다. 그런데 실제로 그가 남에게 베풀기보다 늘 얻어먹는 사람이거나 타인의 불편을 생각지 않는 사람이라면 그들의 말이 그럴듯해도 듣는 이에게 설득력이 없다. 사실 말보다 행동으로 보여 주는 게 더 확실하기 때문이다.

이타적인 행위나 타인에 대한 배려심과 함께 인격과 도덕성은 높은 연관성이 있다고 생각된다. 우리 사회에는 높은 도덕성이 요구되는 직업군이 있으나, 도덕성의 발달 정도를 개인의 직업으로 가늠하기는 어렵다. 인격이 직업으로 교묘하게 포장되거나 반대로 성자가 된 청소부도 있기 때문이다. 성인(聖人) 수준의 높은 도덕성과 밑바닥의 낮은 수준 사이 중간쯤에 give & take 정도의 가장 대중적인 수준이 있다고 하면 어디쯤 자신이 속해있는지 판단해 볼 일이다. 적어도 give & take 수준은 돼야 하지 않겠는가? 그것도 못되면서 높은 수준을 바라보고만 있는지 반성해 볼 일이다.

일기로만 남길 수 없는 말들

94

인도에 가 보고 싶다

애플의 창업자인 스티브 잡스는 유품으로 책을 남겼다. 그의 서재에 놓여 있던 책이 바로 『요가난다 영혼의 자서전』이라는 책이었다. 그래서 호기심이 발동하여 얼른 그 책을 도서관에 요청하여 사들여 놓게 하고 맨 먼저 읽어 보았다. 요가 수행자의 자서전으로 그가 겪은 기이하고도 영적인 삶의 경험이 소개되었다. 책을 계기로 요가를 배우고 싶었는데, 요가의 달인이 되면 정말 책에서처럼 신묘한 일이 생길까 하는 일종의 허황한 호기심이 생겼다. 요가는 나이가 많아도 얼마든지 할 수 있는 운동이라고 하니 한번 도전해 배우고 싶다.

인도에 가 보고 싶은 이유는 날씨가 더워 꺼려지기도 하지만, 무질서 속에 질서 같은 인도만의 특별한 느낌이 궁금하다. 어린 시절 시민회관에서 인도 마술사 공연을 본 적이 있는데, 마술이란 것이 모두 고도의 눈속임이라는 것을 몰랐던 시절, 인도 마술사의 공연은 흥미진

진했고, 그때의 즐거움을 잊지 못한다. 어쩌면 요가 수행자의 기이한 영적 능력조차도 마술사처럼 고도의 사기술일지는 알 수가 없다. 아무나 할 수 없는 대단한 거짓말 기술이 궁금했다.

오늘날은 카스트 제도의 맨 아래 불가촉천민도 교육의 혜택을 받아 명사가 된 사람들이 많지만, 여전히 카스트 제도는 인도 발전의 걸림돌이 되고 있다고 한다. 그 훌륭한 마하트마 간디도 카스트 제도를 옹호했던 사람 중 하나였다니, 오래된 전통과 관습은 쉽게 없어지지 않는다. 인도 사람에게는 왠지 모를 영성이 있을 것 같다는 근거 없는 추측과, 세계 곳곳을 누비며 어디서든 빠지지 않는 인구는 바로 힘의 상징이기도 하다. 한국 인구가 소멸할 위기에 처한 오늘날, 인도의 인구는 부러움의 대상이다.

내가 기억하는 인도 사람은 구릿빛 피부에 눈썹이 길고 흑단 같은 머릿결을 가진 이목구비가 뚜렷한 모습이다. 그들의 영어 발음은 눈을 감고 들어도 인도인이란 것을 금방 알아챌 수 있는 독특한 발음을 했던 것으로 기억한다. 그들은 겉으로 나태하고 느린 듯 보이지만, 구구단을 20단까지 외우는 영민한 두뇌의 소유자이며 전 세계에서 우리나라를 능가하는 교육열을 가진 나라이다. 사람 사는 일이야 세계 어디인들 가족이 있고 다 비슷한 것이 인지상정인데, 인도 사람은 가족애가 강해 관광지에서 온 가족 여럿이 함께 다니는 모습을 여러 번 보았다. 전통의상에 대한 그들의 자부심도 대단한데, 특히 인도 고전 영화를 보면 아름다운 여배우의 화려한 의상과 천민의 처절한 남루함이 대비된다. 신명 나고 경쾌한 음악도 눈길을 끈다.

조만간 인도 여행을 갈 계획은 없지만, 익살스러움과 그윽함이 공존하는 인도 영화라도 보고 싶다.

95

헨델의 라르고

느리고 장중한 헨델의 '라르고'는 내가 즐겨 듣는 곡이다. 사색하거나 휴식, 독서 중일 때 듣기 좋은 느린 곡이다. 헨델을 말할 때는 항상 바흐도 같이 나오는데, 바흐와 헨델은 독일에서 같은 해에 태어나 각각 음악의 아버지와 어머니가 되었다. 이들이 활동하던 시대를 바로크 시대라 하는데, 보통 르네상스 음악이 끝난 1600년경부터 바흐가 사망한 1750년까지를 말한다. 바로크의 어원은 포르투갈어로 '찌그러진 진주'라는 뜻이다. 신과 교회 중심의 문화에서 인간 중심으로 돌아가자던 르네상스 시대는 후기에 이르러, 지나치게 화려하고 장식적인 성향을 띠게 되었다고 한다. 그래서 '찌그러진 진주'로 표현된다.

바흐는 독일 내에서 주로 교회를 위한 작품 활동을 했고, 헨델은 이탈리아에서 공부하여 영국을 중심으로 활동해서 그 무대가 훨씬 국제적이다. 두 거장은 서로를 존경했지만 만날 기회는 없었다. 25세에 궁정 악장이 된 헨델은 국왕의 뱃놀이를 위한 수상음악이나 왕궁의 불꽃놀이 음악을 작곡했다. 그 두 작품이 가장 잘 알려진 관현악 작품이라고 전해진다.

나는 바흐의 'G선상의 아리아'도 아름답지만, 헨델의 음악을 들을 때 가슴 깊이 울리는 거룩함과 웅장함이 느껴진다. 이런 분위기는 여러 작품에서 공통으로 느껴지는데, 헨델의 작품 중 가장 많이 알려진 것은 〈메시아〉 중에서 할렐루야다. 이 작품은 그리스도의 탄생과 삶, 수난을 담아 할렐루야를 들을 때 기독교인이 아니라도 저절로 기립하게 만드는 성스러움이 있다. '울게 하소서'는 오페라 〈리날도〉의 소프라노 아리아(독창곡)로 헨델의 첫 번째 오페라이자 런던 무대를 위해 작곡된 첫 번째 이탈리아어 오페라다. 자유를 염원하는 가사의 이 곡은 누구라도 들으면 뜻을 알아들을 수 없어도 가슴이 절절하게 울려온다. 그 당시 여자는 무대에 올라 노래를 할 수 없었던 시절이라, 고음의 노래를 부르기 위해 어린 남자 가수의 변성기가 오기 전에 거세한 불구자를 만들었다고 한다.

헨델의 라르고는 오페라 〈세르세〉 중 '그리운 나무 그늘이여'라는 곡인데, 독서 중일 때 듣기 좋은 느린 곡으로 똑같은 멜로디를 계속 반복해서 들어도 싫증 나지 않는다. '라르고'란 말은 느리다는 뜻으로 여기에 등장하는 나무는 플라타너스라고 한다. 가로수로 많이 보이는 그 흔한 플라타너스를 다시 보게 만든 곡이다. 내가 이 곡을 듣고 느낀 감동이 모든 사람에게 똑같이 느껴지지는 않을지도 모른다. 어떤 사람은 그 장중함을 장송곡 같은 우울함으로 받아들이기도 했는데,

같은 곡에 대해 다르게 느끼는 것은 서로 공감하는 바가 다르기 때문일 것이다.

내가 보기에 음악이든 미술이든 예술은 알려고 하기 전에 느끼고 받아들여지는 것이 아닌가 싶다. 예술가들은 보통 사람들이 보지 못하는 것을 음악이나 미술 등 작품을 통해 보여 주는 사람들로 굳이 예술의 목적을 말하기보다, 관객이 예술 작품을 감상함으로써 정신세계를 새로운 차원으로 고양하는 데 있다고 생각된다.

헨델은 인간이 숭고한 영혼을 갖게 하려고 작곡했다는데 그의 아름다우면서도 웅장한 곡을 들으면 실제로 영혼이 고양되는 느낌을 받게 된다. 나는 헨델을 알지 못하고 다른 작곡가들의 음악을 다 들어보지도 못했지만, 바로크 시대 부자연스러운 긴 가발을 쓰고 있는 헨델의 곡은 세기를 넘어 뭇사람들의 심금을 울리고 내 가슴에도 스며든다. 그리고 표현하기 어려운 평온함으로 흘러드니 나는 얼핏 모르는 헨델을 이해하는 것 같다.

일기로만 남길 수 없는 말들

96

이중성

반려견 올리는 인상이 순하고 먹성이 좋다. 덩치가 크든 작든 같은 개들끼리 만나면 언제나 꼬리를 힘차게 흔드는 사회성을 갖추었다. 지나가는 개들은 올리의 체구에 위압감이 들었다가도 한 번도 짖지 않는 인사성 밝은 모습에 호감이 생긴 듯 다가온다. 개는 키우는 주인을 닮는다고 하는데 사실 그 점은 나와 크게 닮지 않았다. 나는 사람의 이름을 잘 외우지도 못하고 만나는 사람의 폭이 좁다. 혼자 조용히 외로움과 단절을 즐기는 편이다.

올리는 애교가 많고 영리하다. 간식을 주거나 쓰다듬어주면 배를 긁어달라고 적극적인 포즈를 취한다. 50킬로그램의 거구로 산책할 때면 누가 목줄을 잡고 있느냐에 따라 다른 태도를 보인다. 이리저리 가고자 하는 방향을 제시하거나 길바닥에 눌러앉아 움직이지 않을 때는 번쩍 들어 안을 수 없어 같이 쉬었다가 걸어야 한다. 게다가 교육이 부족하여 녀석은 택배기사에게 무척 경계하는 위협적인 자세로 으르렁거린다. 혹자는 개가 너무 사람처럼 말을 잘 듣고 알아들으면 개에게 사람의 영혼이 씐 것이니 경계해야 한다고도 한다. 그 점은 안심해도 된다. 올리는 어떤 때는 답답할 정도로 말을 못 알아듣는 것인지 안 듣는 것인지 알 수 없는 개 같은 행동을 할 때가 많다.

평생 충성을 약속하는 든든한 반려견이기도 하지만 그의 야생성이 폭발할 때면 아연실색한다. 순한 얼굴을 가졌으면서도 어느 순간 동네의 들짐승을 추적하여 물어 죽이는 잔인함을 보면 그의 조상인 늑대 혼이 실렸는지 흥분의 정도가 도를 넘는다. 만약 사료를 주지 않는다면 녀석은 제 조상처럼 냉혹한 사냥으로 살아갈 수 있을 것이다. 동물은 본능만 있으니 견격이라는 것 자체가 없겠으나, 교육으로 맹인 안내견이나 국제공항에서 열일하는 마약 탐지견은 단순 반복과 훈련의 산물일 것이다. 올리의 순한 얼굴과 달리 살생을 일삼는 폭력성은 사람으로 치면 극단적인 이중인격 내지는 다중인격에 해당한다.

한낱 개보다 사람의 이중성으로 인한 폐해는 훨씬 더 크다. 모든 인간관계에는 은연중 갑, 을 관계가 생긴다. 자신의 이익을 극대화하는 삶의 방향은 크고 작은 일에 의식하지 못한 가해자가 되거나 피해자가 되어 얽히게 된다. 때에 따라 사람은 같은 현상에 대해 다른 해석과 판단을 할 수 있다. 병적인 단계까지는 아니라도 경쟁과 스트레스 속의 현대인이 전혀 이중적이지 않다고 단언할 수는 없다. 살다 보면 내가 타인에게 준 피해를 나는 알지 못하나 타인이 내게 준 상처를 기억하는 것은 인지상정이다.

일기로만 남길 수 없는 말들

오늘을 살고 있는 한, 부지불식중 인간관계의 피해자이며 가해자가 될 수도 있다. 누구도 예외가 될 수 없다. 이중성으로 인한 폐해는 개와 같은 물리적인 상해가 아닌 정신적인 타격으로 타인의 영혼을 위축시킬 수도 있다. 이상한 사람과 얽히기 싫으면 도인(道人)이 되거나 관계를 단절하는 것으로 일단락된다. 인간사 원래 그렇다.

오늘은 나의 반려견 올리의 이중적인 태도와 행위로 유명을 달리한 동물들을 애도한다. 인근 들고양이나 고라니의 주검을. 아울러 할 일 없이 돌아다니다 깃털 뽑힌 수탉의 무사 회복을 기원한다.

97

우리 곁의 사이보그

오래전 베르나르 베르베르의 단편 소설을 읽은 기억이 난다. 주인 공은 아침에 눈을 뜨자마자 시작되는 일상에서 잠들기까지 그의 모든 생활에 인공지능 로봇이 관여하는 스마트홈 시스템으로 살아간다. 게다가 인공지능 로봇과의 연애도 즐긴다. 하지만 어느 날 그는 로봇에 둘러싸인 삶에 싫증을 느끼고 로봇 애인을 살해하려고 한다. 살해당할 위기에 처한 로봇 여자 친구가 오히려 주인공을 공격하며 그의 정체성을 폭로한다.

"너도 똑같은 로봇 주제에….."

사람인 척했던 주인공도 실상은 로봇이었다는 결말이다. 마지막의 반전이 꽤 신선했다. 사물인터넷이 도입되고 인공지능 기술의 발전 추세를 볼 때 충분히 상상할 수 있는 일이다.

인간의 수명은 얼마나 연장할 수 있을까. 미래학자인 레이 커즈와 일은 '수명탈출 속도(longevity escape velocity)'라는 개념을 말했다. 그는 '당신이 살아 있다는 전제하에 과학이 해마다 수명을 1년 이상 연장할 수 있는 시점'이 그리 멀지 않다고 주장한다.

인간과 기계의 연결, 사이보그(cyborg)는 인공두뇌학(cybernetics)과 유기체(organism)의 합성어로 프랑스의 과학자 앙드레 M. 앙페르가 처음으로 사용했다. 뇌가 없는 단순 로봇인 안드로이드와 달리, 사이보그는 넓은 의미에서 개조된 생명체를 말한다. 대표적으로는 의수, 의족, 의안, 죽은 사람의 정자, 난자를 이용한 사이보그 임신 등 인공장기, 체내 보철물이 여기에 속한다. 신체 내부의 장기를 기계로 대체하여 보통은 더 강력한 신체 기능을 떠올리게 되며, 생체 신경을 이용해서 기계를 제어한다는 의미가 있다. 틀니나 안경은 동력이 없어 도구에 해당하며, 보청기는 기계지만 제어기능이 약해 제외된다.

사이보그의 역사는 길다. 사이보그가 되는 계기는 대부분 사고나 질병 등에 기인하며 과거 유명했던 드라마로 〈6백만 불의 사나이〉는 대표적인 사이보그에 해당한다. 인류는 질병을 치료하거나 예방의학 차원에서 신체 부위를 기계로 대체함으로써 수명연장의 꿈에 다가갈 수 있게 된 것이다. 인공심장이나 인공심장박동기를 삽입했거나, 인공와우, 인공수정체, 고관절, 무릎관절도 이에 해당한다. 유명한 사이보그인 스티븐 호킹은 영국의 세계적인 물리학자로 대학 시절 조정선수로 활약할 정도로 활동적이었으나 루게릭병을 앓고, 76세에 별세하기까지 미국에서 만든 기계에 의존하여 미국식 발음을 해야 했다.

사이보그는 먼 나라 사람의 이야기가 아니다. 내 아버지는 사이보그였다. 아버지가 일흔네 살 되셨을 때, 서맥성 부정맥으로 인공심장 박동기를 삽입했다. 그 후 심장 세동맥을 확장하는 스텐트도 몇 개 시술했다. 그러나 비교적 건강하셨다. 박동기는 대략적인 사용 기간만 어림잡았고, 휴대전화처럼 배터리가 몇 % 남아 있는지 확인할 수는 없었다.

어느 날 갑자기 의식이 희미해져 병원을 찾았을 때, 의료진은 그제야 부랴부랴 배터리를 교체했다. 그것은 마치 북을 치는 곰 인형이 서서히 북을 치지 않고 멈추게 되자, 배터리를 다시 교체했더니 또다시 북을 치는 것처럼 극적인 상황의 반전이었다. 배터리 수명만큼 길게 산 노인이 그리 많지 않아 통계자료가 없었던 것 같다. 항상 주시하고 있던 심장은 끝까지 버텨 주었으나, 뇌에서는 파킨슨병이 진행되고 있었고 결국 여든아홉 겨울, 아버지를 세상에서 밀어낸 장기는 췌장이었다. 침묵의 장기 췌장은 증세가 잘 나타나지 않았다.

"왜 배가 고프지 않을까?"

하시던 말씀을 그저 식욕이 떨어진 정도로만 생각했고, 요통은 파킨슨병의 증세로 생각했다. 파킨슨병은 진행을 늦추는 것에 만족할 수밖에 없는 노환이고, 정형외과에서 "오늘 진료 본 환자분 중에서 허리가 가장 튼튼하십니다."라고 했을 때, 침묵의 장기, 그 음흉한 췌장을 생각해야 했다. 다 지난 일이다. 하지만 아버지는 사이보그가 되었기 때문에 훨씬 오래 사셨다.

현재는 사이보그가 되려는 사람이 상당히 많다. 노화되면 수정체가 불투명하고 시야가 자꾸 흐려져 사물을 뚜렷하게 인식할 수 없다.

일기로만 남길 수 없는 말들

회백색으로 흐려진 수정체를 제거하고, 인공수정체를 삽입하여 백내장으로 인해 떨어진 시력을 개선하고 있다. 백내장 수술이 보편화된 세상이다.

사실 불편한 신체 장기를 교체할 수 있다는 것은 획기적이다. 기증된 장기를 이식하거나, 줄기세포 기반의 접근이나 3D 프린터를 이용해 개인의 장기를 복제하여 교체할 것으로 전망된다. 공상과학 소설같이 유전적으로 약한 신체 장기를 새것으로 바꿔 수명을 연장하는 것이다. 영화에서나 나오는 휴대용 의료 스캐너가 보급되면 디지털 건강관리로 24시간 인체를 관찰할 수도 있다.

소설가의 상상처럼, 인공지능 로봇과 공존하며 살아갈 날이 언젠가는 오게 될지도 모른다. 자신이 로봇인지 사람인지조차 구분이 안 될 정도의 정교한 로봇이 발명될 미래에는 결혼했거나 미혼이거나, 또는 자식이 있거나 없거나가 오늘날처럼 큰 논쟁거리가 되지 못할 것이다.

기술 발전은 이미 오래전부터 사회를 변화시켜 왔다. 코로나 팬데믹에 대응하기 위해 신기술의 도입이 앞당겨진 것처럼, 감히 상상하지 못한 미래에 우리는 이미 한 발짝 들어와 있다. 궁극적으론 인간 수명연장의 꿈을 실현하려는 획기적인 세상이 도래하고 있다.

98

지구를 38바퀴 돌아보니

직업의 사전적 의미는 생계를 위해 일정 기간 종사하는 일을 말한다. 자기가 하는 일이 천직이라 생각하고, 즉 직업 소명 의식이 있어야 그 직업을 통해 삶이 발전한다. 직업은 긴 세월 경험을 축적하게 해 주었고 그것으로 나 자신이 성장해 왔으니 인생살이를 거기서 배운 것이다.

스물여덟의 나이. 아득히 먼 옛날 일이다. 그때 내가 처음 모교에서 강의를 시작했다. 지도교수님의 대리 강의였는데 강사명은 여전히 지도교수님이라 실상 나의 경력에 보탬이 된 것은 아니지만, 그렇게라도 강의 경험을 쌓아야 했다. 강단에 서기 시작해서 가까운 곳, 먼 곳을 가리지 않고 보따리장수처럼 시간강사로 일했다. 박사학위를 취득한 후에도 몇 년 동안 여러 대학을 돌아다니며 발품을 판 대가로 이력서에 경력을 추가할 수 있었다. 대부분 강의 의뢰는 모교를 통해 들어

왔는데 스스로 개척하기도 했다. 내가 다녔던 대학 중 가장 마음이 편했던 곳은 이미 정착한 선배들이 불러 준 곳이었다. 어딘들 학연과 지연이 없으랴.

시간강사를 접고 자리를 잡은 해부터는 여기저기 돌아다닐 필요가 없었는데 원거리인지라 출퇴근이 만만치 않았다. 몇 년 동안은 가까운 데로 옮기려는 시도를 해봤으나 직급이 높아지면서 자연스레 포기하고 내 일에 집중했다. 열이면 열 주말부부를 권했고 주말부부 예찬론도 있었지만 그렇게 하고 싶지 않았다. 삼대가 덕을 쌓아야 해 본다는 주말부부를 덕이 부족했나 보다.

매일 가족을 만나려면 최소 4시간의 자동차를 운전해야 했다. 우둔하고 어리석게 반복하는 길 위에서 매일 같은 장소에 거미줄을 치는 바보스럽고 부지런한 거미를 생각했다. 측은하게 반복되는 거미의 일상이 나와 같았다. 똑같은 출퇴근 길, 가도 가도 끝이 없는 그 길은 피서철, 단풍철 그리고 명절이면 몸살을 앓았다. 회식으로 늦게 귀가한 날도 출근은 똑같이 해야 했는데 그때마다 내가 극복해야 할 숙명같이 버텼다. 정교수 타이틀을 얻을 때까지 예닐곱 대의 자동차를 소진했지만, 방학이 있었으니 극한 직업은 아니었다. 지구 둘레가 4만 75킬로미터. 지구를 38바퀴 돌고 나의 업이 끝났다.

무엇을 위해 긴 세월 그렇게 살았을까? 나의 학업과 직업 성취를 위해 어린 시절 이리저리 맡겨졌던 아이들을 또다시 희생할 수는 없었다. 한편으로 다르게 생각해 보면 남편도 자식도 아니고 그저 나 자신을 위해서인지도 모른다. 몸이 힘들어도 내가 가진 모든 것을 온전하게 지키고 싶고 아무것도 놓고 싶지 않았던 나만의 고집과 집착이었다. 사람마다 그릇의 크기가 다르니 내 그릇의 크기는 가정이라는 울타리를 넘을 수 없었고 직업과 가정을 저울질할 때 직업은 가정을 위한 수단으로 결코 목적이 될 수 없었다.

전업주부를 체험하는 일이 아직 싫증 나지 않은 것은 처음 하는 일이기 때문이다. 가정을 벗어나지 못한 것이 나의 한계일지라도 덕분에 자녀들이 온전하게 성장해 자기 길로 떠났고 이제 할 일은 더 이상 젊지 않은 남편 손을 꼭 잡고 해로하는 일만 남았다. 남편과 자식들도 결국 헤어지지만 내 인생 전반기 보상을 바라지 않고 헌신한 열매인 셈이다.

직업 소명 의식을 가지고 살았으되 지금 나를 지탱하는 것은 명예도, 자식도 아니고 함께 걸어온 남편과 있는 그대로의 나 자신일 뿐이다.

일기로만 남길 수 없는 말들

99

해파리

나는 꿈을 꾸는 해파리다. 푸른 바다 깊은 물에서 원 없이 유영하며 한나절을 자유로이 보낸다. 모래사장이 끝없이 펼쳐져 있는 이곳은 수평선이 아득한 적도의 바다. 하늘은 구름 한 점 없이 맑고 푸르기만 해서 좀 더 짙은 빛깔이 아니었다면 바다와 하늘은 구분되지 않았을 것이다. 바람조차 하늘거리는 이 평화로운 태평양에 언제 풍랑이 있었고 언제 파도가 있었던가. 다만 강렬한 태양만이 물결 위에 반짝이고 해변의 모래알을 뜨겁게 달군다. 이곳은 느긋하고 평화로운 내 삶의 터전, 어머니와 아버지의 바다다.

나는 잔잔한 물결에 몸을 맡기며 이리저리 물속을 떠다닌다. 물은 따듯하고 내 몸은 물을 흠뻑 빨아들여 부풀어 있다. 뼈대도 근본도 없는 해파리지만 용기가 백배 넘친다. 하얀 돛을 단 작은 배를 타고 껑충 뛰어 저 하늘 멀리 은하수까지 날아갈 수도 있고, 이 물속을 유유히 헤엄치는 나는 어디든 갈 수 있다. 바닷물 밖은 더 따듯하지만 이내 나는 말라버릴지 모른다. 더 뜨겁고 타는 듯한 눈부신 광명이 궁금해도 때로는 위험하고 무모한 도전이 될 것이다. 미지근한 이 물이 내게는 제격이다. 굳이 사막의 뜨거운 모래를 체험하고 싶지는 않다. 가끔 해변으로 다가간 용감한 해파리들은 끝내 돌아오지 못했다. 나는 만용을 부리지 않는다.

때로는 내가 사는 이 바다가 아닌 다른 바다를 상상하기도 한다. 먹물을 풀어놓은 듯한 짙고 검은 바다. 그 침묵의 바다는 깊은 종말처럼 내 몸의 모든 세포가 오그라들고 차가운 촉감에 놀란다. 나는 따듯하고 너그러운 이 바다가 좋다. 세포와 기관이 늘어나고 이완되는 몽환의 꿈을 꾸려면 나른하고 게으른 이 바닷가가 내가 살 곳이다. 연한 피부에 비단결같이 닿는 잔잔한 파도가 인도하는 대로 끝없는 꿈을 꾼다. 가지 못하는 검은 바다를 상상하고 그곳을 갔다 돌아오는 꿈을 꾼다.

둥그런 우산을 크게 부풀리고 실 같은 다리를 쭉 뻗어 위로 치솟았다 내려오기를 반복하지만, 너무 지치고 기력이 떨어지면 파도가 더 커지기를 기다리기만 하면 된다. 큰 파도에 몸을 맡기면 더 빨리 더 먼 곳에 여행할 수도 있다. 뇌도, 심장도 없는 나는 무념무상(無念無想)의 도인처럼 무심하게 둥둥 떠다닌다. 발레를 하듯 파도에 몸을 맡기고 촉수를 이리저리 너울거린다. 더 많은 먹이를 먹고 싶은 욕심도 큰 걱정도 없으니 여유롭기만 하다.

"나는 그 누구도 살지 못하는 척박한 곳에서도 살 수 있지. 지금껏 그렇게 견뎌 왔어. 나를 잘 보라고. 이렇게 자유롭게 떠다니며 촉수로 먹이를 휘감지. 나를 얕잡아 보지 마. 나의 독침은 상어의 이빨보다 강하지."

나는 바닷물결처럼 보드라운 분홍색 피부를 어루만지며 외유내강(外柔內剛)이라는 단어를 떠올렸다.

"피부가 두꺼운 바다 거북이는 피해야 해. 독침이 효과가 없어. 형제들이 모두 잡아먹혔어."

거북이를 피하라는 선조들의 지혜를 가슴 깊이 새겼다. 물속에는 아무도 없는 듯해도 나와 같은 작은 생명체들이 여럿 있다. 우리는 서로 소통할 만큼 진화되지 않았지만, 그들도 나와 같이 이 태평양 바다에서 나서 여기서 사라질 운명이다. 스치고 지나가는 무수한 이들과 함께 나 역시 광대한 바다의 일원. 언젠가는 떠나겠지. 사실 나는 바다 거북이를 만나게 될까 조금 두렵다. 거북이는 얼마나 많은 해파리를 희생시켰던가. 갑옷을 입은 거대하고 육중한 거북이는 물속의 심판자다. 우리의 촉수가 아무 소용이 없는 바다 거북이만 피하면 좋으련만….

밤에는 사지를 뻗어 별들이 총총한 하늘의 향기를 온몸으로 맡아 본다. 물 위의 세상은 가 보지 못한 미지의 세계다. 반짝이는 별의 광채가 낮 동안의 태양만은 못해도 달 뜨는 날 은은한 월광은 다른 세상의 운치가 있다. 아마 나도 저 별 어딘가에서 이 태평양 바다로 온 것인지도 모른다. 별은 누군가의 고향이라니 언젠가 돌아갈 때는 미련 없이 그곳으로 가리라.

꿈을 꾸었는지 잠을 잤는지 문득 눈을 번쩍 뜨고 깜짝 놀라 주위를 둘러보았다. 아! 너무 오래 잠들었다. 사우나에.

　적도의 바다에서 극지방의 얼음같이 시린 바다를 상상하는 즐거움을 선사하는 사우나. 냉·온탕에서 잠시 해파리가 된들 어떠하리.

　우리 인생 길어야 백 년. 해파리보다 나을 것도 없는데….

남도 여행

여수에서 2박을 하며 남해의 찰랑거리는 순한 바다를 보았다. 호수 같은 쪽빛 물결은 다도해 특유의 낭만이 있다. 성난 파도가 아닌 순하고 잔잔한 푸른 물은 남도의 정이 스며, 이제 왔냐고 따스하게 손짓하는 듯하다. 햇살에 반짝이며 속삭이는 물결이 크고 작은 여러 섬을 품듯, 인간사 상처받은 모든 이들을 품어 준다. 어머니의 바다가 남해에 있다.

남해 섬에는 동백꽃이 많다. 따듯한 햇살을 듬뿍 받아 자란 동백나무는 춥고 황량한 겨울에 수려한 꽃을 피운다. 지난여름 강렬한 해가 토해놓은 것을 북풍한설 몰아칠 때, 붉은 꽃으로 토해낸다. 오동도 산책길을 따라 데크 계단을 걸어가면 기암절벽을 마주하게 된다. 유배당한 한양의 선비는 이곳에서 가없는 바다와 깎아지른 절벽을 보며 무슨 생각을 했을까. 낚시로 세월을 보내며 임금의 사약이 이제나저

제나 당도할까 애간장 말리며 망망대해를 하염없이 바라봤을 것이다. 선비의 지조 같은 붉은 동백꽃이 피었다가 무참히 떨어지기를 반복한다. 떠나온 가족과 친지에 대한 사무치는 마음이 그을린 얼굴의 주름살로 남아 애달프고 애달팠을 것이다.

여수의 밤은 조명을 받고 더 빛나고 화려하다. 케이블카가 하늘 위를 해파리처럼 줄지어 흘러가고, 야시장 포장마차는 정다운 술잔에 밤이 깊은 줄을 모른다. 낮보다 인파가 더 북적이는 이곳은 밤바다를 수놓은, 번쩍이는 네온사인이 불야성을 이루고, 동백꽃 피고 지는 오동도의 한숨마저 숨죽이고 있다.

돌아오는 날은 순천만으로 향했다. 밤에도 시끌벅적한 여수와 대조되는 순천만 습지는 고요 그 자체였다. 평일이라 습지를 찾는 사람이 적어 유네스코 세계 유산으로 등재된 이곳이 마치 우리 일행만을 위해 펼쳐진 비밀의 성지 같았다. 바람 소리만이 하늘과 습지 사이를 메우고 진공처럼 빨아들이기를 반복한다. 그 고요 속에 작은 생명체들이 끊임없이 진흙탕을 휘젓는다. 짙은 회색의 펄밭, 그들의 왕국은 굳건하게 보전되었다. 살갗을 서로 부스대는 갈대의 몸부림이 끝도 없이 써걱거린다. 바람이 지나간 펄밭은 꽤나 스산했다. 태곳적부터 그 자리에 있었을 갈대밭과 습지에는 보일 듯 숨을 듯 짱뚱어와 칠게들이 분주하다. 갈대와 펄 그리고 이곳을 찾는 수많은 새와 습지의 저수 생명체가 바로 순천만의 4대 보물이라고 한다.

문화해설사는 순천만을 친절하게 설명해 준다. 새들과 펄밭 생명체의 지난한 역사를 그가 아니면 누가 알려 줄까. 도요새 가족의 무리는 먼 나라에서 이곳에 찾아와 잠시 머물다 캄차카반도 등으로 떠난다고 한다. 잠시 들렀다 쉬어 가는 나그네 새를 위해 순천시는 손님 접대 준비를 한다. 갈대를 엮어 울타리 만들고 나그네가 조용히 쉴 수 있는 거처를 마련해 준다. 누추한 곳을 찾아 준 귀한 손님을 위해 무르익은 벼를 융숭하게 대접함은 물론이다. 새들도 화답하듯 내년 가을에도 꼭 다시 오마고 한단다. 매년 찾아 주는 새들과 그들을 영접하는 사람 사이의 정이 따듯하다.

이번 여행에서 새들의 무리를 만나지는 못했지만, 짱뚱어 전골은 맛집 기행에 나올만 한 일품이었다. 우리 일행은 갈대 뿌리를 우린 한방차를 음미하며, 그 맛이 빗자루를 삶은 맛 같다며 너스레를 떨었다. 고즈넉한 누런 갈대밭에 수천 마리의 도요새가 날갯짓하는 가을에 철새처럼 다시 한번 가 보고 싶다. 사람과 새들이 오고 가는 정을 나누는 그곳에서 좀처럼 경험해 보지 못한 희열과 감동에 전율하고 싶다.

빛과 그림자를 향해 담대하게 달려가던 존재
– 이미숙의 수필 세계

오차숙 | 계간현대수필 발행인

문학의 힘은 진정성이 있는 자기 투영에서 시작된다. 수필은 특히 원숙한 이성과 무의식, 그리고 사물을 응시하는 과정을 통해 형상화 된다. 삶의 과정에서 겪게 되는 기록을 통해 문학적으로 구워 내는 추 출물이기 때문이다. 무엇보다 자기애를 바탕으로 자기 영역을 구축하 고, 혜안과 통찰을 통해 글쓴이의 참모습을 철학적 사고로 그려가는 것이 수필이다.

프랑스 사상가 몽테뉴(1533~1592)도 『수상록』에서 "이 수상록의 내용은 나 자신을 그려낸 것"이라고 한 것처럼, 수필은 심중에 잠재된 관념이나 정서를 표현할 때가 많다.

학술적 논리도 중요하지만, 진정한 모습으로 개성적인 감성을 특유 의 문체로 툭툭 치며 감동을 줄 수 있을 때 수필다운 글이 된다. 주제 를 형상화하며 변주할 때 문학적인 글이 된다. 중수필을 썼던 베이컨 (1561~1626)의 글과는 달리, 몽테뉴형 수필에서는 글의 주제가 체험을 통해 내면화된 지혜의 산물이라 할 수 있어, 작가의 정신세계를 헤아려 보게 하는 것이 특징이다. 수필은 작가의 개성과 철학으로 심상을 스케치하기 때문에, '인간학'이란 말에 부합된다. 자기 목소리를 분명히 함으로써 독특한 작품 세계를 창조해 낼 때 생명력 있는 글이 된다. 작가 이미숙의 작품 세계를 따라가 보기로 한다.

거미는 쉬지 않고 그물을 친다. 동틀 때 거미줄을 걷어냈는데 저녁 무렵 돌아오는 길에 또다시 줄이 쳐져 있다. 그들도 지켜야 할 영역이 있는 것일까. 아니면 할당량이라도 있나…. 그 그물은 네 몸의 단백질을 쏟아 내는 것 , 엉성한 듯 촘촘한 그물이 네 삶의 터전이니 눈뜨면 그물 짜기에 여념이 없다.

그래도 사는 데까지는 살아야 해. 살아 있는 모든 것은 생성과 소멸을 반복하는 것, 그것만이 세상 만물의 이치라. 우주에 필요 없는 존재는 없으니 알고 보면 가련한 거미야 독하게 애쓰지 마라. 네 형상이 더 독해질까 봐 겁난다.

『거미야 애쓰지 마라』 중에서

작가는 집 앞의 거미줄을 걷어 내는 변변찮은 순간에도, 생명의 존재 방식을 포착하며 그들을 위로하는 섬세한 철학자다. 그 거미는 끊어질 듯 위태롭지만 몸 안의 단백질을 쏟아 내어 삶의 터전을 만들어 내며, 오직 자기 몸에서 풀어내는 줄에 의지해 살아간다. 작가는 그 순간을 은유적으로 표현하며 그 미물에게서 자신의 삶을 투영하기도 한다.

나아가서, 그 줄은 외부의 손짓 한 번에 일거에 무위로 돌아가는 허망한 소산이지만, 작가는 그 미물의 모습을 통해 생명이 있는 한 계속 달려가야 할 인간의 모습임을 증명해 낸다.

생명 있는 것들, 특히 이 작품에서 의인화된 거미는 소멸을 알면서도 생성을 반복한다. 그럼에도 불구하고 그치지 않고, 그럼에도 불구하고 독해지지 않는 것. 작가가 거미에게 건네는 연민과 응원의 메시지는 평생 그가 삶을 대할 때 그 표정이 어떤 모습일지 가늠하게 해준다.

발췌한 글의 부분은 삶의 소용돌이 속에서도 부드럽고 온화한 모습이다. 단단한 하루하루를 보내 왔을 작가의 삶에 대한 내공이 느껴지는 대목이다.

눈이 오는 날은 신심이 깊어졌다. 굽이굽이 터널을 지날 때 어깨에 힘을 주고 간절하게 기도했다. 내 목숨이 나의 능력 밖에 있음을 알기에 아직 할 일이 많으니 사고로 갈 수 없다고 간구했다. 그러나 눈길에서 사고가 나면 그럴 수도 있지 체념하고, 다시 또 길을 가야 했다. 내가 있어야 할 그곳으로.

『도로의 역사』 중에서

이 글은 주어진 생(生)을 담대하게 끌어안는 삶의 태도를 묵직하게 보여주고 있다. 젊은 시절의 에피소드들이 시큰하게 드러나는 작품이

일기로만 남길 수 없는 말들

다. 작가 이미숙은 지치도록 운전해도 한없이 이어졌던 왕복 2차선 도로를 우직하게 달려온 사람이다.

운이 없는 날에는 운이 없는 대로, 피곤에 매몰되어 지친 날에는 생명을 잃을 뻔한 순간까지 있었으나, 작가는 그 상황을 말없이 감내한 채 아침에는 일해야 할 직장으로, 저녁에는 보듬어야 할 가족이 있는 집으로 액셀러레이터를 밟았던 사람이다.

꽉 막힌 도로 위에서는 어찌할 바를 모른 채 한숨을 쉬며 체념하고, 위기의 순간에는 고요를 머금은 무언의 마음으로 기도했을 작가의 숨 가쁜 마음이 전해지는 작품이다.

영원할 것만 같았던 2차선의 행렬이 4차선이 되고, 결국엔 산업도로까지 뚫린 입장이지만, 그 바탕에는 도로의 역사가 슴슴하게 드러난다. 그 고속도로, 오지도 가지도 못하는 정체된 순간에도 말없이 순응하며 살아왔던 작가의 일생이 숙연하게 드러난다.

체념과 침묵으로 1차선 고속도로를 버텨 내며 마침내 있어야 할 그곳에 도달했던 이미숙, 그는 오직 지난날을 회상하며 작품으로 묵묵하게 형상화해 냈다. 그리고 이는 곧 작가 이미숙의 생(生)으로 드러난다.

60조 세포 여러분! 장구한 세월 여러분들이 저의 신체를 정상화하기 위해 애쓰신 노고는 죽는 날까지 기억할 것입니다. 무엇을 남기고 떠날지 알 수 없는 여정이지만, 하루하루 지혜를 쌓으며 살아가다 어느 날 아주 오랜 시간 후에 제가 육신을 떠날 때, 백발과 주름진 노구는 소멸한다

해도 여러분의 열성적인 충절을 잊지 않을 것입니다. 60조 여러분은 바로 저 자신이기도 합니다. 저의 아버지와 어머니가 반쯤 세상에 남긴 알토란같은 흔적이며 그분들 삶의 증거입니다. 저는 세상 누구보다 더 여러분을 떠받들고 사랑하는 사람이지요. 어제의 내가 오늘의 내가 아니듯 삶의 마지막 날에 저는 나날이 지금보다 발전하고 여러분 또한 반복되는 생성과 소멸의 과정을 겪을 것입니다. 부디 굳세게 하나가 되어 지금 여기 살아 있는 기쁨을 누리며 살아갑시다.

『세포 여러분에게』 중에서

이 글은 자신의 생에 대한 긍정의 정서와 그 생을 가능케 한 근원적 존재인 부모님에 대한 사랑이 깊숙이 깔려 있는 작품이다. 작가는 우리의 몸을 이루는 60조 세포 여러분의 노고를 치하하며, 건강한 노년을 위한 다짐을 재치 있게 풀어낸다. 『세포 여러분에게』에서 작가는 아름답고 건강한 은발로 "이 세상에 오래 머물고 싶다."고 선포한다. 60조 개의 세포들은 작가의 아버지와 어머니가 세상에 남긴 알토란같은 흔적이며 그분들의 삶의 증거이기 때문이다. 그 사랑의 감사와 그리고 건강한 자부심이 있기에 작가 이미숙은 '지금보다 발전한' 삶의 마지막 날을 지향한다. 무엇보다 '지금 여기 살아 있는 기쁨'을 최대한으로 누리며 살아간다.

오래전에 작고하신 지도교수님과 나의 아버지.

내 인생에 지대한 영향을 준 두 분은 똑같은 과자를 좋아하셨던 것 외에도 여러 가지 공통점이 있었다. 두 분 모두 평소에 말씀이 별로 없으셔서 조용한 스타일의 내향적인 분이셨는데, 외모 역시 자그마한 키에 대인관계도 소수인과의 친밀함을 즐기셨다. 호탕함보다는 치밀하고 사려 깊다는 표현이 더 어울렸다.

아버지와 교수님의 방문객들은 어련히 알아서 동그란 갈색의 전병을 사 들고 찾아오곤 했다. 그러면 마치 어린아이들이 과자를 탐닉하듯 야금야금 그 과자를 즐기셨다. 점잖으신 분들이 술 담배를 안 하셨으니 그게 색다른 취미 생활이었는지도 모른다.

『센베이』 중에서

이 작품은 누구에게나 지나간 시대를 공감하게 한다. 그리고 무엇보다 그의 수필에 짙게 드러나는 정서 중 하나는, 작고하신 아버지에 대한 존경과 그리움이다.

살아생전 아버지와 지도교수님이 즐겨 드시던 옛날 과자의 향을 맡으며 옛 기억을 소환하는 글 『센베이』를 통해, 작가는 담담하면서도 유머러스한 필체로 먹먹하고 가슴 시린 그리움을 감추지 못하며 그저 사랑하던 분들의 잔향을 돌아본다.

작가의 아버지와 지도교수님은 생전에 과묵하고 진중하셨지만, 소파와 한 몸이 되어 집안의 대소사를 그 자리에서 해결했음을 알 수 있다. 무엇보다 작가는 '아버지의 소파는 입적하기 위한 수행의 자리였다.'라고 묘사하여, 읽는 이에게 잔잔한 미소를 짓게 한다.

그리고 두 분에게는 주변에 매끼 밥을 차려 드리고 일상사를 해결해 줄 사람이 대기해 있어, '인복이 있었다.'고 회고하는 모습도 작가의 재치 있는 정서로 나타나고 있다. 무엇보다 '그분들을 닮고 싶었던 나는 책을 읽고 글을 쓰며 혼자만의 고독을 즐기거나, 그분들을 위해 대기했던 모친과 사모님처럼 허드렛일로 분주하다.'라는 마지막 문장에서는, 그의 수필 전반에 도드라지는 긍정과 재치의 이면에 남몰래 삼켰을 눈물과 고독의 깊이를 감지하게 한다.

> 내 아버지는 사이보그였다.
>
> 아버지가 일흔네 살 되셨을 때, 서맥성 부정맥으로 인공 심장박동기를 삽입하셨다…. 어느 날 갑자기 의식이 희미해져 병원을 찾았을 때, 의료진은 그제야 부랴부랴 배터리를 교체하였다. 그것은 마치 북을 치는 곰 인형이 서서히 북을 치지 않고 멈추게 되자, 배터리를 다시 교체했더니 또다시 북을 치는 것처럼 극적인 상황의 반전이었다.
>
> > 『우리 곁의 사이보그(Cyborg)』 중에서

사랑했던 아버지의 곁을 지키며 생로병사를 목도한 것이 작가의 삶과 작품에 많은 영향을 준 것 같다. 한 편 한 편 자립해 있는 그의 글들은 각각의 지면 안에서 완성도 있게 마무리되는 것처럼 보이지만, 사랑하는 아버지를 떠나보낸 후, 살아남은 사람이 가슴 중앙에 지녔을 인간 존재에 대한 고민이 나사처럼 연결되어 있다.

고인을 충분히 애도할 여유도 없이, 계속 이어져야 할 남은 자로서의 일상을 살아내며 꼬깃꼬깃 접어 뒀을 남모를 감정들이 작가의 작품 곳곳에 숨죽이며 피어나고 있다. 하지만 작가는 사이보그에 대한 개인적인 가치 판단은 제시하지 않은 채, 글을 마무리한다.

원시(元始)와 진보(進步)라는 정반합(正反合)의 변증법이 음식에서도 적용된다. 있는 그대로 먹기도 부족했던 시대에서 가공에 가공을 거듭한 풍요로운 먹거리의 세상이 도래했건만, 눈에 보이는 맛있는 음식들이 모두 내 몸을 나락으로 몰고 있음에 경악한다. … 거칠고 투박하며 정제되지 않은 복합 탄수화물과 섬유소가 많이 들어 있는 익숙하고도 가난한 시절의 먹거리들이 반세기 지나 다시 내게로 온다.

『음식의 변증법』 중에서

작가는 식품영양학 박사로서, 그 전문성이 「음식의 변증법」에서도 흥미롭게 펼쳐진다. 테제에 대항하는 안티테제와의 갈등을 통해 반쪽짜리 진리들이 완전한 진리로 통합되고 초월된다는 헤겔의 변증법을, 작가는 어린 시절의 조악한 길거리 음식과 현대의 초가공식품 사이에서 찾아냈다.

번데기와 얼음 냉차, 붕어빵과 강냉이, 찐 감자의 향수를 추억하며 길거리 군것질의 비위생적이고 불량스러운 면모를 탐닉하는가 하면, 불순물을 극도로 제거한 현대 초가공식품의 역설적인 해악 사이에서 진테제를 찾아가는 작가의 시선이 흥미롭게 나타난다.

나는 수년간 하루도 빠짐없이 수첩을 썼는데 그 수첩에는 잡다한 메모가 있다. 특별한 가치도 없는 그날그날의 일상을 유네스코 세계 유산이라도 만들려고 매일 기록하느냐고 비웃을지라도 나는 그 일을 하리라. …

존재는 언젠가 사라진다. 삶의 행적을 어딘가에 남기고 싶고 과거로 묻힐 오늘의 기록을 쓰고 싶다. 그것이 인류 공영에 이바지하는 것이었다면 위인 반열이겠지만, 그렇지 못하니 기록할 가치가 없다고 할지라도 나는 모든 판단을 유보한다. 지금도 마찬가지다. 오늘의 생각과 기억을 기록한다. 나는 그저 내 인생의 사관이 되어 발자취를 남길 터, 그다음 일은 개의치 않겠다.

『존재의 기록』 중에서

작가 이미숙은 소멸의 상실감과 존재의 쓸쓸함에 대한 깊은 이해에도 불구하고, 이에 쉬이 잠식되지 않고 앞으로 나아간다는 데 있다. 「존재의 기록」을 통해 작가는 그가 어떠한 마음가짐으로 인생을 살아왔고 살아가는지 세상에 드러낸다.

그냥 뭔가를 남기는 것이 하루를 사는 마땅한 일이라고 생각하면서 "그저 내 인생의 사관이 되어 발자취를 남길 터"라고 하며 모든 판단을 유보한 채, "그다음 일은 개의치 않겠다."라는 패기와 소신이 있어, 주변 사람들에게 삶의 중요성을 깨닫게 한다.

하지만 한편으론 우리의 삶이 어쩌면 작가도 은연중에 각오하고 있을지도 모를, 즉 인내해야만 하는 고해(苦海)인지 반문해 보게도 한다. 작가는 이런 복잡한 심정 속에서도 기록의 중요성을 우선으로 하

일기로만 남길 수 없는 말들

는 사람이다. 조선 시대 사관을 닮을 수는 없지만 그날그날의 기록을 남기는 것을 삶의 공식으로 생각한다. 존재의 기록은 곧 살아있음의 기록이기 때문이다.

이것으로 볼 때 작가 이미숙은 어제의 흔적과 오늘의 흔적, 그리고 내일의 흔적까지 기록하는 것이며, 그것은 무엇보다 '존재'라는 게 언젠가는 사라지기 때문이다. 그것으로 볼 때 이미숙은 쉬지 않고 글을 써야 할 사람이다.

> 내 시야에 아무것도 보이지 않는, 온전하게 나 혼자만의 세계로 들어가기 위해 눈꺼풀을 굳게 닫는다. 보이지 않는 세계는 아무도 오지 못하는 나만의 심연 공간이다. … 무한대로 확장되는 그곳은 내가 주인이 되어, 보고 싶은 대상을 떠올리고 상상으로 불러들인다. 뿌연 안개 속 그곳에 돌아가신 아버지와 가족이 나온다.
> 헬스클럽의 요란한 음악 소리가 아직도 의식을 잠식하고 있다. 제목도 가사도 알 수 없는 음악이 광기처럼 스피커를 울리고, 왼쪽 귀와 오른쪽 귀 사이 통로를 터널처럼 빠져나간다. … 자전거 페달을 힘껏 밀며 개떼가 짖어대는 듯한 소음의 세상에서 도망치듯 멀리 떠난다. 나는 늘 그렇듯 그 음악에 동화되는 이들과 저만치 떨어져 있는 느낌이다.
>
> 『헬스장의 두 세계』 중에서

『헬스장의 두 세계』는 감정들이 집결되어 또 다른 얼굴까지 드러나는 작품이다. 의욕을 불태우는 곳이 헬스장인 작가는, 자전거 페달을 밟기 시작할 때부터 눈을 감으며 그 광란을 즐기고 있다.

광란이 버둥대는 순간에도 작가의 심연은 보이지 않는 세상에 닿아 있음을 감지한다. 이것으로 볼 때 작가는 때로는 폭풍우나 북풍한설에 눈물짓기도 하는 사람이다.

그래서 작가는 헬스클럽의 요란한 음악 속에서도 사랑하는 가족들을 만나고 있다. 페달을 밟고 눈을 감기 시작할 때부터 심연의 공간으로 들어가 그리운 이들을 만나고 있다.

문제는 이들은 이 세상에 없는 존재들이다. 하지만 정신을 가다듬고 후에는 이 세상에 있는 이들까지 만나고 있다. 이 현상은 작가가 품은 그들을 향한 사랑의 폭이라고 할 수 있다. 작가의 영혼은 쉼 없이 인연 맺어진 이들을 위해 기도한다. 헬스장에서의 무아지경은 사랑하는 존재들에 대해서 사랑의 깊이를 생각하게 한다.

작가는 이런 과정을 통해 존재의 유한성을 깨달으며, 좀 더 나은 삶에 다가가기 위해 사색하는 사람이다.

내가 만약 장사를 한다면 서점에서 책을 팔고 싶었다. ⋯ 느리고 여유로운 동작만으로도 운영되는 서점의 주인이면 좋겠다. ⋯ 느리고 감미로운 음악이 카페처럼 흐르고, 책을 덮으면 등받이 의자에 기대 눈을 감고, 음악으로 나의 하루가 행복하다고 자족하고 싶었다. ⋯ 내 생에 있어 그토록 하고 싶었지만, 영원히 할 수 없는 그 일을 상상하는 것만으로도 입가에 미소가 피어난다.

『상상 속의 행복』 중에서

일기로만 남길 수 없는 말들

작가 이미숙은 우선 '상상 속에서'라는 전제를 달고 있다. 상상 속에서 "음악으로 나의 하루가 행복하다고 자족할 수 있는" 느릿한 서점의 주인이 되기를 원한다. 꿈을 꾸는 자에게 느리고 감미로운 음악으로 자족할 수 있는 조용한 서점은 상상 속의 행복으로 남겨 둘 수 있어서다.

작가는 어쨌든 상상 속에서 장사를 한다면 무엇보다 책을, 그리고 빵 굽는 향이 가득한 빵을, 뿐만 아니라 꽃집 주인도 되고 싶어 한다. 그 꽃집에는 "눈 덮인 겨울이나 황량한 사막에도 고고하게 피어있을 강인한 꽃들"을 가득 채우고 싶어 한다. 작가가 상상 속에서 택하고 싶은 사업은 부자와는 거리가 먼 작가 자신의 이상향의 세계에 그 지독한 상상을 통해 도달하고자 한다.

상상 그 자체는 삶의 폭을 확장해 준다. 그러나 그 속을 빠져나와 꿈을 깨고 나면, 그와는 다른 세계가 존재하는 현실에서 허덕이게 된다. 그게 곧 인간의 실존이기 때문이다.

때로는 내가 사는 이 바다가 아닌 다른 바다를 상상하기도 한다.
먹물을 풀어놓은 듯한 짙고 검은 바다. 그 침묵의 바다는 깊은 종말처럼 내 몸의 모든 세포가 오그라들고 차가운 촉감에 놀란다. 나는 따뜻하고 너그러운 이 바다가 좋다. 세포와 기관이 늘어나고 이완되는 몽환의 꿈을 꾸려면 나른하고 게으른 이 바닷가가 내가 살 곳이다.

『해파리』중에서

작가 이미숙의 글은 상상 속에서도 철학적 문체와 서정적인 문체들이 다소 있어, 글을 읽는 사람을 끌어안는 경향을 보인다.

무엇보다 "내가 사는 이 바다가 아닌" 다른 바다를 상상하게도 한다. 그렇지만 이내 그것은 "영원히 할 수 없는 일"이며, "나른하고 게으른 이 바다가 내가 살 곳"이라고 단정 짓는 작가를 볼 수 있다.

그러나 "지금까지 그린 미완성의 그림과 얼마간 남은 내 인생의 화선지 위에 주저하고 머뭇거리며 무슨 색을 칠해야 할지" 고민하는 작가에게, 언젠가 해파리가 되어 꿈을 꿨던 "먹물을 풀어놓은 듯한 짙고 검은 바다"색을 칠해 보는 것도 바람직하다고 생각한다.

『해파리』는 작가 자신을 의인화한 은유적인 작품이다.

즉, 해파리는 물속에서 우아하게 헤엄치며 살아가는 생물이다. 그 아름다운 모습으로 많은 생물들을 매혹한다. 그러나 종류에 따라 붉은색 해파리는 강한 독을 지니고 있다. 해파리는 바다 생태계에 영향을 끼치는 중요한 존재이다.

작가 이미숙은 '나는 꿈을 꾸는 해파리다'라고 고백하며 이 글을 썼다. 어머니와 아버지의 바다에서 자유의 극치를 경험한다. 그러나 다른 해파리처럼 위험한 곳에는 가지 않으며 자기 자신을 보호한다.

이 글은 상상을 가미한 실험 수필이라 사우나를 하며 잠시 잠든 작가를 헤아려 보아야 한다. 사우나를 하면 몸의 긴장이 풀리고 몸이 한결 진정된다. 순간적으로 잠에 빠지게 되어 있다.

이렇게 평화로운 곳에서 꿈을 꾸는 작가, 해파리는 잔잔한 물결에 몸을 맡길 뿐 다른 해파리처럼 만용을 부리지 않는다. 오직 "나의 독

일기로만 남길 수 없는 말들

침이 상어의 이빨보다 강하지" 하며 외유내강한 삶을 살아가고 있음을 시사한다.

그러나 해파리는 "독침이 효과가 없는 피부가 두꺼운 거북이는 피해야 된다."고 고백한다. 작가 이미숙의 인생관이 드러나는 부분이다. 사우나에서 잠시 잠든 사이 꿈을 꾼 이미숙, 그의 무의식 속에 잠재된 자유를 갈망한 나머지, 꿈꾸는 해파리가 되었음을 알 수 있다.

이미숙의 상상력으로 볼 때, 그의 영혼은 언제나 유연하게 꿈을 꾸며 인생관을 터득하는 사람이다.

현재는 상호 협력할 수 있는 탁월성을 대면하지 않고 소통하는 방법이 있다. 만나지 않고, 말하지 않아도 고독을 즐기는 인류는 내면세계를 톡톡 튀는 상상력으로 풀어내기 위해 글로 말할 수 있다. 쥐도 새도 못 듣게 조용히 자판을 두드리며 아무도 방해하지 않는 기록을 남긴다.

오직 자아 실존과 생명감을 구현하기 위해 홀로 고독을 즐기고 있다.

『말 대신하는 말』 중에서

『말 대신하는 말』은 고독을 견디지 못하는 이들에게 귀감이 되는 작품이다.

작가 이미숙이 주장하는 '말 대신하는 말'은 곧 침묵이다. 그 침묵을 녹여내는 것이 글쓰기로 나타난다. 속담에도 말의 중요성을 제시하는 아포리즘이 많다. 그중에서도 '침묵은 금'이라는 말에 의미가 강하게 서려 있다.

'낮말은 새가 듣고 밤말은 쥐가 듣는다.'는 구절만 보아도, 말을 쏟아낸 이상 영원한 비밀은 없다는 의미이다. 삶을 사는 동안 그것을 깨달은 작가는 말을 우주의 소음으로 생각하며 기품 있는 침묵으로 일관하겠다고 고백한다. 말을 아끼다 보면 가슴에는 화가 생기기도 하겠지만, 세월이 흐르게 되면 그 자체가 곰삭아 내면의 지혜와 교훈이 된다고 말하고 있다. 대화의 이중성을 강조한다.

그러나 말하지 않고 침묵이 금임을 강조하는 그는 한편으론 고독까지 견딜 줄 아는 사람이다. 말을 아끼게 되면 타인과의 소통에 어려움이 있으므로, 작가 이미숙은 글을 통해 말하는 사람이다. "고독의 미학은 원초적이며 굳센 자아의 소산"이라고 하는 이미숙은 그동안 어쩌면 인간관계에서 회의감을 느끼는 순간이 있었을지도 모를 일이다. 그래서 터득한 것이 만나지 않고, 또 말하지 않아도 소통되며 고독을 즐길 줄 아는 사람이 되었음을 알 수 있다. 오직 쏟아내지 못하는 말을 글로 풀어서 기록으로 남기려는 사람이 되었다.

어쨌든 『말 대신하는 말』은 경험에서 터득한 그의 철학이라, 글을 읽는 독자들에게 말의 남발에 대해 생각하게 하는 기회를 준다.

그는 인생의 좌절과 고난을 통해 그의 철학적 사상을 이룩했다. 인생의 고통은 태어난 이상 당연하고 고통 없이 만족스러운 행복한 시절은 곧 권태로워서 인생은 대부분 고통스럽거나 권태롭다고 했다. 인생의 고통은 무언가의 결핍에서부터 오는데 그 결핍이 충족되는 시점을 지나면 고통이 없는 과다 충족의 상태, 즉 권태로운 상태가 된다. 인간의

일기로만 남길 수 없는 말들

삶은 고통과 권태를 시계추처럼 반복한다고 했다.

『쇼펜하우어 아포리즘』 중에서

이 글은 쇼펜하우어의 아포리즘을 통해 인생론을 헤아려 보게 하는 작품이다.

쇼펜하우어는 삶에 대해 인생에 대해 낙관하지 않는 경향이 강하다. 그는 인간의 삶 자체가 고통과 권태를 시계추처럼 반복한다고 했다. 인생의 좌절과 고난을 통해 철학적 사상이 이룩되었다고 소개되고 있다. 그뿐만 아니라 인간의 의지가 살아날 때는 바로 고통 속에 직면했을 때이고, 평안과 안식은 삶의 의미를 빼앗아 가는 적이라고 소개되고 있다. 이러한 아포리즘은 쇼펜하우어의 인생론을 곱씹어 보게 하는 계기가 되고 있다.

이 현상은 이미숙의 무의식 속에도 그 사상이 똬리를 틀고 있음을 짐작하게 한다. 이것으로 볼 때 작가 이미숙 역시 삶의 원초적 방법과 삶을 삶답게 살아갈 방법을 아는 사람이다. 빛과 그림자가 존재할 때 삶의 묘미가 있음을 느끼는 사람이다.

수필은 인간학이다.

그의 수필에는 일생의 시작과 끝에 대한 근원적인 관심이 서려 있다. 주어진 삶을 정성껏 다독이며 살아내고자 하는 섭생(攝生)의 애정이 배어 있다.

무엇보다 이미숙은 식품영양학과 교수로 수십 년간 봉직하고, 지난 2022년 은퇴한 식품학 분야 연구의 대가이다.

지금까지 글에서 살펴보았듯이, 너나없이 삶이 힘들고 죽음이 두려운 것은 모든 생명에게 매한가지일 터, 그 공동의 진실을 어떻게 마주하느냐는 각자가 평생을 부대끼며 일구어 온 것이라서, 저마다의 철학의 깊이에 따라 다를 수밖에 없다.

작가 이미숙의 작품은 주어진 생(生)을 기품 있게 끌어안는다. 묵묵하게 살아왔을 작가의 지난 생과, 그 시간이 빚어온 진주 같은 성숙함이 돋보이는 것이 그의 글이 특징이다.

작가의 글을 읽고 감상하다 보면, 한순간에 그 내면에 가까이 다가갈 수 있어 그 옛날의 시간을 소환할 힘을 지니게 한다. 언제나 철학적으로 찬찬하게, 정곡을 찌르듯 질주하며 좋은 글을 선보이는 작가 이미숙의 출간을 축하한다.

작가 인터뷰

이 책을 쓰게 된 계기는 무엇인가요?

처음부터 책을 출간하겠다고 마음먹고 글을 쓴 것은 아니었어요. 블로그에 조금씩 제 이야기를 쓰다가 본격적으로 글쓰기를 배우고 싶어서 강좌를 수강하고 문학회에도 가입했어요. 매년 독서인구도 줄어드는 와중에 저의 내밀한 사유와 사생활이 담긴 글이 다른 이들에게 어떤 의미가 있을까 싶기도 했고요. 다만 시간이 지나면서 저도 제 생각의 정수를 한껏 담은 책을 가져보고 싶다는 생각이 들었어요. 물론 제 책이 누군가에게 어떤 영감이나 교훈을 줄 수 있게 된다면 무척 자랑스럽고 뜻깊은 일이 되겠지만, 그냥 한 중년의 솔직한 고백서로 이 책을 봐주시면 좋겠어요.

그간 써온 글들을 엮으면서 지난날을 되짚어보았어요. 오랜만에 마주한 글이 제 자신을 위로하고 다독여 주더군요. 살아온 날을 회상하고 앞으로 살아갈 날을 가늠하며 생의 전반기를 덤덤하게 마무리할 수 있었어요. 물론 공감해 주시는 독자분들이 있다면 정말 감사한 일일 거예요.

이학박사의 이력과는 전혀 다른 분야인 글쓰기를 결심하신 특별한 이유가 있으신가요?

스물여덟 살에 시간강사를 시작하여 정교수가 되기까지 32년을 강단에 있었어요. 그동안 학령인구 감소로 지방대학이 쇠락하는 과정을 고스란히 겪어야만 했어요. 학과가 통폐합되고 모집이 정지되는 과정에서 다른 길을 모색해야 했죠. 글을 읽는 것은 익숙했지만 쓴다는 것은 조금 생소하게 느껴졌어요. 대학에 있으면서 학과의 발전 계획이나 비전을 제시하는 글을 쓰기는 했지만 그건 의무적으로 썼던 재미없는 글쓰기였어

　　　　　　　　일기로만 남길 수 없는 말들

요. 전공 외에 다른 분야에 관심을 가져 본 적도 없어서 작가가 된다는 생각은 해본 적이 없었고요.

반면 사적인 이야기와 생각들을 기록하는 것은 존재의 정체성을 찾는 의미도 있으면서 저만이 할 수 있는 흥미로운 일이었어요. 누구나 살아온 삶이 다르니 비교 대상도 없기 때문에 자신감이 생겼어요. 조금씩 글을 쓰기 시작했고, 등단과 거의 동시에 책을 출간하게 되었죠. 글을 읽는 것과 쓰는 것에는 연령 제한이 없으니 노후에도 즐기면서 할 수 있을 것 같았어요. 인생은 목표와 달리 사다리 게임처럼 옆으로도 가고, 축복은 종종 고난으로 포장되어 있기도 하더군요. 대학 교수직을 정년까지 마치지 못한 대신 잠재되어 있던 취미를 새롭게 찾은 것은 제게 큰 수확이었어요.

작가님의 글을 보면서 일상의 소박한 행복을 추구하신다는 느낌을 받았어요. 이러한 삶의 철학을 갖게 된 계기가 있으신가요?

사람은 자기가 본 것이 아니면 꿈꾸지 못하고, 보지 못한 것은 희망하지 않는다고 해요. 스스로 기업가 정신이나 모험심이 다소 부족하다는 생각이 있었어요. 아마도 제가 속한 사회계층에서 보고 배운 것의 한계라고 할까요? 저는 성과나 지위를 추구하는 전형적인 중산층의 특징을 갖고 자녀 교육에 헌신했어요. 그러한 삶의 철학이 제 삶을 편하게 이끌기 때문이었죠.

인생이 유한하다는 자각을 하면서 살다 보니 일시적인 사치나 쾌락을 추구하는 일보다 더 가치 있는 일을 찾아야 한다고 생각하게 되었어요. 물질은 삶을 일정 수준으로 지탱하기 위한 수단일 뿐, 물질 축적 자체가 삶의 목표가 될 수는 없어요. 특히 진정으로 원하지 않으면서 주변을 의식하는 과시적인 소비행태는 자기 내면의 문화적, 지적 결핍을 드러낼 뿐이에요.

현명하게 나이 들어가는 지혜를 나눠주신다면.

사실 저도 잘 모르겠어요. 현명하게 나이 드는 방법도 시대에 따라 변천하는 것 같아요. 지금 시대에서는 여러 조건을 갖춰놓는 것이 우선이라고 생각해요. 건강과 체력 유지, 경제력, 일이나 취미, 원만한 인간관계 등이 골고루 구비돼야 하는데 그중 어느 하나라도 부족하면 당당하게 노년을 맞이하기가 어려워졌어요. 체력이 소진되는 것을 늦추기 위해 운동에 많은 시간을 할애해야 하고, 질병에 대한 예방 관리도 철저해야 하죠. 자신에게 맞는 일과 취미를 갖는 것도 중요하고요. 제가 글을 쓰는 것도 시간에 도태되지 않고 깨어 있으면서 노년에도 일과 취미를 갖고 싶은 의지의 표현이에요. 무엇보다 삶의 의지와 기쁨을 스스로 찾으며 집착을 내려놓고 관조하는 자세가 중요한 것 같아요.

작가님께 '행복'은 어떤 의미인가요?

사람마다 행복에 대한 정의가 다 다를 텐데요. 제가 '설익은 행복론'이라고 썼던 것처럼 저 역시 세월이 더 지나면 변할 수도 있고요. 축하받을 만한 특별하고 화려한 날에만 행복을 느낄 수 있다고 생각하기 쉬운데요. 사실은 일상을 무탈하게 살아가고 있다면, 또는 나날이 고군분투하는 날이라도 내 앞의 고난을 극복해 나가고 있다면 그것이 곧 행복이라고 생각해요. 지나치게 달고 자극적인 행복감은 금방 싫증이 나고 우

일기로만 남길 수 없는 말들

리를 권태롭게 해요. 행복은 밋밋하고 평범한 일상에서 발견할 수 있어요. 있는 듯 없는 듯, 꾸미지 않은 편안함이 곧 행복이라고 말하고 싶어요. 삶이 누구에게나 친절하지만은 않다는 사실을 받아들일 수 있다면, 그 밋밋함과 평범함에 깊은 감사의 행복을 느끼게 돼요.

작가님께 '가족'이란 어떤 의미인가요?

가족은 제 삶의 원동력이에요. 작고하신 아버지는 부자도 아니셨지만, 제가 결혼 후에도 박사과정을 마칠 수 있도록 지원해 주셨죠. 늘 저를 '이 박사'라고 부르셨던 아버지의 격려와 응원으로 저는 대학교수가 되었어요. 제가 결혼하지 않았거나 아이를 낳지 않았다면 제 삶은 지금보다 단조로웠겠지만 경력 관리 측면에서는 좀 더 수월했을 거예요. 만약 가족이 제가 근무하던 지방대학 인근으로 이사를 했다면 저는 아마 글을 쓰지 않았을지도 몰라요. 완강히 거부하던 남편과 아이들이 제 삶의 방향을 결정했죠. 물론 저도 남편의 사회적 성취욕과 세계를 무대로 성장하고픈 자녀의 마음을 잘 알고 있었기에 가족들이 저로 인해 한정된 삶을 살게 하고 싶지 않았어요.

재직하는 동안 매일 4시간을 운전해야 했어요. 길 위에서 속울음을 하며 '왜 이렇게 살아야 하나' 생각했죠. 다행스럽게도 세월이 지나 가족은 저의 희생이 헛되지 않았음을 증명해 주었어요. 더불어 가족이 있어서 경험할 수 있었던 특별한 희로애락의 순간들이 제 글의 재료가 되었고요.

섬세하고 따뜻한 글을 쓰기 위해 어떤 노력을 기울이셨나요?

저는 전형적인 사고형의 사람이에요. 저를 처음 보는 사람들은 제가 쌀쌀하고 냉정하다고 말해요. 그런데도 제 글에 온기가 느껴진다면, 그 것은 제 노력에 의한 것이 아니라 독자분들이 공감하는 정서가 스며 있 어서가 아닐까 해요. 저도 세상을 따스하게 하는 좋은 글을 쓰고 싶지만 맺고 끊음이 정확한 천성에서 비롯되는 한계를 느낄 때도 있어요.

저는 어떤 장면을 떠올릴 때마다 눈을 감고 그 자리로 돌아가 주변 을 자세히 살펴보곤 해요. 그때 내 주변에 누가 있었고, 무엇이 어떻게 있었는지 회상하고 묘사해 봐요. 꿈을 꾸듯 기억을 소환하죠. 등단한 지 몇 달 되지 않은 초보 작가인 저는 부끄럽게도 글쓰기에 이렇다 할 어떤 노력을 기울인 것이 없어요. 다만 쓰지 않을 때는 주로 읽어요. 훌 륭한 글을 읽으면 저도 그렇게 쓰고 싶다는 욕구가 올라오거든요.

작가님만의 단단한 신념이 다져진 과정이 궁금합니다.

지금까지 살아오면서 해야 할 일을 먼저 하고, 하고 싶은 일은 나중에 시간이 될 때 한다는 원칙을 확실하게 지키며 살았어요. 삶에 대한 책임 감으로 고통스러운 순간도 많았죠. 남편도 아이들도 모두 다 포기하고 싶었던 때도 있었고, 너무 힘들어서 오가던 고속도로에서 생을 마치고 싶다는 생각도 해봤어요. 이 책에 그런 어두운 내용까지는 담지 않았지 만요.

길 위에서 혼자 마음을 삭이면서도 다시 솟아나는 희망의 끈을 결코 놓치지 않았어요. 만약 제가 가정보다 학교를 더 중시했다면 남편이나 자녀들을 뒷바라지하기 어려웠을 거예요. 어리석고 우직하게 학교와 집 을 오가며 길에 뿌린 탄식의 시간으로 보일 수도 있겠지만, 좋게 보면 가 정에 대해 남다른 책임감이었던 거죠. 사실 그것은 제 아버지의 우직한

일기로만 남길 수 없는 말들

모습과도 닮아 있어요. 지금은 평온함을 찾았으니 다행이에요. 후회할 일도 아니죠. 만약 젊은 날에 그러한 고통이 없었다면 아마 다른 형태의 고통이 분명 있었을 거예요. 갚아야 할 부채 같은 업을 소멸하는 과정이 었다고 생각해요. 이제는 하고 싶은 일을 하면서 살겠다는 신념대로 살고 있어요.

앞으로 계획 중인 다음 작품이 있으신가요?

남은 삶에서 느끼는 것들을 실존적 차원의 수필로 남기고 싶어요. 늙어 가는 과정에서 보고 느끼며 보다 지혜로워지는 일, 두 번째 인생을 살아가는 소소한 이야기, 언젠가는 아름답게 소멸하는 일까지. 누구에게나 삶을 떠나는 날이 찾아오잖아요. 대단한 위인도, 평범한 범인도 이 시대를 살았음을 기록하고 남길 수는 있으니 그때까지는 현역으로 살아야죠.

지금 이 순간, 자신의 목표를 향해 고군분투 중인 독자분들께 한 말씀 해 주신다면.

살다 보면 고통 속에 뜻하지 않은 선물이 들어 있을 수도 있어요. 눈물로 보낸 시간도 모두 인생에 필요한 무언가를 만들기 위한 재료가 될 수 있다는 말씀을 드리고 싶어요.

작가 홈페이지

일기로만 남길 수 없는 말들

삶에서 길어 올린 지나온 시간과 일상에 관하여

발행일 2025년 1월 27일

지은이 이미숙
펴낸이 마형민
기획 신건희
편집 곽하늘 이은주 김현우
디자인 김안석 조도윤
펴낸곳 주식회사 페스트북
홈페이지 festbook.co.kr
편집부 경기도 안양시 동안구 관악대로 488
씨앗트 스튜디오 경기도 안양시 동안구 안양판교로 20

© 이미숙 2025

ISBN 979-11-6929-673-1 03810
값 17,000원